御龙

地下国度

天纹诡眼 著

天津出版传媒集团

天津人民出版社

图书在版编目（CIP）数据

御龙：地下国度 / 天纹诡眼著 . –– 天津：天津人
民出版社，2018.6
　ISBN 978-7-201-13288-4

　Ⅰ . ①御… Ⅱ . ①天… Ⅲ . ①长篇小说 – 中国 – 当代
Ⅳ . ① I247.5

中国版本图书馆 CIP 数据核字 (2018) 第 080406 号

御龙：地下国度
YULONG DIXIAGUODU

天纹诡眼　著

出　　版　天津人民出版社
出 版 人　黄　沛
地　　址　天津市和平区西康路 35 号康岳大厦
邮政编码　300051
邮购电话　（022）2332469
网　　址　http://www.tjrmcbs.com
电子信箱　tjrmcbs@123.com

责任编辑　章　赪
封面设计　王　鑫

制版印刷　北京雁林吉兆印刷有限公司
经　　销　新华书店
开　　本　787×1092 毫米　1/16
印　　张　17
字　　数　153 千字
版次印次　2018 年 6 月第 1 版　2018 年 6 月第 1 次印刷
定　　价　39.80 元

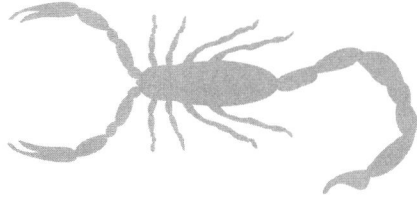

目　录

Contents

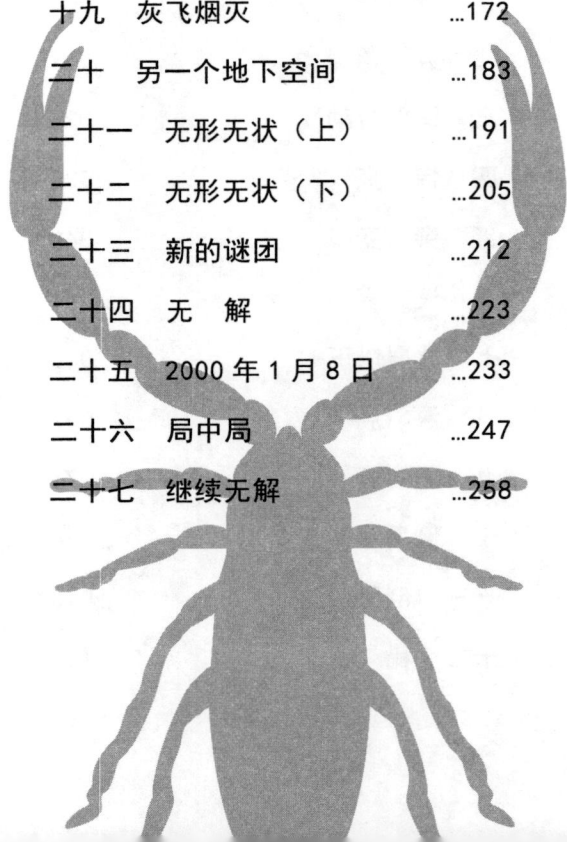

引　子

　　两千年十二月下旬，昆仑山狂风大作，位于山下的西金乌兰湖掀起一波接一波的巨浪，两米多高的浪花如同一群披着白色铠甲的奔马，随着风起云涌，翻滚向前。

　　昆仑山垭口数千头野牦牛聚集，藏野驴、狐狸、狼等众多野兽毫无征兆地向东一路狂奔，所到之处尘土飞扬，噪声如雷。

　　仅仅几分钟之后，垭口西面的土地一阵猛烈晃动，震动一直向四周延伸，坚硬的土地不断挤压断裂，一道道蜿蜒扭曲的大裂缝被撕扯开来，参天大树轰然倒地。

　　几乎在同一时间，数千公里外的天山西峰随之咆哮，震耳欲聋的冰裂、雪崩顷刻间将海拔超过七千米的天山吞没在一团升腾而起的白雾之中。

　　白雾渐渐散去，天山很快恢复巍峨壮丽，它的神秘面纱也因为这次强震而显露于世。

　　昆仑山和天山这两座从古至今一直笼罩在迷雾中的神秘山脉究竟隐藏

着什么？

　　青藏高原数十万平方公里的巨型地下空间难道仅仅只是无稽之谈？

　　究竟还有多少不为人知的事物被埋藏于不见天日的地下？

　　……

一　任　务

列车一路飞驰，换气风扇"呼呼"地发出声响，可还是闷得厉害，也就进隧道前那一瞬间从外面挤进来的风会让车厢里凉爽一些。不过不知道为什么，那股风闻起来很腥，就像前一夜热带雨林里散发出的那股味道。

车厢里包括我只有七个人，但我们谁也不认识谁。

今天早上天还没亮，我听到门外的声响一下子惊醒了过来，抬起头，那个穿着军装的人正好推门走了进来。他肩章上的军衔是我迄今为止在电视以外见过的最大的。

那人很高，进入房间后径直向我走来，背对着灯光居高临下地站着，帽檐下的脸庞好像被蒙上一层黑雾，看不清面貌。但我感觉得出，他两只眼睛正紧盯着我。

有必要惊动这么个大人物？

我还以为处理结果出来了，没想到被告知有任务，奇怪的是这个任务只属于我一个人，"将功补过"，离开前他是这么说的。

汽车划开破晓的阳光一直开到火车站，随行的两个人都是生面孔，和我一样穿着便衣，下车后一左一右把我夹在中间，押送犯人似的将我带进了火车站。

这是要去哪儿？

时间还很早，车站里没有多少人，一批由三四十人组成的铁道工程队正在集结，一眼望过去一个个脸上略带倦容，想来也是临时得到消息被拉过来的。带头那人显得很是紧张，一脸严肃，恐怕是发生了什么不得了的事情。他和我打了个照面，莫名其妙地盯着我，直到我走进车厢，再也看不到了。

在我走进车厢后，押送我的那两个人同时转身离去，一路上我们连句话都没有说过。

车厢里坐着两个白发苍苍的老人，上车后象征性地朝我点了点头。

两位老者中看起来最为年老的人说道："找个位置随便坐，车程有些远。"他脸上皱纹满布，透过老花眼镜可以看到一只眼睛是闭着的。

我找了个位置坐下，不一会儿又有四个生面孔分别走进车厢，看得出来那四个人和我一样也是当兵的。

经过简单交谈，我们得知两位老者是地质学家，问及我们五个特种兵的职责时，开头说话的老人说："保护，我们希望你们能够保护我们，同时也请保护好你们自己，不要丢了性命。"

看来是个特殊任务，否则也不会找五个不相认识的人来执行。讲话的老者也许是带队的，也只有他了解任务行程和具体任务细节，我们只能跟随。

令我奇怪的是，既然危险为什么不多带几个人前往？我意识到这个任务不会那么简单。

列车不一会儿就开动了。

透过车窗玻璃，连绵起伏的大山、草原戈壁、盐湖沼泽不断远去。两位老者坐在一排，手里捧着地图窃窃私语；其他四位同我一样时不时往外扫上一眼，枯燥得很，彼此谁都没有说话。

其中一个年纪较轻的瘦小伙儿很快引起了我的注意，高鼻、深眼、阔额、窄颊，脸部器官饱满而又立体，只不过太瘦了，身高又不是很高，后脑勺上还系着一根短辫，十分有个性。

他脸上的表情很是兴奋，望着车窗外的风景，眼睛里始终掩饰不住绽放出来的光芒。

"兄弟，知道不，很快就能到我的家乡了！"他把头转过来压低声音对我说道。

我没有搭理他，年轻人无趣地把头转回去继续看窗外。

数小时车程后，我开始有些喘不过气来，换气风扇转动的频率快了许多。海拔越来越高，窗外的大山上开始出现白雪，望上去壮丽无比。正在这时，列车突然停了下来，两位老人收起地图，目的地已经到达了。

窗外一片荒凉，我正奇怪这是要往哪里去，瞎了一只眼睛的老人告诉我们，因为地震的缘故，车子已经到不了站，要走路过去。

"咱们可能要上雪山。"那个年轻的兵对我小声说道。

雪山？

走出列车，除了我们七个人，之前在火车站看到的那些工程兵也从其他车厢里陆续走了出来，坐上停靠在列车边的面包车继续向前进发。列车紧接着就返程了。

出了车厢，大家的表情都显得有些不适，起了高原反应。好在我们五个特种兵训练有素，没受到多大影响，而其中一位年纪较轻的老者却是憋得双颊通红。

带队老人随便询问了几句，确定没有大碍后，叫我们分别坐进三辆停在铁轨边的三菱 SUV。汽车沿着公路一路奔驰，我和那个年纪较轻的被安排在一起，一路上他都在和我讲话，他说他是本地人，家住在阿克，如果列车一直开的话就能到达阿克站。

开车的是一个满脸横肉的中年男子，他听年轻人说了一会儿，一拍大腿说他也是阿克人，前几天的强震把铁轨都往外移出去好远，列车是到不了站了。

"你们看，公路上的这些裂缝也是让强震给搞的。"他把头往窗子边动了动说。

公路上确实有一道道裂缝，只不过裂缝的宽度不大，否则可能连车也开不了了。

年轻人听有地震，急忙问有没有造成大的影响。

开车的男子说震源在雪山西峰，那地方海拔高、人少得很，影响倒是不大，城里也感受到了震动，但是震感较小，也就损害了几间民房。

他们所说的"雪山"其实就是天山，这片区域的天山山峰海拔奇高，空气湿度大，因此终年积雪，"雪山"应该是当地人讲的别称。

我听得奇怪，问："既然城里都没受多大影响，这里的公路怎么会出现裂缝？"

男子摇摇头说他也不清楚，可能是地基下沉的缘故。他接着说道："这次地震让好多人涌向这里，当兵的也来了不少，前天就来了一卡车的兵，全往雪山大冰川上跑。也不知道遇上了什么，今天早上他们回来的时候我看有些人还受了伤，并且伤势还很严重。"

"我说，你们也是为这个来的吧？那些兵的伤看起来很不简单哪！"

听他这么一说，坐在我旁边的年轻人接过话："我也不知道，今天早上还没睡醒……"我赶忙拉了拉他，示意他闭嘴。

开车男子透过后视镜奇怪地看了我一眼，也没有多说什么。

说话间，车子已经开进了一个小集市，穿着厚衣的人来来往往，可能这天是市集日，人很多，街道两边全是卖东西的小摊子。

车子沿着街道一直开到尽头，一长排三米多高的红砖围墙直挺挺地立着，这些围墙不知存在了多久，早被侵蚀得不成样子。

沿着围墙继续往前，一扇锈迹斑斑的大铁门似乎许久没有开过，破损得十分严重，许多地方的铁皮已经锈烂，露出当中一截截大拇指粗细的钢筋。

车子到大铁门前便停了下来。我仰着头看了一眼，大铁门上有一个铁制的招牌，上面写着几个掉了漆的字"阿克××化工厂"。

为首两位老者下车示意我们跟上。刚一下车，一股冷风迎面吹了过来，刀子似的刮得脸生疼，我往上拉了拉衣服拉链跟上了他们。

汽车把我们送到这里以后就原路返回了，之前载我的那个男人透过后视镜一直看着我，眼神很奇怪。我目送着他，一直到车子消失在集市当中。

大铁门之前便没有关，年纪比较大的那位白发老人轻轻一推就把门推开容得下一人进去的缝隙，我们接二连三地走了进去。大铁门后是一个挺大的院子，周围围着围墙，空荡荡的院子里孤零零地立着两座四层小楼，有些像六七十年代的办公楼。一条铁梯环绕楼身，旋转向上，看起来很古老。

这让我不由得想起了小时候家旁边那栋政府楼，也是这种样式的，当时我还挺喜欢爬楼梯上去玩，站在高处，可以看得很远。

院子里没什么其他东西了，也不见人走动，总之就是死一般的静。

白发老人关上门后带着我们上了楼梯，那些台阶虽然是挺厚的钢板，但太旧了，上面都是锈，踩上去"咯咯"响。我们走得很小心，担心一个不注意把楼梯踩塌了。

时间已经将近傍晚，头顶的天空湛蓝一片，比我见过的所有天空都要蓝，远处的小集市仍旧人头攒动，当中升腾起一缕缕烧火的青烟，天边西垂的红日伴着一大片如火的红霞，将连亘的天山映照得鲜红无比。

容不得我多想，走在最前面的老人拐进了第三层。

楼道当中空落落地吊着几只球面发黄的白炽灯，两面的墙壁有些发黄风化，轻轻一揭便会落下一大块。一排掉漆的绿色铁皮门紧闭，当中时不时地传来一阵细响，分不清究竟是风还是有人在里面低声哭泣。

这个地方实在怪异得很，像个早已废弃很多年的精神病院。

老人走到楼道差不多中间位置，在一扇绿色铁门前停了下来，转回头轻声说了一句"到了"，伴随着一声刺耳的铁皮摩擦声，先行推门走了进去。

里面是一个挺大的房间，到底散发着霉味，中间摆着一张大长桌，四周围着很多靠椅，想来是个开会的地方。

两个老人坐下后示意我们也坐下，年纪较大的老者和另外那个商量了一会儿，抬起头若有所思地看了我们五人一眼说："既然来到了这里，我们也就打开天窗说亮话，不涉及机密的东西可以告诉你们，不然大家谁心里都没底儿。"

我越来越觉得这个老人神秘得很。

接下来，老人一口气不出地从嘴里蹦字儿，等到他讲完，我只感觉心里很不是滋味，但又说不清是兴奋还是担心。

说话的老人叫张国生，另外那位叫李申，两人同事关系，在这之前他们俩都已经退休了。但是前夜地震之后，上边发现这次地震后出现了一些不得了的事情，大冰川由于受到地震的影响裂开了一条大缝隙。

大冰川所在的位置海拔超过七千米，冰厚将近上百米，在如此巨大的震动下裂开似乎也不是太奇怪的事情。怪就怪在裂开的地方竟然出现一个百米宽的大坑。

张国生和李申两人立即接到任务，务必要到天山进行实地勘察。一来他们两位都是国内数一数二的地质学家，二来他们两人对天山的考察由来已久。

张国生喝了口随身携带的矿泉水，摘下眼镜用手帕擦了一会儿，盯着我们接着说："在这之前，工兵曾经去大裂缝进行过侦察，但是直至今天早上，进入坑里的几十名工兵回来的只有十二名。他们都生了莫名其妙的怪病，谁也不知道他们究竟在坑底遭遇了什么。

"那些工兵一直神志不清，全身大范围出血。医护人员曾试图给他们输血，但是输血针插进血管后血液在针头附近立即喷涌而出，医护人员断定他们的血管出了毛病，否则不可能在针头插进去的时候血管突然局部破裂。因失血过多，十二名工兵在几个小时后全部死亡。"

我能够感觉到张国生的话刚讲完，现场气氛开始变得凝重。

医护人员根本不知道是什么东西夺去了他们的生命，也不知道他们是怎样从大冰川回到这里的。随后，他们的尸体被解剖，医生奇怪地发现死者的肝脏已经局部液化。

"这样的情况……"张国生顿了顿，看了一眼身旁的李申继续说，"要知道，只有人死去超过三四天，他的肝脏才会逐渐液化。也就是说，幸存的工兵其实在回来之前的几天里就已经死亡。"

什么意思？今天早上回来的工兵难道是死于几天前的尸体？开什么玩笑？

张国生把握紧的拳头张开，刚要开口，从门外推门走进一个身材高大、西装革履的男人，他走到张国生面前和他小声说了会儿话后，找了个座位坐下。

张国生朝他看了一眼，紧接着点了个头，站起来说："想必大家通过我的描述已经大体了解整个事情的经过，大冰川厚度太大，无法借助仪器观察，所以……总之，事情就是这个么事，你们五位战士都是一等一的特种兵出身，此次的任务就是进入大裂缝，弄清大裂缝和工兵丧生的原因。"

他一讲完，身穿西装的男人从位置上站起来走出门去，不一会儿，五个手提迷彩背包的人走了进来。

"这里面的东西可能用得着，你们掂量掂量趁不趁手。"张国生说完，从西装男人手上接过两把手枪，递给了李申一把。

我们接过背包，拉开一看，野外求生的东西应有尽有，其他的东西每个人又不尽相同，应该是按照我们每个人的特长而特意准备的。其中引起我注意的是一把 9 毫米微声冲锋枪和几颗 82 式无柄手榴弹，这两样东西在五个背包里都有。

当时新型 9 毫米微声冲锋枪还处于初研阶段，在这之前我也仅仅看过样枪，想不到此行竟会让我提前拿到。

我们五人的心情都有些复杂，现在正是深冬，带武器进天山，张国生究竟还有多少事没告诉我们？而天山里到底又有什么东西？还有那些死因怪异的工兵……

我越来越感觉到此行恐怕凶多吉少，天山如今在我的眼里就像一只被蒙上了阴影的野兽，可怕的是我们谁也不知道这只野兽的獠牙在什么地方。

但是作为一名军人，哪怕是生命的最后一天，唯一能做的只有完全服从，还有执行命令。

二 异 象

进山的路程很远，送来背包的那人出门打了个电话后，不消几分钟，三辆汽车就已经停在院子外待命。

为了抵御寒冷，我们每个人包里都装着很厚的衣服，从背后看去，鼓鼓囊囊的背包差不多把我们的身体占去一半。两位老人则早已穿得严严实实，如两个粽子。

我和较年轻的小兵又被分配在同一辆车上。这可苦了我，我比较沉默，不爱说话，和小姑娘在一起更是半天放不出个屁来，究根结底，还是害羞。从小我就听说一个人的名字往往能够决定他往后的很多变数，我常常就在想，"吴朔"这个名字是不是和我现在的性格有那么半点儿关系。

路上的风景无聊得很，白雪皑皑的大山虽说雄伟壮丽，但连续看上这么久也就厌烦了，索性和他说说话。年轻的小兵的名字叫杨董，我听着奇怪就问："你父亲姓杨、母亲姓董？"

杨董咧嘴一笑，露出一口小白牙，说："我母亲姓赵，倒是父亲姓杨，爷爷姓董，'杨董'这名字是爷爷给起的。"

我听后一乐，说："我孩子也是双姓，只不过跟的是我和我妻子的。"

杨董一听哈哈大笑起来，问道："哥，你都有孩子了？你这么帅，嫂子一定很漂亮了！"说完乐呵呵地看着我一阵傻笑。

我不太想谈这个话题，问他多大年纪，这么看上去大概也就二十五六岁。

他的笑容一直挂在脸上，显然敏锐地察觉到了我的顾虑，很快把话题转了回来，说自己昨天刚满二十三岁。

这倒有点儿出乎我的意料，年纪轻轻就进特种部队，身上恐怕有什么不得了的本事。

杨董紧接着问我叫什么名字，听到我的名字后又是一阵哈哈大笑，捂着肚子说："我就说你怎么一路上也不讲话，原来你这名字一直在提醒你'勿说，勿说'。"

话匣子一开，我和杨董再也停不下来。他说我们五个特种兵中有一个叫多吉的他认识，还说那人和他之前在一个部队。

经过杨董的描述，我想起队伍里确实有一个身材高大，但是看着呆呆傻傻的光头汉子。

杨董说："你别看多吉好像很笨的样子，部队里大家都叫他'藏哥'，因为他的方言味很重，但是部队里没有一个不服他。藏哥近身搏斗无人能及，除了藏哥这名字，部队里还流传着他的另一个名号——绞杀。"

这名字倒确实挺凶残的。

说起队伍里的人，到现在我也只认识了两个，其他人包括'藏哥'我们没有互相说过话，除了杨董都沉默寡言，这似乎是我们这一行的通病。

山路的海拔慢慢上升，车子开到了一片大草地，开始变得颠簸；已经开了差不多四五个小时，夜色渐浓。

车子在我毫无防备的时候"吱"的一声停了下来，当时杨董正平靠在座位上闭眼休息，刹车的惯性让他的头和前座的拉手来了个亲密接触，疼得他嗷嗷直叫。我往前窗看了一眼，前面张国生他们坐的车也停了下来，两车之间的距离不超过半米，幸好开车人停得快，不然在这荒郊野外撞上指不定得多麻烦。

张国生拉开车门走了下去，我见他神色慌张，好像前面出了什么事，赶紧打开车门跟了上去。

我和杨董的车在最后面，张国生的车在中间。藏哥他们三人也已经下了车，站在车前不知道在看什么。我走过去，发现车子前面躺着一团黑物，走近了，没想到是一具身穿工兵服的尸体。

开车的满脸惊恐，身子抖个不停，说因为杂草太密，在远处根本没有看到尸体，等到了尸体跟前才发现，这才急急刹车。

尸体面部朝下，看着那只紧紧拽住杂草的手，我不由得吃了一惊。那只手浮肿得跟一块泡发的白馒头没什么两样，手背上的血管高高凸起，暗红色的血液透过血管在手背上呈现出张牙舞爪的痕迹。

我们谁也没有说话，开车的司机则是吓得脸色煞白，"我说嘛，这个尸体怎么会在这里呢？会不会是谋杀？我们还是报警吧？"

张国生拿出一张证件往他们面前晃了晃说："报啥警，我们就是警察。"他往大山的方向看了一眼，让他们尽快把车开走，剩下的事情交给我们来办。

三辆车飞一般逃离了，张国生蹲下身去仔细看了看尸体的手，他把手腕上的袖口往上推了推，手臂同样已经浮肿。

"不对啊，按理说逃脱的工兵应该都被送回城里了，这里怎么会还有一个？"他说着就要把尸体翻过来，但是尸体已经僵硬，加上死者身材高大，他几次用力都没能翻动。

我正纳闷儿，一个地质学家胆子这么大也太不寻常了。

队伍里一个小平头的胖子蹲下身去说："老爷子，我来。"说着伸手将尸体轻易地翻了过去。

这一翻直把李申吓得一屁股坐到草地上，眼睛睁得老大，一脸惊异。张国生反倒没什么反应，眉头紧蹙地盯着查看，似乎早已见惯了这种骇人的场面。

尸体的脸已经肿得判断不出面容，整张脸扭曲到不可思议的程度，脸颊上的血管同样高高凸起。如果没有猜错的话，这具尸体的整个身体应该都被凸起的血管覆盖，就像全身文着一堆扭曲的文身。

"老爷子，我们是不是该回去一趟？"胖子看着地上的尸体说道。

张国生摇了摇头，说："带着尸体回去麻烦得很，暴露了这次任务，在场的每个人都负不起责任。"

尸体最终被我们掩埋在草地里，没有坟包，也没有墓碑。

掩埋完毕，天色已经完全黑了下来，夜空繁星点点，月亮还没有升起。我向着远处的群山望了一眼，心里对即将步入的天山多了几分顾虑。突然出现的死尸让我们五个不明事实真相的特种兵心里七上八下，看得出来，两名地质学家也丝毫没能料到。尸体恐怖的死状让张国生忧心忡忡，坐在草地上一个劲儿地抽烟。

现在进山是不可能了，除非摸黑进去。张国生不想冒这个险，只好让我们就地扎营。

行军帐篷被从背包里拿出来之后，圆鼓鼓的背包终于变小了许多。考虑到众人的安全，我们在帐篷中间升了一堆篝火，由我们五个人轮流值班，守住火堆不灭。

杨董说天山上的野兽很多，天色一黑，下山的野兽有时会闯进牧民们的家里偷吃牲畜，因此山下家家养狗，为的就是防止野兽进来。

我们离天山越来越近，用张国生的话来说，明天步行半天时间就能进入大冰川。这样的话，我们的境遇显然危险得很。

我值的是第一班，大家各自吃了些压缩饼干就进帐篷睡去了。

坐在篝火旁边，柴火时不时发出一阵"啪啪"的爆鸣声，四周一片漆黑，只听得见草丛里窸窸窣窣的虫鸣。

我就这么静静地坐着，脑袋里又想起了不久前在西南边境大雨林执行的那个任务。和那次一样，这里的时间同样过得很快，只不过那次的时间显然更长，从日出到日落，再到天空放晴，我在热带雨林里趴了整整一天一夜。

脑袋里乱七八糟的东西让我只觉浑身如坠冰窟，胖子如雷的鼾声在这时响了起来，我赶忙打住思绪，抬起手看了看表，已经将近十一点钟，还有半个小时我就可以去睡了。

下一班是那个长相严肃、四肢粗壮的特种兵，在进山的过程中我从未见过他讲过一句话，他的表情一直冷冰冰的，一副令人难以靠近的模样。

还剩一刻钟的时候，他突然从帐篷里走出来对我说："哥们儿，进去睡吧，我来守。"四川口音很重。

我说："还有十五分钟，守完了再说。"

他毫无征兆地哈哈一笑说："你倒是会钻牛角尖，行嘛，我们来吹吹牛？"

我点了点头，屁股往后挪了挪让他坐下。

"你说，我们会不会死？"他往火堆里丢了根木头，嘴里冷不防蹦出来这么一句。

我没有听清他的话，问他："你说什么？"

"我们会不会死？"他紧接着重复了一遍，"你难道没有发现这个任务有些蹊跷？"

蹊跷？从接到任务到现在，整个事情的发展到现在哪一点没有透出蹊跷？不明真相的任务让我从睡梦中还未完全醒来就被带往只有七个人的火车上，接着火车一直开到刚刚经历过地震的天山，还有那些无故死去的工兵。张国生的话一直让我一知半解，他说天山大冰川出现了一个大裂缝，但是裂缝里有什么连他自己都不知道，或者说他知道但是一直没有告诉我们，到现在，又遇上死状奇异无比的工兵，在天山大冰川下究竟隐藏着什么？

坐在我身旁的四川人把我从冥想中带了回来，他说他叫李瘾，"瘾君子"的"瘾"。

还没见过有随意糟蹋自己名字的人，我说了自己的名字，李瘾抿着嘴点了点头说："怪不得一路上你的话这么少。"

我听着好笑，合着你一路上就一直在讲话不成？他的肤色很白，同大多数生活在天府之国的人一般模样，白白净净。唯一的区别是脸上一条细长的愈合不了的外翻刀疤，从额头处一直延伸到上嘴唇，看着有些瘆人。

李瘾往张国生的帐篷看了一眼说："这个张国生有些奇怪。"

我问他哪里奇怪，他突然给我做了个噤声的手势，压低声音说："你听，周围好像有啥子动静。"

我静下心，身后响起一阵疾奔的声音，跟着扯动起一阵很轻微的声响，我很快转过头去，不远处出现了两点光亮，两只发着荧光的眼睛正直勾勾地望着我们。

李瘾手里拿着一根烧得通红的木棍慢慢挪到我面前说："你来猜猜那是啥子东西？"

我摇摇头，把冲锋枪抓在手里，管他什么东西，扑上来的话就喂它几颗子弹吃。

9毫米微型冲锋枪也叫微声冲锋，比一般的冲锋枪体积要小上一些，握在手里感觉很好，它发射子弹的声音本来就小得可以，但是张国生说天山上的积雪很厚，为了避免开枪造成雪崩，我们事先在枪管上安装了消声器。

但队伍里的那个平头胖子担心安了消声器也不管用，就让我们把所有的枪交给他，又给枪管钻了几个洞。

消声器的前端密密麻麻的洞便是消声洞，开枪时产生的声音大部分是由于气体膨胀造成的，而一枚子弹之所以能够产生音爆是因为子弹的速度太快，如果想要把声音压到最低，甚至可以往枪管上钻洞，但这可是一门手艺活儿，玩枪不精，消声洞钻不到位，扣动扳机，轰掉的将会是开枪人自己的手掌。

那个胖子是个枪械高手，我当时看他边钻边往嘴里送花生，好像在摆弄一件小玩具，从容不迫。

李瘾递给我一根火棍，说："不要打扰大家休息，待我前去取那敌将首级。"说着从怀里摸出一把寒光闪闪的匕首，慢慢走上前去。

远处的那个东西或许是感觉到了李瘾的动作，跟着他的步子一寸寸往后挪，始终没能让我看清究竟是个什么东西。

"我看是头狼，还是头狡猾成精的天山灰狼。"李瘾一个疾步退回到我的身边，接着把手里的火棍扔了过去，一个白影在火光的照射下一闪而过，"噗"的一声，蹿进了附近的草丛，立即不见了踪影。

狼一般都是成群结队的，我担心还会有更多的狼出现，立刻叫醒了所有人。

张国生问我发生了什么事，李瘾说有狼。他往四周看了一圈，没有再发现狼的影子，但我们害怕还会有其他野兽进来，改成两人一起值班，藏哥和李瘾一起。

我的眼皮重得厉害，我进帐篷就开始呼呼大睡。藏哥和李瘾一直在说话，但是我始终没有听清他俩究竟在说些什么。

眼睛没闭上多久，只听帐篷外"嘭"一声巨响，整个帐篷摇晃起来。我条件反射一般赶紧跳起来，拉开帐篷，前脚刚踏出去，只感觉脚掌一软，像是踩到了什么东西。

我低头一看，一只皮毛几乎掉光的老狼正被我踩在脚下。这只老狼不知活了多少年岁，长得骇人无比，体形大得跟头小牛犊没什么两样，身上的毛全都清一色的花白，尖牙，或许用獠牙形容更妥当一些，从獠牙突兀的嘴里、鼻子里流出一股股暗红色的血液，腹部稍微扯动了几下后就彻底死了。

藏哥扭了扭手臂，走过来踢了一下尸体，骂道："狗日的畜生，差点儿要了老子的命。"

藏哥的藏族男性特征很是明显，他的五官更为立体，紫红色的肤色，身材又高又壮，在杨董面前他大概可以称得上巨人了。

说话间所有人都从帐篷里走了出来。张国生和李申看见狼的尸体都吃了一惊。胖子揉着眼睛蹲下身去摸了摸死狼的腹部，嘴里嘀咕道："就是老了些，肉恐怕硬，不然咱们的夜宵就有着落了。"

"格老子的，日你个仙人板板，藏哥，你是怪物吧？"李瘾一脸惊讶地拍了拍他的肩膀。他的身高不及藏哥，得踮着脚尖才能拍到。

这只老狼就是之前被李瘾吓跑的那只，它一直没有走远，就一直躲在草丛里伺机而动。李瘾和藏哥两人从值班到老狼出现前都在讲话，丝毫没有发现危险正潜伏在离他们不远的草丛里。

等到快要换班的时候，藏哥尿急难耐，跑到草丛撒尿，刚一转身肩膀上突然感觉到有什么东西搭了上来。

藏哥心里一惊，不远处的李瘾正往火堆里添柴，并没有注意到这里的情况。他把头往后稍微仰了半分，耳后传来一阵厚重的低吼，一股温热的气流直往他脖子上喷。到这里藏哥的心里已经明白几分，他这是被狼给搭肩了，能搭到自己肩膀上，身后这狼有点儿厉害。

草原地区的狼聪明得很，是出众的隐藏高手。它们一般不会迎面出击，因为许多牧民手里都拿着刀具之类的武器。在出击之前，这些狼便躲在草丛里，等人一走过，它们就会慢慢跟上去，纵身一跃将前肢搭在人的肩膀上，被搭的人心里奇怪往往会转过头去，这一转便会被狼给咬住脖颈，顷刻毙命。

藏哥感觉肩上一沉，身后的这只狼重得出奇，如果是只狡猾的老狼，指不定还会出什么怪招儿要了他的命。他立刻把手往肩上伸，紧紧抓住狼爪，这一切似乎就在迅雷之间，老狼想必还没弄明白是怎么回事，来不及反应就被他拉住狼爪顺势往前摔去，他使的力量很大，狼砸在地上之后紧跟着翻了几个圈，一直翻到我的帐篷前面。

李瘾说他久久不见藏哥回来就去找他，刚好看到那一幕，这只老狼也是命贱，搭谁不好竟会去搭这么个怪物的肩膀，被藏哥这么一摔，恐怕五脏六腑都给摔成汁水了。

藏哥另一个名字"绞杀"在我的脑海里浮现，也亏得他力气大，一招儿致命，不然那狼翻了几圈站起来，一看帐篷里有活人，这他娘的不是把我送给老狼当夜宵了？

把狼的尸体搬走的时候，胖子和杨董一个抬脚一个抱狼头，用了很大的劲儿才把它扔回草丛里。杨董后来告诉我，狼头松松垮垮，摸不到一根完整的头骨。

处理完尸体后，我们重新回帐篷睡觉去了，杨董和胖子在火堆前一个劲儿地聊天，我把手臂枕到头下，心里乱糟糟的。

如果没有看错的话，刚刚出去的时候，前面的群山之中腾起一团无比巨大的黑影，就在那时，月亮突然躲到了黑云里，等到月亮再出来的时候，黑影已经消失不见了。

或许是我看错了。

三　御龙行动

第二天六点，天还蒙蒙黑，胖子把我叫起来，说张国生让我们收拾一下即刻启程。借着几分钟的时间我和胖子闲聊了几句，他的名字叫陆飞，西南人，祖辈三代都是部队出身，不折不扣的军人世家。

其他的也没有多说什么，他就往前走了。杨董这个小滑头跑到我旁边扯着嗓子叫我快点儿，张国生和李申已经走出去好远了。

我赶快收好帐篷，携带的东西里无缘无故出现一个通体漆黑的铁盒，没有记错的话，是从载张国生他们的车里抬下来的。黑盒质地是十分寻常的铁皮，不是很大，不过足以装下一个成年人的脑袋。

里面不知装了什么东西，开口处设有密码锁，三排密码，每一排有五个数列，也就是说得输对十五个数字才能打开。

杨董问要不要打开来看看，指不定里面会有什么不得了的东西，也让我们见见世面。

我说密封得这么好就是为了防止打开，要是真有了不得的东西也不该我们看。我心里隐隐对杨董有些疑惑，他真是个当兵的？

说话间杨董的手已经在转动密码锁旁侧的旋转钮了，一只手忙不过来，索性一屁股坐到地上，将黑盒抱在怀里，也不去看，侧着耳朵，两只手飞快地旋转着那些按钮。

我正要出手阻止，杨董瞥了我一眼，朝我做了个嘘声的动作，双手继续摆弄，原来他在听声音，密码还能这么解？

我以为他不过是在逗我玩，难度这么大的密码组合如果用听的就能解开，那还真是稀奇了，没去理他，背起背包就要走，还没等我迈开步子，只听身后"咔"一声细响，杨董紧跟着嘿嘿一笑："开了！"

不可能吧？

我把头转了回去，杨董已经把黑盒盖掀开了。

黑盒当中铺着一层很厚的红色棉布，似乎是为了保护当中的东西。杨董将手伸进去，掏出一块巴掌大小的银色薄片，看上去不像银箔，比那要厚上一些，是个什么东西？

杨董盯着那薄片看了一会儿，递给我说："吴哥，你看这是什么？"

我接了过来，凉凉的，但摸上去又很润，就像握着一块玉似的，和一般的金属有很大的不同。薄片通体银白，只不过可能因为年代久远，边沿部分有些许的残缺和翻卷。相比这些，这块薄片最能引起注意的还是当中刻的那些奇形怪状的符号。

那些符号，或者不能说是符号，看上去就像有人故意在上面胡乱刻上了一些乱七八糟的线条，线条扭曲地重叠在一起，布满薄片正反两面，密密麻麻，说起来更像是画着某种东西，不过究竟是什么，实在看不出来。

杨董也许是见我翻来覆去地看，走到我旁边踮着脚尖，抓了抓头，道："吴哥，你说会不会是个古董？不然怎么会是纯银的，上面还刻条蛇？"

不可能是纯银做的，摸上去的感觉太奇怪了。

不过，蛇？他是怎么看出来的？

杨董把薄片在我手里掉转了个位置，这么一看，确实像是一条蛇，不过没有蛇身，那些杂乱的线条此刻都顺着同一个方向，无数的线条看上去像极了一颗吐着芯的蛇头。

只是这个纹路似乎和我身上……

"哎呀，老头儿来了，吴哥快给我。"杨董一把抓过我手里的薄片，飞快地将它重新塞回黑铁盒中，盖上铁盖，打乱了密码重新锁上。

我转回头去，只见张国生喘着粗气跑了回来，面容紧张不已，看见地上的黑铁盒后莫名其妙地松了口气说："都是些地质勘查的仪器，还是我来拿妥当。"说着就要去拿起来。

我看着他挺费力，往后的路还不知要走多远，让他把黑铁盒拿给我，我替他拿。张国生点点头，再三叮嘱黑铁盒里的东西重要得很，要小心保管。

我背起行军背包，只感觉腰上一沉，这铁盒可真够重的。

张国生这回走得不是很快，离我和杨董很近，时不时走几步便往后看我们几眼，对我似乎并不是很放心。我知道他恐怕是在担心我背包里的黑铁盒，可一个地质学家带那么一个奇怪的东西做什么？

越往山上走气温越低，空气也愈加稀薄，两位地质学家还算比较有精神，想来做他们这一行的也是长年累月在外边跑。除了看起来很是清瘦的李申一路上喝了不少的水，刚开始的时候还要去牧民家里方便，上山之后再也没有办法，憋也憋不住，又跟不上我们，只能在后面随地解决。

张国生看着很不是滋味，一再要求让他先行回去，有他就够了。李申却一再摇头，说："事态已经这么严重，多个人也算多个帮手。"张国生没有办法，只能让我跟在后面照看。

大伙儿其实都已经基本熟识，这次任务不同以往，为了打发时间，开始有一句没一句地聊起天来。

杨董的话最多，陆飞和他一直在为部队里的伙食争论不休，陆飞认为他们部队的伙食很成问题，一天才吃得到一只鸡腿加几两猪肉，牛肉只能偶尔吃到，部队对他们的健康极度不重视。他边说边往嘴里送花生，我看他一路上都在吃，就算再多的花生恐怕也已经吃完了，可他总能从大衣的口袋里摸出一把来，莫非他身上能种花生？每天洗洗澡就当浇水，不久之后便能收获长满身子的花生。

我不禁跟着想象了一下，白白胖胖的身子，上面挂满了一颗颗饱满的花生。这里本来就很冷，又这么一想，只觉浑身起了一层鸡皮疙瘩。

杨董听罢一脸的不服气，扯着脖子，脖颈上的筋都凸起来了，叫嚷道："什么？你说什么？还有鸡腿？还有牛肉？你跟我说说看你是哪个部队的？回头我让我们队长去考察一下，回来给我补偿点营养，你看看，我都快瘦成猴精了！"说完，突然想起什么，又嘟囔了句："好像也没机会了……"神情一下子黯淡不少。

其他几位没有我离他这么近，最后这句谁也没有听到，却让我感到万分奇怪，难道他也同我一样面临着遣散？

多吉听他说完，一阵"哈哈"大笑，对杨董说："杨董兄弟，有机会去我家啊，我给你宰牦牛吃。"

杨董摆摆手，道："不行不行，我还是喜欢我们部队里的伙食。"说完神情又低落不少。

张国生走在前面带队，一直听着没有说话，听我们说了一会儿，突然停下来说："过了这个山谷，大冰川也越来越近，在没有进入之前就先休息一下，补充一下体力。"

时间已近中午，太阳热辣辣地挂在头顶，山上的植物少得可以，到处都是怪石嶙峋的大崖壁，地上的杂草上满是冰晶，也没有坐的地方。我们已经到达这座山峰的雪线位置，接下来的路恐怕更不好走了。

山谷下凹程度很大，我们所在的位置是一个小坑，说不上深，不知道是怎么形成的，四面都是壁立千仞的大冰山，行走其间我们好像就是一只只渺小的蚂蚁一般。这种感觉压得人喘不过气来。

我徒步走过杳无人烟的羌塘大荒原，爬过连绵起伏的千里巴山，横渡过几乎全长的湄公河，对了，最近还穿越了中缅边界的热带雨林。严酷的天气，千奇百怪的毒虫异兽，虽说不是完全能够应付且全身而退，至少能够活着出来。但那些地方没有一处同这里给人的感觉是一样的，它的致命你看不到，也感受不到。在这些巨大的山谷和冰山面前，一切似乎都在井然有序地进行着，平和而又静谧，不过丧命的方式却又轻而易举，一个喷嚏、一个响屁都有可能要了你的命，关键是，根本无处可逃。

换句话来讲，从走进这些山谷开始，死神就已经猫在背后，将一把恰好可以准确卡住脖颈的、泛着寒光的镰刀抵在你脖子的肉上，无论是你还是他，只消一个轻微的动作，就脑袋搬家。

沉闷的气氛不知是从什么时候开始的，大家的脸色都变了一个模样，显然是被压抑得太久，太令人绝望了。张国生这些从事地质勘探的专家，心理素质到底强悍到了何等地步？

张国生蹲在地上，嘴里咀嚼着一块压缩饼干，我看着想笑但又笑不出来。有个说法，进山人休息时千万不能坐在地上或者树墩上，否则就是得罪了山神。原来科学家也有这种忌讳。

他望了望远处雪白色的高山，乐呵呵地看着我们，说要讲个故事。

张国生大半辈子的时间都在从事地质勘查，他可以说是翻越了中国所有的大山大林，有时一次勘查延续长达到几年。长期远离人群，终日面对着连绵不绝的大山和丛林，几十年穿越其间，没有经历过的人根本无法体会到其中的艰辛和窒息般的空虚感。许多能够重新走出大山的同僚在回归社会后，都患上莫名其妙的心理疾病，最终只能抑郁而死。

好在张国生运气颇好，只不过瞎了一只眼睛。说着他把眼镜摘了下来，指着那只瞎眼说："你们看看我这只眼睛有什么不同？"说着他把眼皮使劲儿往外翻，好让我们看清。

张国生的左眼眼眶空空如也，只留下一块小小的息肉还在眼眶中间。我吃了一惊，张国生的眼球是被狠狠地抠出去的！

记得刚进部队那会儿，有一次近身搏斗，大家都缺乏安全意识，尽管教官交代了数次，有一组队员（两人一组）因为打得太凶，其中一名的眼珠被对手不慎抠出。当时空旷的场地上满是鲜血，被抠出眼球那人一个劲儿地挣扎，一只被血染红的眼珠掉在血泊中。

我们都没有说话，张国生笑着把眼镜戴回去后，和我们讲起了这只瞎眼的故事。

他说那场事故发生得太突然，突然到所有在场的人都猝不及防。也因为那次，他这个无神论者开始学会了相信世界之大无奇不有。

"不要不相信，这可不是什么天方夜谭。"

五十二年前，张国生曾以勘探技术人员的身份被调往大兴安岭腹地进行实地勘查，包括他总共有二三十人参与了这次勘查。等到他们被大卡车运到目的地的时候，大家都很是奇怪。因为这次勘查没有下达任何有关命令，没有领队，也没有具体任务行程。现场还有很多行踪诡异的军人。张国生一行人慢慢嗅出了这次勘探的不一般，大家都在猜测大兴安岭是不是发现了什么不得了的东西。

休息了一天，第二天他们就被带到一条河边，直到现在他都不知道那个地方叫什么名字，具体在大兴安岭腹地的什么位置。只记得那是一条说不上宽的河，混浊不堪，水流大的时候，到处都是漩涡，很不寻常。河边许多地方都被大棚布紧紧盖了起来，不过一些建筑物因为太高，没有盖住的地方可以看出来是类似瞭望塔的军事建筑。

直到张国生发现不远处的一面破破烂烂的外国旗帜，他才意识到这里是一个荒废的外国军事遗迹。但是究竟把他们带来这里干什么，所有人都还被蒙在鼓里。

他们在河边逗留了几天，这几天当中完全被限制了自由，每天吃的是行军罐头、干粮。许多人水土不服，浑身浮肿得像一颗颗充满气就要炸开的球，这些人陆续被带走，带去哪儿了？不知道。

上边传达下来"三不许"：不许问、不许看、不许动。

不许问，顾名思义就是无论你看到什么，都不准和其他人交流，也不许和驻军说任何话；不许看，远离大棚布，不准往里看，看一眼，立刻带走；不许动，这就有点像孙悟空用金箍棒在地上画个圈，所有人不得出这个圈的意思。

他们所有人的行动都被限制得死死的。

这在以往的勘查行动中是从来没有遇到的，他们当中的许多人都在想自己是不是犯了什么事，要在这里被秘密处决了。

在这种莫名的强压下大家都过得很不好受，没曾想不久之后，终于来了一个大人物，他组织开了个会，向他们透漏了这次名为"御龙"行动的具体任务。

行动的名字倒是稀奇古怪，张国生说直到现在他都不知道"御龙"到底代表着什么。

一个月前，河道不知为何突然干枯见泥，不久后河床底部的淤泥逐渐龟裂，一条条缝隙布满了整个河床，深不见底。

后来，他们在河床下方发现一个地下空间，经过初步勘探，得知这个地下空间是德军的秘密基地，初步勘探推算开凿时间为"二战"时期。不过，他们不远万里到这片大山大林里来做什么，谁也不知道。

起初开凿这片空间的时候或许还没有这条河，河道出现之后不断冲刷地下空间顶部的泥土，使得用于稳固顶层的密密麻麻的钢筋裸露，河水下渗，这也就造成了湍急的河水中满是漩涡的奇怪景象。

初次挖通并进入地下空间时，他们发现里面没有任何储备物资，只不过是一个空空如也的大坑。由地质学家和工程兵组成的第二小队在进去勘探的时候，发生了一件匪夷所思的事情：整队二三十个人全部失踪，他们所携带的一些勘探仪器、随行物品却完好无缺地摆放在洞内。没有一丝痕迹，所有人就这样凭空消失在一个空空如也的大石洞里。

听到这里，我想起了我们即将进入的天山大冰川，他所讲的这个故事和这里会不会有什么关联？神秘的地下空间，莫名失踪的勘探者，或者用"消失"恐怕会更贴切一些。

张国生讲到这里，略微停顿了一下，抬头看了一眼远处被阳光照得刺眼的白色山脉，接着说："我听到那位大人物说的这些话，起初只感觉到奇怪。我们可是唯物主义的科学家，什么时候也管这类神秘事件了？就算从这里活着出去了，外面世界又怎么能饶我？我的亲人已经基本全死了，难道……"

他似乎意识到偏离主题了，叹了口气没再继续说下去，将话题重新拉了回来。

当时或许被限制了太久，脑子有些转不过来，他似乎并没有注意到这个秘密基地是属于德国的。据传，"二战"时期，希特勒曾两次秘密派人前往中国最神秘的地方——西藏。

如果传言是真的，如这里所展示的，德国人也深入到了这里。希特勒到底在寻找什么？

那个大人物说完了第二小队失踪的事后脸色陡然一变，带着几分威胁，或者说命令的口气，一字一顿地说："接下来给大家展示的东西只要现在记住就可以了，等离开了这里，务必请求各位忘得一干二净，国家会记住你们。"

他们惴惴不安地被带进守备森严的大棚布里面，那些东西，那些神秘至极的东西，只一眼，折磨了他整整五十二年。

四 惊 变

　　显然，张国生的故事到这里才刚刚开始，但这个故事再也没有从他的嘴里讲完。

　　"别出声，有动静！"李瘾坐在张国生旁边，边说边将手搭在他肩上，使劲儿往后推了一把，张国生本来就蹲着，一下子重心不稳滚倒在地。李瘾立刻把身体绷紧站起来，把他整个护在了身后。

　　我见他双眼直直盯在高处光秃秃的冰川顶上，那座冰川不是很高，突兀在山谷之间，离我们的直线距离不到八百米。

　　我见势也赶紧把李申拉到身后，他估计被李瘾这么一惊一乍吓得够呛，整个人缩了下去，趴在地上紧紧地抱着头，身子一阵阵发抖。

　　其他人都已经将武器从背包里拿了出来，严正以待。不过，我们手里的这些武器都不适合远距离射击，如果对面山头的确有动静的话，还有点儿麻烦了。

　　藏哥、陆飞和杨董小心翼翼地挪到我和李瘾身旁，五个人站成一排，将张国生和李申围在身后，确保他们俩的绝对安全。

等了一会儿也不见有什么动静，对面冰川顶没有一株植物，也没有一丝一毫可以遮蔽的物体，一眼望过去只看得见被太阳照射得刺眼的白光和一些突兀在外的黑色石面。

"会不会是那些工兵？"陆飞小声问了一句。

杨董接过话道："不知道，我怎么看着根本就没什么动静呢？李哥你是不是看错啦？"

我一想，杨董之前还靠着听声音开了一个密码盒，按理说他的听觉是极好的，为什么说没有什么动静呢？

"咦，这是什么？"

我们一起把眼睛移到杨董身上，见他蹲下去从草丛里用两根手指头夹出一块圆柱形的玩意儿，那玩意儿还在阳光底下泛着光。

等看清了，我的心脏都快跳到嗓子眼儿里去了，一枚 A 式狙击步枪子弹，这里有狙击手！

"隐蔽！隐蔽！"藏哥喊了一嗓子，直震得我耳膜刺疼。我立刻将头重新转回对面的冰川顶，一块看上去十分寻常的冰面突然轻微地反射了一下阳光。

我们四人几乎是在同一时间趴到地上的，除了杨董。

情急之中，藏哥赶忙伸出手，想拉住他的裤腿，手伸到一半，枪响了。

我十分熟悉狙击枪的声音，但这个枪声是我听过最小的，沉闷得似乎是一块巴掌大小的石头被砸进了沙堆当中，波澜不惊。

杨董就像自由落体一般往下坠去，两指夹着的子弹被甩到空中，两只手也不受控制地向上扬起，左手指头部位在半空中绽放出一抹鲜红，这一幕仿佛被短暂地定格在了我的眼睛里。

我眼睁睁地看着杨董的食指和中指在接触弹头的瞬间冲击下被炸断，一股浓郁的血腥味四散开来，之前他还用这两根灵活的手指转动黑盒上的密码按钮。

杨董重重地栽倒在地，脸上的表情狰狞得可怕，鼻孔里像老牛似的"呼呼"出气。

藏哥从衣袖上撕下一条碎布，生怕弄疼了他，小心翼翼地替他做了简单包扎。但血实在太多了，黑色的布条很快被浸湿，藏哥一看不行，又撕下一块紧紧绑在他的手臂上。藏哥倒像个粗中有细的小媳妇儿，杨董把头转朝另外一边，牙齿咬得"咯咯"响。

幸好我们所在的位置是个小坑，俯下身，地面凹陷正好将我们藏在了里面。对面的冰川不高，在那个位置看不到我们，否则如今我们早已被对面那人爆头了。然而这并不是长久之计，周围都是光秃秃的地面和壁立千仞的冰川群，那人在冰川顶上瞄一辈子，我们也得一辈子趴在这个小坑里。

我有些着急，更多的是气恼，转回头，张国生正微微仰头朝对面望，表情莫名镇定，对这样的场面似乎早已见怪不怪。趴在他旁边的李申表现得就像个正常人了，他刚好把深埋在手臂里的头抬了起来，脸色煞白，眼睛里满是惊恐。

论年纪，他可以做我爷爷，我突然从他想起了那个被我叫作"爷爷"的人，从他去世到现在应该有十年了吧？从李申无助的眼神里，我心里莫名升腾起一个信念，无论如何，我都要保护他的安全。

"张老，这是些什么人？"藏哥替杨董包扎好伤口，转回头去问道。他的口音确实很重，声音又粗，说话时像个男高音歌唱家。

张国生摇了摇头，把眼镜摘下来用衣袖擦了擦镜片，那只瞎了的眼睛眼皮微微张开，露出一个深不见底的黑洞，戴回眼镜，可能注意到我正盯着他，也将那只独眼朝我看来，他的眼神很犀利，目光如炬，像一束闪电，那种眼神我只有在那些当了十几年狙击手的眼睛里见过，他到底是个什么人？

"小吴，我记得你的档案上说你是个狙击手？"他盯着我忽然笑了起来。

我点头说"是"，张老有什么计划？

他慢慢移到我旁边，竖起食指让我抬头，自己先把头微微抬起，指着对面的冰川说："你把眼睛往那座冰川顶往下移个十米看看，那个位置的冰层有些开裂了。"他也许是怕我看不清，接着说，"就是看上去像玻璃裂开了的那里，很亮的那小块区域。"

我顺着他手指的方向看去，确实是，张国生那只独眼也忒好了。我记得山顶上那个人趴的位置正是在这一大块冰层上面，但那又怎么样呢？他不会是想让我用冲锋枪当狙击枪用，把冰层打断吧？这么一枪出去，他就不怕雪崩？

"打下来，对着那块裂层打……"没等他说完，对面狙击手发现了我们，又是一声低沉的枪响，子弹"啪"的一声正打在我面前的冻土，距离不超过十厘米，好在我身后有人把我一下子拉了回去，否则飞溅起的冰屑和石头般硬的泥土只怕已经在我脸上钻出几个窟窿来了。

我转回头，杨董毫无血色的脸上勉强绽开一个十分别扭的笑容："吴哥小心。"我感激地点了点头，想说点什么，但看着他鲜血淋漓的手，又把到嘴边的话憋了回去，心里乱糟糟的。

我换了个靠边的位置，尽量将头压低到刚好看得见冰裂的位置，瞄准了几次，始终按不下扳机。这不是扯淡吗？这么远的距离用冲锋枪瞄准，就算不考虑风速等因素，这枪的有效射程是多少都不知道，这一枪出去和闹着玩有什么区别？

陆飞或许是见我几次抬枪又放下犹豫不决，爬到我身边，往嘴里塞了颗花生笑道："疯了疯了，冲锋枪当狙击枪用，你是我见过的第一个。"说着从怀里掏出一块圆柱形的东西，放到我眼前，"你别看这新枪小，射程管够，搭配上我这爷爷的爷爷祖传下来开过光的瞄准镜，那还不是瞄谁打谁，打他娘的！"

我接过他手里的瞄准镜，捏在手里黏糊糊的，上面的漆已经剥落得差不多了，有些地方还长着锈，也不知道被他藏在花生堆里多久了，有空隙的地方全被花生那层红色的薄壳塞满，散发着一股十分浓郁的花生香味。

我从衣服上撕了条长布下来，将瞄准镜和枪身固定好，正准备瞄准，李瘾爬到另外一边拍了我一掌道："我觉得还是不靠谱，这样，等会儿你把子弹全部打空掩护我跑过去，到那座冰川下面他就看不到我了，咋样？"

我说："不行，对面那家伙明显是个'鹰眼'，那可不是闹着玩的。"

他朝我笑了笑接道："那个瓜娃儿打不着我，放心。"说着又从身上抽出那把寒光闪闪的匕首，背部微微隆起，做好向前冲刺的准备。

我知道他这是在舍命一搏，但现在还能有什么好法子？对面明显有备而来，这里的环境对我们来说着实不利。我们就像一条条被放在砧板上的鱼，毫无办法。况且我们还不知道对方究竟有多少人，想到这里，我不由得打了个寒战，如果对面不止一个狙击手……

我把头朝四周转着看了一下，离我们最近的冰川上哪怕只藏着一个狙击手，我们也根本没机会跑，但如果我猜的是对的，对方为什么不出手？他们在等什么？或者说是在确认什么？七个身份不明的人，当中还有两个白发苍苍的老人，潜入刚经历了强震的天山，还有什么比这更奇怪的？

李瘾紧紧盯着远处，全身绷紧就等我子弹出膛了，我赶紧压了压他的手臂，说出了自己的疑惑，让他先不要轻举妄动，我打一枪看看再作打算。等他点了头，我才将眼睛重新移回瞄准镜中。

陆飞说这枪的射程是够的，但子弹恐怕没有也没法直线弹道射出，不仅得算上瞄准镜和枪管的间隔距离，还得加上子弹偏移的距离，会偏移多少？不知道，只能靠猜。

我眯了眯眼睛，重新瞄准，按在扳机上的手指却丝毫不敢按下，狙击手在目标不确定、瞄准未精确的情况下万不能贸然开枪，这是我初次进部队时教官对我说的，在往后的数十次行动当中我一直遵循，除了这一次。

我突然感觉到一阵刺骨的寒冷，低温并非来自身下的积雪，也不是周围接近于零甚至零下的温度，而是从心底升腾起来的凉意。我想起了潜伏在热带雨林的那个夜晚，当时我就这样趴着，枪响，那个人倒下的时候，那个叫孟南刀的人究竟还活着吗？

我赶紧把思绪拉回来，果断扣动扳机，枪响了。

陆飞的钻孔技巧确实厉害，冲锋枪的声音恐怕已经被压到了最低，"哒"一声听上去有点像玩具手枪，装塑料子弹那种的声响。枪一响起，对面山头又反射了一下阳光，不过很快停了下来，打偏了。

弹道并没有如我所想的那样出现很大的偏差，调整过度打在了离光线反射区域不远的冰壁上，仅仅只击落下几块碎冰，我赶紧重新调整，正准备再次瞄准，身边忽然刮起一阵风。

李瘾如同一只早已按捺不住的猎豹，反手握紧匕首，等我将眼睛从瞄准镜移开的时候他已经跑出去一段距离，想拉住他是不可能的了。

我的心一下子悬到嗓子眼儿，怦怦直跳，抬起枪对着对面的冰川顶就是一阵扫射。陆飞趴在地上骂骂咧咧，嘴里因为塞了花生听上去有些吐字不清："你娘嘞，吓得老子嘴里花生都掉了，好你个不听指挥的兵痞！"

打了一小会儿，弹夹里的子弹空了。这把冲锋枪属于三连发模式，扳机一直按着不放便会连发三枚子弹，而后就要重新扣动扳机，李瘾在前面跑，我不敢把火力停下来，按一下三发，按一下三发，子弹消耗很快。

陆飞嘴里大嚼着花生，嘴都快变形了还"咿咿呀呀"地怪叫，花生屑喷得到处都是。他端着枪，在我换弹匣的间隙，继续朝对面射击，打到一半，另一个十分突兀的枪声响了起来。

和之前响起的狙击枪明显是同一个声音，但子弹并不是来自对面，而是我们头顶！

只听"叮"一声细响，伴随着一阵沉闷的倒地声，李瘾整个人扑倒在地，一动不动。我大叫了一声他的名字，没有得到一丁点儿回应。

我脑袋里"轰"一下，耳朵"嗡嗡"直叫，身后的杨董和藏哥叫喊李瘾的声音仿佛一枚枚尖利的针，全往我耳膜上扎。

他中弹了吗？我原本可以救他，和热带雨林那夜一样，这种事情本来是可以避免的。

陆飞拍拍身上的冰屑，站了起来："得，你吴朔不说话还好，一说话，哈哈，没想到是个乌鸦嘴，这回咱们是插翅的肥猪，想飞也飞不动了！"边说边看着我往嘴里递了颗花生，抬起头叫道，"出来吧，山上的朋友，树后的朋友，石头后的朋友，我看到你们了。"说完三步并作一步，往李瘾所在的位置走去。

我抬起头往头顶的冰川看了一眼，这座冰川和对面的那座有些不同，生长着许多结满冰霜的灌木丛，当中不乏高大挺立的树木。我敢肯定这里面隐藏了不止一个狙击手，这回可能真要死在天山了。

我拍拍身上的冰屑站了起来，身后的藏哥扶着杨董，张国生扶住李申看似就要轰然倒塌的身子，也跟着站了起来。我赶忙过去帮忙扶住李申，他的身子还在不停地颤抖，一松手铁定又缩下去。

现在不知暗处有多少枪口指着我们，这回可真是出师未捷身先死，看来是保护不了两位地质学家了。

陆飞已经跑到李瘾尸体旁边，跪着把他的身子翻了过来，上上下下看了一会儿，突然惊呼道："厉害厉害，这都没死，各位快来看奇迹啦！"说着朝我们招了招手。

一听李瘾没死，我们的步子跟着快了不少，大家都有些喜出望外的感觉，包括一脸煞白的杨董和李申。

一股无端生起的风突然刮了起来，灌进山谷中"嗡嗡"怪响，如天边的雷声一般，震得我汗毛都立了起来。那风还夹杂着飞扬而起的冰屑，全往我们脸上砸，眼睛都睁不开。眯了眼睛，周围好像起了一层雾，白茫茫一片，蒙蒙胧胧。

我揉了揉眼睛，重新睁开，远处一个巨大的黑影朝着我们一步步走来，那黑影又高又大，高度至少两米五，宽度有我三个人肩并肩站着那么宽，究竟是个什么东西？

而在黑影后面跟着四个人影，同样也朝着我们所在的方向走来，是谁？

风在这时突然停了下来，冰屑如雪落般"簌簌"下坠，视野开阔了不少，那团巨大的黑影原来是陆飞。他巨大的身子再背上李瘾后更显庞大，可能是因为之前风起的缘故，他好像丝毫没有感觉到在离他半米远的地方，四个穿着厚迷彩服的人一直跟在他们身后，那四个人看上去似乎是外国人。

走在最前的是个蓝眼睛、高鼻梁的中年人，约莫五十来岁，一头金黄色的头发从头顶中间左右分开，面庞消瘦，棱角分明，虽有老态但气质非凡，或许是个英国人。其他三位不紧不慢地跟在他身后，左边两个肥头大耳、满脸横肉，厚实的迷彩服丝毫遮挡不了他们一身的肌肉，身材又高又壮，就跟人熊似的，看着像俄罗斯人，二人面部很是相像，不是双胞胎一定也是亲兄弟。

最后那个是个女人，不过面貌也不像是中国人，倒像韩国人或者日本人，大概二十来岁，齐肩的玫红色短发，浓眉大眼，高鼻小嘴，右耳挂着一枚镶满钻的大十字架耳坠，闪闪发亮。一眼看过去是个美女，可整体再一看，她的面部似乎结了层冰霜，表情就跟一团早已捏好形状的面团，那眼神还很怪，冷冷的，透出一股蔑视一切的意味。

风一停，四周立刻恢复了平静，陆飞终于听到了身后的动静，单手扶住背上的李瘾，另一只手迅速伸进衣包掏出一把黑色的手枪，猛一转身将枪口对准了当头的那个金发外国人。这一套动作行云流水，但我的视线却被他一直在嚼着花生的嘴彻底吸引。这胖子的嘴究竟什么时候会消停？

几乎是在同一时间，那个冷脸女人不动声色地从腰间抽出一把寒光闪烁的武士刀，轻轻往上一提，刀锋只一闪，"叮"的一声，武士刀又被她重新插回腰间，好像什么都没有发生过。她的速度比陆飞不知要快上多少倍，我甚至没有看清刀刃切到的究竟是陆飞的脖子还是他的手臂。

万幸的是我们并没有看到陆飞的脑袋或者手臂掉下来，而是半截手枪。那个女人脸不红心不跳，举手间切掉了陆飞紧握的手枪。

陆飞估计被吓了一跳，举着另外半截手枪的手一直没有放下。说实话我们都被吓得不轻，除了脸上同样没有一丁点儿表情的张国生。

"厉害厉害，女中豪杰！幸好打不过，我还能跑路。"陆飞边说边急急忙忙往后撤，情急中还往嘴里塞了颗花生。

"我劝你们最好不要轻举妄动，这片区域全都是我的狙击手。"为首的金发老外用一口还算流利的中文朝我们喊了一声，说完四个人继续朝我们走来。

我和藏哥立刻把枪握在手里，把张国生和李申推到身后，陆飞扶着李瘾和杨董也跟着我们站了出来，就算无法避免死在这里，就算还有一口气在，也要保护他们的安全，除非我们不喘气，死透了。

我看李瘾应该没什么大碍，面色红润，只不过是晕了，我们头顶那个狙击手是怎么打的？还没听说过狙击步枪能把人打晕。

那四人却全然不理会我们，接着向我们靠近。我和藏哥立马把枪端起来，四周很快传来一阵"窸窸窣窣"的声响，恐怕现在暗处不知有多少只狙击枪已经对准了我们的脑袋。

金发外国人听到声音后停了下来，不紧不慢地抬起戴着皮手套的手摇了摇，随后似笑非笑地看着我，道："年轻人不要冲动，我只不过想和老朋友见上一面。"

正在这时，我的肩膀上突然搭上来一只手。"你们找机会快走。"张国生低声说完用力推了我一把，慢慢走到我前面，摘下眼镜在衣服上擦了擦，而后重新戴上，盯着离他不远的金发外国人。

二人相互看了一会儿，那金发外国人突然嘴角一弯，笑了起来："Prof. lee，仔细算一下——我们有三十年没见面了。"

五 突 变

"怀特博士，你没算仔细，应该是三十一年。"张国生看着对面那人也跟着笑了起来，"当年的你，我记得还只是个二十多岁的孩子。"

张国生和他说话的语气很平静，甚至有些像在和多年不见的老友拉家常，看来他们之前确实是认识。可那个叫怀特博士的看上去根本就是来者不善，这当中又是什么缘故？

怀特博士听完拍了拍手，皮手套"嘭嘭"作响，接道："没想到教授记得这么清楚，看看现在的我们，年华已逝。"说完一阵大笑，若有深意地盯着面前的张国生，将他从头到脚看了一遍，"很显然，你时日不多了。"

张国生摇了摇头："看来你始终没有放弃。"

"放弃？"怀特博士的脸色陡然一变，原本白皙的面庞逐渐涨得通红，咬牙切齿道，"我苟且偷生活了三十年，不，三十一年！现在你胆敢和我说放弃？当年所有事情都没有发生的时候你怎么不告诉我放弃？"

"当年是我害了你，只不过我万万没有想到……"

"Shut up！"他显然已经怒不可遏，脖颈上的青筋暴凸，粗暴地打断了张国生的话，而后恶狠狠地盯着面前的人。如果眼睛当中真能喷出火来的话，他那两枚淡蓝色的眼眸只怕早已燃起了熊熊火焰。

这两个人到底有什么深仇大恨？

我没来得及想，只见暴怒的怀特博士眼睛越睁越大，瞳孔却在急速缩小，瞬间从愤怒转变为空洞，紧接着他坚挺的鼻子抽动频率加快了许多，喘息声如同老牛喷气，涨红的脸变戏法似的立即转为煞白，整个面貌以一种十分怪异的形式开始扭曲，双腿似乎再也支撑不住身体，面对着张国生一下子跪了下去。

这一切发生得就跟变魔术似的，我和藏哥担心情况有变，几乎同一时间伸出手抓住张国生的左右臂，将他拉回到我们身边，想把他重新推到身后去。张国生摇摇头让我们放开他，他自己有分寸，站在我们之间，盯着跪倒在地的怀特博士叹了口气。

怀特博士满头的金发遮住脸庞，手掌按在冻土上，整个人止不住地颤抖。那个带刀的冷脸女人脸上露出一丝担忧，蹲下身去想把他扶起来，这是我从见到她以来第一次在她脸上看到表情变化。

她的手刚触碰到怀特博士的手臂，被他猛地用力握住："把药给我！"他低着头，咬牙切齿，野兽似的低吼道。

那冷脸女人愣了一下，表情恢复到之前的模样，从怀里掏出一瓶装满黑色小圆粒药丸的玻璃瓶，拧开瓶盖从中倒出三粒递给他。怀特博士喃喃地说了句："谢谢。"一把抓过药丸，塞进嘴里用力咬了几下，全部吞进肚子，然后颤颤巍巍地站了起来。身后的三个人可能知道帮忙的话可能会被骂，谁都没有动手。

那两个人熊似的俄国人侧着脸交谈了几句，其中一个稍矮一点儿的眼睛一直盯着怀特博士，每有一个动作，他脸上的表情就抽一下，显得很是担忧，但仍旧和另外那个一样站得笔直。另外那个看上去就像极了保镖，眼睛都不带眨一下，看着有点愣头愣脑的。

怀特博士站直身子甩了甩头，我才发现他金黄色的头发上早已被汗水浸湿，汗水在这种低温下很快结冰，将他的头发冻成一条条的。他抬起手捋了几下头发，面容很是憔悴，脸上不知什么时候多了几条皱纹。他看着张国生苦笑了一下，道："教授，你看见了，我也时日不多了。我整整找了你三十一年，地震发生之后我知道你一定会回到这里，所以我早早地等在这里，好不容易等到你了，你却让我放弃？"

"这三十一年，你得到了什么？三十一年前发生的那件事你难道已经忘记了？"

"你难道不想为了你自己冒一次险吗？哪怕只一次，难道想等你卧病在床等待医生让你写遗嘱的时候才后悔莫及吗？"怀特博士淡淡地说道。他顿了一下，盯着张国生接着说道："这句话是你当年告诉我的。当初我是那么的信任你、仰慕你，为了你所说的冒险我失去了一切，一切！而你不仅欺骗了我，还杀了我，但我没死！我活下来了！"

他越说越激动，脸再次涨红，不过这次看得出来他极力将怒火压了下去。

张国生一言不发地看着他，我站在他后面看不清他的表情，也不知道他现在在想什么。怀特博士讲得我一头雾水，三十一年前到底发生了什么事？张国生又做了什么事情，让怀特博士这么恨他？把他杀了？我不知道，唯一清楚的是三十一年前张国生和怀特博士曾经进入过天山，在发生了一些事情后张国生就消失了。他或许以为怀特博士已经死了，可没有，在张国生失踪的这三十一年里，怀特博士一直在寻找他，一直到这次天山发生地震，他不知从哪里得来的消息，便一直在这里等着张国生。他没有猜错，张国生确实来了。

我现在大概知道那些隐藏在暗处的狙击手在等待什么了，不对，他们不是在等什么，而是在确定，确定来者的真实身份。

之前来这里的那些工兵会不会是被他们害死的？可我记得张国生说那些工兵并非死在半路，而是已经进入了大裂缝才丧生了，这是怎么回事？

不过，我看了一眼张国生银发满布的后脑壳，这个身材不算高大，身子骨却硬朗非常的老人到底藏有多少秘密？他和我们说的究竟有多少是真的？

我实在不得不怀疑。

怀特博士把药瓶盖轻轻扭紧，力度不大但皮手套还是摩擦得"咯咯"响。他朝身后的女人说了句"结衣，谢谢"，把药瓶递给了她。

那个叫"结衣"的日本女人面无表情地点了点头，接过药瓶后往后退了几步。

"现在，我们该来说说你们这五个雇佣兵的事了。接下来没有你们什么事了，我想，就目前的处境，你们应该比我更清楚。"接着，他戏谑地看着张国生道："教授，当年的你可没那么——用你们中国话来说——'怂'。大概是因为老了。"

我们五个人都穿着便衣，难怪他会认为我们是张国生找来的雇佣兵。但是我们这次前往天山，上面是下了死任务的，无论这个张国生有多神秘，想让我们现在就走？门儿都没有，除非我们全都战死在这里。

"Sorry. We are chinese soldiers." 我用蹩脚的发音搜刮着脑袋

里仅有的几个英语单词，总算完整地说出来了，再多，那可就真不会说了。

怀特博士盯着我稍微想了想，或许是在脑补我的话，突然哈哈大笑起来，转而看向张国生道："教授，你最终还是背叛了你的集团。"

张国生站在我的前面。我看不到他的表情，但我明显感觉到他的身子微微怔了一下。怀特博士这句话是什么意思？

没来得及多想，陆飞嚼着花生问我刚刚说的那句话是什么意思？身为一个中国人说什么外语？

我刚想解释，李瘾突然把头抬起来："他说咱们是中国的兵。要想让咱们离开这里放弃任务除非从我们的尸体上踏过去。"

我心想：你李瘾这不是在埋汰我吗？我哪说那么多了，但是意思好像也是一样的。

一看他醒了过来我们都有些高兴。他受的内伤不轻，一张嘴，嘴角流出一摊血。陆飞连忙让他打住，飞快地往他嘴里塞了一颗花生："好好好，我知道了，你别说话了，一说话就流口水。"

藏哥朝我比出一个大拇指："真棒！"

我讪讪地点了点头，不知该如何作答。其实就算我不说，在场的几位也不会只因为怀特博士一番威胁的话就掉头离开这里。"放弃"这个词从来不会从一个真正的中国军人嘴里说出来，更不用说付诸行动去做。因为从穿上军装开始，军人的魂魄就已经融入了我们的血脉当中，无论是否脱下了这身军装，也无论是身为军人的最后一天，最后一刻，最后一秒。这不仅仅是身为军人的气节所在，更是中国军魂所在。

但是往后很多次我都会想，如果当时我们打了退堂鼓，是否就能避免之后所发生的一切，那一切会不会在我们转身离开之时画下句号？

显然是不可能的，在接到任务的那一刻，命运之轮就已经滚动起来，我们在场的所有人都已卷入，注定谁也无法脱身。

"这几个兵是我筛选出来的，你知道单凭我们或者……"张国生指了指周围的冰山接道，"你的那些雇佣兵，我们根本走不进去。"

怀特博士哈哈大笑道："牺牲品就是牺牲品，教授，你真是一点儿都没有变。"

这句话很显然触碰到了张国生的底线，他有些怒不可遏，接近于嘶吼地说道："这次我会把他们安全地带出那个魔窟，我发誓！"

"当然了，教授，你当年也和我说过同样的话。"

怀特博士说完，不再去搭理张国生，转过身和他的同伴三人说了几句话，说的不是英语，听上去像饶舌的俄语。站在最后的两个"人熊"点了点头，同时转过身，但他们俩转的是相反的方向，两人又挨得挺近，一转身，"嘭"的一声，两个硕大的脑门撞在一起，力度还不小，两个庞大的身躯同时向两边飞去，跌坐在地上，你一言我一语地咒骂对方。

对这个滑稽的举动，我们谁也没有料想到，我忍住不笑，脸憋得火辣辣的，后面的陆飞和藏哥笑得前俯后仰，就差满地打滚了，特别是陆飞，满嘴的花生屑"扑哧"一下全笑喷出来。

那两个人熊却也不管我们，还在相互咒骂，直到怀特博士骂了句，才从地上拍拍屁股爬起来。两人这次往各自相反的方向退了几步，确定了距离，再次往相反的方向转过身去，还算明智，不然又得脑袋开花。

陆飞见罢又是一阵"哈哈"大笑，拍着我的肩膀："你说这俩胖子是不是有点儿缺心眼儿啊！哈哈，笑死老子了，哈哈！"我不敢转过头去，不然铁定得被他喷一脸花生屑。

"既然你们骨头硬，那就一起去吧，别怪我事先没给你们机会。"怀特博士招呼了那个叫"结衣"的日本女人一声，两人同时转过身去。"这里是进山的唯一通道，有谁胆敢在我之前先逃出来，山上的狙击手你们是见识过的。"说着和那个日本女人一同往前走去。

我看了一眼整个手掌被绷带包扎起来的杨董和还在咯血的李瘾，说："我的同伴被你的人打伤了。"

怀特博士头也不回："他们或许可以留下来。"

他这句话说得平淡无奇，就像随意丢下几块包袱那么简单。我的怒火一下子冒了起来。

我再也忍不下去了，抬起冲锋枪，枪口对准他。周围很快传来一阵"窸窸窣窣"的动静，暗处恐怕早已有数十把狙击枪的枪口瞄准了我的脑袋。

其他人一看我可能要和他鱼死网破，也纷纷抬起枪。那个日本女人一个箭步冲到怀特博士面前，拔出武士刀挡在胸前，面无表情地看着我，眼睛里波澜不惊。

"吴哥，不要，咱们还有任务。"杨董伸出那只失去了两根手指头的手掌将我的枪按下来，"谢谢你吴哥，我没事的。"说完一阵龇牙咧嘴，看来是撕扯到伤口了。

张国生明显也吓了一跳，转过头朝我眨了眨那只完好的独眼，压低声，那声音恐怕只有我才听得清。"鱼儿已上钩，不要轻举妄动，一切尽在我的掌握当中。"说完转身往前去了。

怀特博士看到他向他们走去，轻描淡写地扫了我们几个一眼，转身往山里走去。那个叫结衣的女人则一直盯着我，一直到我把枪放下才跟着转身离去，脸上自始至终没有一点儿表情。这女人，是机器人吗？

我看着怀特博士略显宽厚的身影，一时之间没有办法，他也是任务的一部分？

可能这一路上我有些过分多疑，这次的任务真的太不寻常了。

"走啊！你杵在这儿干啥呢？"陆飞推了我肩膀一把让我快走，扶着李瘾绕过我往前走了。藏哥朝我点了点头，架着还在对我傻笑的杨董也往前走了，只是他的那个笑实在太难看了，看得我一阵难过。目的地还没到，一下子受伤了两个，看来这一趟还真是凶多吉少。

李申一脸煞白，虽然从地上站起来了，但浑身还是止不住地发抖。我有些于心不忍，赶快上前扶住他说："接下来的条件肯定会更加艰苦，不然先送您下山，等任务完成了再一起回去。"

李申全身软绵绵的，也不知从哪儿生出的一股力气把我推开，指着张国生的背影说："我没猜错，我没猜错……不走，不能走，小静还在那里边等着我，我得知道答案……得知道答案。"说着颤颤巍巍地要往前走。

我一惊，他难道被吓疯了？急忙往他眼睛上看，目光倒没有涣散，相反，他的眼神万分坚定，还露着些许狠毒，这是什么情况？

一阵冷风席卷着冰屑再一次刮起来，只不过这次风力没有之前的大，但还是让我忍不住打了个哆嗦。转回头去，他们已经离我有一段距离了，怀特博士和结衣的身影差不多已经消失。我把头抬起来，我们离那些接天的冰川群已经越来越近，而在我面前矗立着的正是当中最高大、最陡峭的一座。

风势一下子大了许多，这一片连亘的高大冰川带在我眼里突然变得莫名蒙胧，就像一条盘亘在迷雾当中的巨大野兽。

我摇摇头，赶紧把思绪打住，跟上前行的队伍。再走个小半天应该就能到目的地了吧！

六 迷 雾

之后的路途就十分枯燥了，一路上大家谁都没有说话，那两个人熊似的俄罗斯人远远地走在我们前面，不见人影，只留下奇大的脚印。

他们俩可能纯粹是怀特博士找来的向导，也难怪，俄罗斯气候最恶劣的时候大概也就和现在差不了多少，那两个胖子恐怕早就对这样的低温环境轻车熟路。

刚才在冰川下远看，还感觉地势很陡峭，可能是因为山体实在太高，现在走起来倒感觉平缓得很。也对，否则怎么积得了雪，一阵风下来雪花还没来得及滚成雪粒，顺着地势就被吹走了，那还叫什么冰川。

我们一直沿着那些脚印走，倒也没有之前想象的那么艰难。这是一条只容得下两个人并排走的小路，两旁都是半人高的冰壁。看得出来这条小路是人工开凿出来的。地上的冰雪被简单处理过，只有薄薄一层，凭着肉眼都能看到雪下蔚蓝色的冰层，就跟啤酒瓶底部的大玻璃似的。加上我们提前准备好了鞋底嵌有防滑装置的登山靴，虽说没有如履平地那么夸张，但路确实比想象的好走多了。

不知道是怀特博士一行人还是之前进山的工兵弄出来的，他们也是想得周到。不过怎么不想一下，要是这几天降雪，这条壕沟似的小道不就被掩埋了？

我抬头看了一眼天空，天空好像一潭蓝色的湖水，伸出手就能搅动起一层层涟漪。太阳刺眼得很，海拔很高，但感觉没什么温度，可能是因为周围实在太冷了，太阳的热量已经完全起不到作用。

这里比山下冷多了，刺骨的寒冷好比成千上万枚不知道从什么地方飞来的针，全往身上扎，刺破衣服然后又刺到肉里，说不出的难受。

再往前走了一个小时左右，周围已经完全没有一丁点儿植物的痕迹，放眼看去全是皑皑白雪，以及由风侵蚀厚冰而形成的冰塔、水晶墙、冰桌、冰凳、冰蘑菇之类稀奇古怪的玩意儿，看上去就好像是人工雕成的，十分神奇。

不过大家都没心思看这些，我们的体力几乎被耗尽了，李瘸和杨董之前恢复了体力，不用再让人搀扶，一直挨到现在。李申则早就忍耐不下去了，由我们轮流背着往前走。张国生，我不知道该怎么去形容他，这个老头儿实在太令人费解了，跟没事人似的，我们所有人喘气喘得像牛，他脸不红心不跳走得飞快，一不注意就走到队伍的最前面去了。陆飞走在我旁边，一直在骂他老变态，问我他是不是北极熊变的，披一身人皮引我们进山然后生吞了我们。

我说："你可别说话了，也别吃你那花生了，恐怕花生都已经冻成冰疙瘩了，咬得'咯噔咯噔'响，不知道的还以为你在嚼石头呢！"

陆飞一听以为我要吃，从怀里摸出几颗还温乎的花生说："我看你被冻得不轻，花生被我夹在胳肢窝里，只要我飞爷还有一条命在，永远冻不成冰疙瘩。"边说着边往嘴里送了一颗，把其余的递给我，"试试，你看，还热乎呢！"

我的胃里顿时翻腾起来，心想：你他娘的才是老变态呢！刚要拒绝，只听"轰隆"一声雷响，动静大得离奇，我的耳膜被震得"嗡嗡"直响，感觉脚下的冰面有些晃动，小路两旁的冰壁同样给震塌了不少，这些冰壁之前就被人挖过，上面早就已经布满裂痕，要是再来一下，我们指定得被活埋在这里。

"哇呀呀！天要亡我，非战之罪也！"走在我和陆飞前面的李瘾莫名其妙地吼了一嗓子。这里空间本来就窄，喊完后"嗡嗡"的回声又把冰壁震裂了不少，一大块碎冰从天而降，正落到陆飞握着花生的手，花生全被打翻到地上。

陆飞的圆脸换脸般由晴转阴，继而又变为暴怒，大叫一声："我靠！"忙伏下身子去捡滚落在冰雪上的花生，"李瘾，老子和你没完！没完！老子豁出了命救你，差点儿就被那个日本小娘儿们砍成两截，你他娘的这么对我！这么对我？"

"哎！你娃至于吗，不就是几颗花生？"

陆飞在他说话的时候已经把花生全捡了起来。我一看，真成冰疙瘩了，忍不住想笑。只见陆飞把它们全递到李瘾面前："吃了，不然也背我走半里地。"说得很坚决，不像在开玩笑。

李瘾"嘻嘻"一笑："吃就吃，背你这么个大胖子我可是不愿意。"说着接过陆飞手里的花生一股脑儿全扔进嘴里，咬得"咯噔咯噔"响，边咬边笑，"老子当年在东北当兵的时候吃过冰葡萄、冰杏子、冰梨子，这冰花生倒还是头一次吃，味道还真不错。"

可能他没有听到陆飞和我之前的对话，我看他确实吃得挺香，忍住没把"胳肢窝"的事情告诉他。

陆飞一听，一下子来了兴致，急匆匆掏出一把冒着热气的花生准备往地上丢："李瘾你真没骗我？真没骗我？"

李瘾嘴里嚼着冰疙瘩，鼓鼓的腮帮子冻得苍白，对着陆飞一阵挤眉弄眼，只顾着点头，可能嘴里被冻得不轻，都说不出话来了。

我看他们俩再这么闹下去可真是没完没了了，让他们别闹了，保存点儿体力，还不知道要走多少路。话刚说完，陆飞也恰好把手心里满满的花生天女散花似的扔到地上，撅着屁股观察花生有没有冻住。

"怪事，大晴天怎么还打雷？"藏哥仰着头看天，一片乌云都没有，碧空如洗，那刚刚的巨响是从哪儿发出来的？

"那儿怎么了？原、原子弹？"他的眼睛往下移了一些，盯着西边冷不防蹦出这么一句来。

我赶紧也把视线移过去，高出的冰壁遮住了视线，但隐隐约约可以看到一大团升腾而起的白色浓烟，离我们很远，差不多有六百米左右，但浓烟范围实在太大了。

原子弹倒夸张了，莫非有人在这里炸山？这不是找死吗？

为了能够看清究竟发生了什么，我赶紧攀到冰壁上。这里的冰壁足有一人那么高，又滑又冷，好在有许多裂缝可以垫脚。做狙击手的有几个没爬过树？因此也不是很费劲儿就攀了上去。

站在上面眼界一下子宽阔了许多，满目银白，眼前的一幕惊得我的下巴差点儿掉下来。

先前看到的白色浓烟还没有完全散去，烟雾腾起的地方是一个稍微有些陡峭的位置，仔细一看，哪是什么白烟，分明是漫天白茫茫的雪尘。从峭壁上倾斜而下的雪尘混合着巨大的冰块掀起一波又一波的雪浪往前飞泻，像成千上万匹奔驰的白色烈马相互踩踏，伴着"隆隆"的闷响砸在一块稍稍平坦的雪地上。在这一瞬之间，遭到撞击的冰块立刻破碎，烟雾似的雪尘升腾而起，溅起一团像原子弹爆炸一般的巨型蘑菇云。

那些雪浪仍未停歇，持续不断地从峭壁上奔腾而过，一波接一波砸在落差极大的冰面上。虽然离得远，但在雪浪砸下的那一刻，我感觉自己身上早已被冻硬的皮肤又被那股巨大的沉闷力量撕扯开来，不少碎冰像子弹似的"噼里啪啦"往我身上砸。

雪浪如果再向东移个两三百米，在巨响发出的瞬间我们恐怕就已经被活埋在深不见底的冰雪当中了。我突然对这片看似平静的大冰川产生了一种难以言说的惧意，这种惧怕不同于之前行走在死寂山谷当中的空落，而是由实打实的视觉震撼力造成的，或许可以说成畏惧，那种从心底产生的畏惧感可能只有亲历者才能真切感受到。

"小吴同志，不就是雪崩嘛！崩不到这里来的。快走，张国生和那俩老外已经走得没影了。"

我把头低下去，陆飞正仰着头看着我，手里捧着冰花生："快下来，不然那俩老外翻过天山，把张国生卖到哈萨克斯坦去就麻烦了。花生吃不吃？不吃我可吃完了啊！"

站在他身后的李瘾悄悄地把嘴里的花生吐到手上，放到身后丢了，抬起头赶紧朝我眨了眨眼睛，做了个噤声的手势。

陆飞全然没有发现李瘾的举动，嘟囔了一声，把手里的冰花生递到嘴边，脑袋一仰全倒了进去。远远的，只听"咯嘣"一声脆响，陆飞脸上闪过一丝惊恐，把花生吐了出来，在手心上的冰花生堆里翻了半天，翻出一枚小指甲盖大小的白色硬物。

只见他赶快张大嘴，把手伸进嘴里摸了一会儿，骂道："娘的，这回可算是栽在李瘾你这兔崽子手里了，崩掉我一颗六千多的陶瓷牙！"

一张嘴，上门牙的位置空了个洞，我实在忍不住哈哈大笑，差点儿一个趔趄滑下去。其他人也在大笑，特别是李瘾，边笑边捶胸口，可能是笑得太过，气有点喘不上来了。藏哥的笑声就跟他醇厚的嗓音似的，声音就属他的最大，像个男高音。李申伏在藏哥背上也在那儿边咳边乐，眼睛都笑成月牙儿了。

除了杨董。一路上他都没和我们说话，谁都不让扶，就自己走自己的，脸色铁青，绷带上的血早已结为冰霜。我曾好多次让他先行离开这里，怎么也劝不动，总说任务完成了再说。路上藏哥倒是替他换过几次药，说没什么大碍，只不过断了两根手指。

关键是断裂的那部分早已被炸成碎片，想拼回去是不可能的，我也不好再多说什么。或许是因为在执行任务的过程中见过太多生离死别，说得难听一点，他只不过断了两根手指，命好歹还留着。可那么灵活的他……我突然想起之前他坐在地上转动密码盒的样子，心里涌上一阵难过，急忙把眼睛从他身上移开。

"李瘾，你给我听好了，等任务完成回去之后，帮我把牙镶回去，全新的陶瓷牙！还有，"那活宝顿了顿，一脸正经接着说道，"下次你还敢骗我，我就杀了你。如果你再敢耍我，或者我认为你在耍我，我会杀了你。如果你忘了，我也会杀了你。事实上从这次以后你要很努力、很小心才能保住你自己的小命，我说的话你听懂了没有？如果你没听懂，我现在就杀了你。"说完象征性地拍了拍腰间的手枪，紧接着把那枚断牙塞回怀里，和花生放到一起去了。

这家伙就不怕掏花生的时候再把那颗牙塞回嘴里？

李瘾听后连连点头，用一种崇拜的眼神看着他，道："啧啧，不晓得该怎么说好，小胖，你以前是说相声的？"

"滚蛋，老子……"我看陆飞又要发射嘴炮，扶着冰面跳下来，挡在他俩中间催他们快走。

众人一起将眼睛往前看，怀特博士和张国生的身影早就不见了。我们赶紧收拾了下东西，加快脚步往前追去，远处"隆隆"的雪崩还在继续，一下又一下敲击着我的耳膜。过了一会儿只感觉耳朵深处被什么东西给堵住了，出不了气，闷闷的。

赶了几分钟，终于又看到张国生一行人。在这里走太快也是一种折磨，马上让你上气不接下气，比在训练场跑上一下午都累人。

我正准备继续追上去，感觉身后被人拉了一下，转过头去只见陆飞一脸煞白，上面的汗珠已经全结成冰粒，两只眼球充血通红，要不是看到他的嘴巴还在动，我还真以为他的体力已经到达极限了。

"吴老板，咱们散步慢慢走？再这么跑下去我可就没力气吃花生了。"

我点头说行，让开身子让藏哥他们先行走到前面去，李瘾走到陆飞身边时突然稀奇古怪地踏起正步来，边踏边侧目朝他敬了个军礼："小胖同志辛苦了，敢问小胖同志的特种兵队长头衔是在哪儿买来的？赶明儿我也去买一个，也做队长！"

陆飞气不打一处来，抬脚要踢，李瘾手疾眼快，正步改竞走一气呵成，一下子跑到前面去了。陆飞出脚太狠，没刹住，身子一歪，"扑通"跌倒，指着李瘾大骂："娘的小鳖孙，你有本事给老子站着！"确定他还在走，自己是追不上了，便加了一句，"从这鬼地方出去之后我让你好看！"他顿了顿，忽然想起什么，接道，"不是，我让你很难看！"

李瘾边走边笑，头也不回："我李瘾堂堂七尺男儿要走，何人能拦？"

我原以为陆飞会气急败坏，只见他朝我摇了摇手，笑道："老K，看在咱们都是军人的份儿上，你都不来拉兄弟一把？"

我吃了一惊，伸出手把他拉起来，问道："你怎么认识我？"

陆飞站起来，放开我的手，拍了拍屁股，抹了把脸上的冰屑，接着又从怀里掏出花生递到嘴里，笑道："哈哈，要是当年你再加把劲儿，把'孤狼'的队长也干掉的话，咱们就认识了。走，边走边说。"

孤狼？对了，半年前特种兵军事比赛，我们的对手就是来自西南的"孤狼"部队。那次比赛打得很艰难，西南森林密布，对手非常擅长丛林作战，钻进树林里就跟消失了一样，隐蔽做得神乎其神，一夜间莫名其妙地干掉我们一半的人。对，就是莫名其妙，我们甚至看不出子弹是从哪儿射出来的。唯一抓住的那个还是憋不住尿从地下钻出来撒野尿的。

在这种情况下，我意识到再继续这样下去的话，不到半天，我们铁定得被他们全灭。他们躲来躲去，那我们也躲，看谁先捺不住性子跳出来。

"我想问你很久啦，只是一直没有机会，这次的任务上面的人显然不想我们相互认识。"他说着递给我一枚花生，"那次竞赛你猫哪儿了？干掉我那么多人，还追得我跑掉一口袋花生。"

这个问题也是我想问的，那次竞赛我们小队还剩我和一个观察手，"孤狼"也只剩下一个队长"阿飞"，后来因为时间耗尽，我们艰难获胜，但自始至终那个叫"阿飞"的，我根本没有看到，没想到就是眼前的陆飞，照他这么说，我差点儿就抓到他了？

想着这事，我鬼使神差地接过了陆飞手里的花生，手心一暖我才反应过来，心里后悔不已，接过来不吃未免不太好看，只能一狠心扔嘴里胡乱嚼一通咽进肚子。

不过，好像还挺香的。

"还有很多，还要不要？"陆飞说着又要去掏，我赶紧摆手，说口腔溃疡不能再吃了。

陆飞"哈哈"大笑，说："跟我客气什么。"又给我抓了满满一把，全按在我手掌上，"留着慢慢吃，好吃，香！说起来那次要不是着急找花生去，咱们谁输谁赢还说不准呢，哈哈。"

我看着手里一大把花生，心里五味杂陈，索性全塞到口袋里："等会儿再吃，现在胃有点儿不舒服。"确实不舒服，已经在翻江倒海了。

陆飞连连点头，看了看前面，神神秘秘地拉了我一把，示意我慢点儿走。我以为他又要和我说半年前竞赛的事，可没想到他说的是另一档子事。

"上个星期你们在中缅边境雨林的事儿我听说了，佩服！牛！真他娘的是条汉子。不过也挺为你不值，那群老家伙脑子里究竟在想什么？"

他刻意压低了声，等他说完我却不知道该如何作答，思绪一下子又回到那晚又冷又腥的热带雨林当中。

"你可能不知道，我们也执行了那次任务，只不过没拿下来，所以就让你们上了。我该谢谢你，这句话我憋心里很久了，谢谢你老K。"

我发现他的脸突然涨红了，可他这话是什么意思？又为什么谢谢我？我刚想发问，陆飞紧接着又开口了。

"其实不仅是你，我们所有人，当然不包括张国生和李申，所有人都面临着遣散。所以我有时在想，上面的人是不是找我们来做牺牲品的？任务完成，将功补过继续留在部队，任务失败，死在这鸟不拉屎、狗不生蛋、乌龟不靠岸的地方，谁也不知道。"

果然和我猜得没错，但他是怎么知道？

"因为一些不太好说出口的关系，我认识这次行动的每一个人，流氓兵痞、犯下大罪的新兵蛋子、无视纪律的刺儿头、残忍至极的杀人犯、临阵脱逃害死所有同伴的垃圾……拉出去全都得判刑！当然还是除了李申和张国生，李申就是个简简单单奉献了一辈子的科学家，我都不知道他是怎么搅和进这趟浑水里来的。"

他越说越激动，顿了顿，眼睛盯着前方离我们越来越远的队伍，接着说："但是你敢相信吗？这个张国生太奇怪了，真的太奇怪了，他的生平就是一张白纸，不，他根本就是个透明人！"

这次，我惊奇地发现他竟然没在嚼花生。

七　冰层以下

　　照这么说，他对我们还真是了如指掌。我在他所说的那些人里属于哪一个？他说了五个，很明显是对应了我们五个人，我是无视纪律的刺儿头，还是残忍至极的杀人犯？那他呢？

　　这个问题如果再问下去的话，就有点儿不合时宜了。陆飞不知从哪儿提前得到一些消息，知道了某些事情，看得出来他这次是不小心说漏嘴了，但任务还得继续下去，问得太清楚只怕后面会麻烦，这恐怕也是上边所担心的。不过找五个犯了错误而面临遣散的特种兵来执行任务，陆飞的猜测不会是空穴来风。杨董的手指、李瘾的内伤，接下来呢？

　　"你难道不觉得奇怪吗？"陆飞再次开口，他这次的声音压得更低，我没听清，问了句："什么？"

　　他许是以为我在问他"什么奇怪"，回答道："'御龙'行动，你还记得吗？张国生在进山前和我们讲的那个故事，据我所知……"他警惕地把眼睛往周围转了几圈，"确实有这个行动，不过是绝密的，到现在还没解封。应该这么说，这个行动永远没有解密的机会。以前我曾听说过，据我所知，'御龙'行动并不是在张国生口中的兴安岭，而是在天山。没错，就是在这里，张国生欺骗了我们。"

我吃了一惊，没有过分去想他这句话透露出的信息，反而是想他到底是怎么知道这个事情的？

"你到底是什么人？"我盯着眼前这个胖子，他是不是知道得太多了？

陆飞皱了皱眉，掏出一颗花生塞到嘴里："你说什么？"

这是我们说了这么多话以来他第一次吃起花生，我不知道这意味着什么，只是感觉我们这个队伍完全没有我想象的那么简单。不仅仅是张国生，所有人都藏着很多秘密。

"我说你到底……"话没说完，前面传来一声呼叫，是李瘾的声音："小胖你们俩在那儿鬼鬼祟祟搞啥子，还不快过来，准备到目的地了。"

"你娘的，老子这哪儿是胖，这叫壮实！再叫我小胖老子立马弄死你。"说着推了我一把，让我快走，末了还加了句："刚刚我和你说的那些事你可千万不要说漏了嘴。"说着笑眯眯地绕过我往前走了。

我深吸了口气，看来从他嘴里撬不出东西来了，可他告诉我这些事情做什么？

我把眼睛移向周围看了一眼，一不留神我们都快爬到冰川顶了，小路到李瘾他们所在的位置后就断了，只看得见一大片白茫茫的宽阔雪地，难道那儿就是目的地？我看他们还在往前走，加快脚步追了上去。

张国生三人的前行速度慢了很多，可能是为了等我们。站在这片视野广阔的雪地上，我第一次领略到冰川的壮美，往下看，山下一切美景尽收眼底，在烈日的照射下缥缈的薄雾也变得刺眼，影影绰绰的田地、河流、村庄，还有离我们最远的城市，错落有致地摆放着，就像一件件迷你的小物件，只要伸出手去就能轻易握住，实在别有一番风情。之前我们所在的那条小路则像是被某个人拿着刀在豆腐上切出来的一个凹槽，蜿蜒望不到底，没想到会有这么长。

我们所在的冰川是这片冰川带中最高的，周围群山围绕，其间云雾迷蒙，我们所在的这片宽阔之地就好像是被高高举起来的，往后看，一大片泛着海一样蓝光的冰壁高高耸起，薄云好像一块块棉絮，轻轻柔柔地依附在上面，让人有一种错觉，我们早已离开地面，飞到天上来了。

这样的风景可实在不常见，我忍不住多看了几眼，一扭头，两个黑色的巨大身影从冰壁背后闪出，然后一左一右沿着空地的边沿朝我们走来。

我认出他们便是之前站在怀特博士背后的那两个俄罗斯人，但是为什么不走中间？

走在最前的张国生和怀特博士三人看到他们后就停了下来，我们走到他们身边后也跟着停下。走近了我才发现我们面前那一片空旷冰层上的奇怪景象，他们突然停下来以及那两个俄罗斯人绕路也不愿踏进去恐怕和这有关系。

这片百米宽的空地和其他地方有很大的区别，这里虽说是冰川，不过冰层并没有将所有可见的地方覆盖，我们甚至能够看到裸露在外的黑色山体和巨大石块。但面前这块则是被满满的积雪所覆盖，积雪稀薄的地方看得见如同玻璃一样的冰层。和其他地方的泛着蓝光的冰层不同，这里的冰层显然要薄很多，上面全都是密密麻麻的气泡，而在冰层之下，一片漆黑，下边的区域竟然是空的！

"这就是你找到的另外一个入口？"张国生有些不可思议，蹲下去用手把冰层上的积雪扫掉，盯着看了一会儿，忽然双目圆睁，惊呼道："简直不可思议！"

怀特博士轻蔑地笑了笑，道："教授，你是在开玩笑吧？当年进入地下空间的溶洞不是被你自己给炸了吗？你当时就没想过有一天还会走进去？"

张国生没有回答他的话，又问："你是怎么找到这里的？太惊人了，看到这些场景的第一眼我就知道肯定是那个地方，只有那个地方有这样的魔力！太惊人了！"他把头转过来看了一眼怀特博士，没等他说话又很快把眼睛移回冰层上，整个身体已经趴下去了。

他看到了什么？

"你们猜猜冰下面是什么？这老头儿的神情有点儿奇怪。"李瘾压低声音问道。他踮着脚尖想看看张国生在看什么，但我们离得有些远，黑漆漆的什么也看不到。

"哎，往里看往里瞧，大姑娘撅着腚洗澡！"陆飞扭着自己三百多斤的身子，阴阳怪气地叫了一嗓子，声音的力度没控制好，他这话在场所有的人恐怕都已经听到了。

"什么是撅着腚？"怀特博士眯着眼睛朝陆飞问了一句。

陆飞"哈哈"一笑，道："跟你说了也不懂，你这中文还得学，还有进步的机会。只要你努力学习，以后就知道了，以后就知道了。"

"哈哈，还不知道跟着教授进去还有没有命出来。"他笑眯眯地扫了我们几个一眼，指着那块空阔的冰层接着说道："这里说不定就是我们这几个人的葬身之所，是不是教授？"说到后面，语气突然凌厉起来。

张国生并没有想搭理他，低着头看了一会儿，忽然想起来什么，惊恐地猛抬起头问道："她找到第二道门了，是她告诉你的，一定是她！现在她在哪儿？你、你见过她吗？"

"教授你猜对了，就是她，她曾经和我一样那么信任你。"怀特博士似笑非笑地看着他，似乎是在刻意激怒他。

"她在哪儿？现在她在哪儿？告诉我，否则你永远都别想从这里进去！你知道，没有我你根本回不到那里去！"张国生从地上站起来，怒不可遏地朝怀特博士吼道。

"当然告诉你也没关系，她一直都在老地方，你知道的，像你这样的叛徒，其实并不多见。"

张国生听他说完松了口气："和你一样，她可能这辈子都不会再原谅我。"他的情绪一下子低落下来，"她应该和你一起来，这样她或许会明白我这么做并不全都是为了我自己。"

"教授，不要再多愁善感了，我只想要回我属于我自己的东西，如果准备好了就告诉我，他们会助我们一臂之力。"说着指了指正朝我们走来的那两个俄罗斯人。

走在左边稍矮的那个远远地看到怀特博士的举动，许是以为他要交代什么事情，停下脚步叽里咕噜地朝我们这边大叫了一声，然后摊开两只手，挑起眉毛，好像在说："你指我干啥？"

怀特博士吓了一跳，朝他吼道："快走，你这个白痴！"突然想起他听不懂中文，又用俄语叫了一遍，走在右边那个同样也是急得不行，边走边手舞足蹈地叫。

我们有些莫名其妙，发生了什么事，他们在叫什么？

左边那个听到他们的吼叫之后变得更加生气，站在那儿指着右边的同伴也破口大骂，宁静的大冰川顶充斥的全是叫人听不懂的俄罗斯国骂。

"我说，谁听得懂他们在说什么吗？给我翻译一下。"陆飞嚼着花生，像只鸭子似的伸长脖颈围观。

李瘾头也不回，轻描淡写地说："他们在催他快走，这里的冰层太薄，停下来会有踩碎的危险。但是那个缺心眼儿的瓜娃儿好像并没有理解他们的意思，一直在问候他哥哥的母亲。"

陆飞听完，一嘴的花生屑直接笑喷了出来，准备想说点儿什么，只听远处的冰层"咔嚓"一声，紧接着一连串"噼里啪啦"的声响接连不断地传来，听得我的头皮一阵发麻。循声看去，正是从左边那俄罗斯人脚下传来的，冰层要裂开了！

那个稍矮的俄罗斯人听到声音终于闭了嘴，迟疑了半秒钟，看着右边的同伴，又开始大叫，不过他这次完全是在乱吼，脚下就跟抹了油似的，又像一只脱了缰的大笨熊，开始狂奔起来。右边那个也同他一样，两个人就这样"嗷嗷"叫着向我们跑来，身后全是冰层断裂的声音。他们踩踏过的冰层立刻坍塌，却没有一丁点儿碎冰落下的声响，冰层下方的究竟有多深？

这两个俄罗斯人明显是练过的，虽然身体笨重，但奔跑的速度极快，当然也有可能是本能反应，这一大片支离破碎的冰层已经再也支撑不下去了，现在他们完全就是在和冰块裂开的速度赛跑，跑得慢了，等着他们就是死路一条。

我的神经一下子紧绷起来，现在去帮他们是不可能的，只会给脆弱的冰层再增加负担。他们俩离我们大概还有三百多米的距离，依照这个速度应该是跑得过来的。我朝他们身后看了一眼，冰层上已经留下几孔又大又深的窟窿，往里看，只看得到一堆密密匝匝的绿色事物，在阳光的照射下更显油亮，冰层以下到底藏着什么？

正在这时，一阵巨大的"轰隆"声响起，犹如雷鸣一下子在身边炸开，声音全往耳朵里灌。我只感觉一股强有力的力量狠狠地一次又一次地压迫耳膜，而后一股钻心的刺痛如蛇一般穿透耳膜后瞬间蹿进我的脑袋，在脑子里不停地游走、扭动。剧烈的疼痛让我再也支撑不住，眼前一黑整个人蹲了下去，耳朵里只留下一阵又一阵"嗡嗡"的鸣叫，整个世界仿佛只留下这个声音，其他什么也听不到。

过了一会儿，后面有人拉了我一把，我甩了甩头，原来是藏哥，其他人已经全部撤到冰层后面。他捂着耳朵朝我摆了摆手，现在无论他说什么我也听不清，接着他把手指向我的身后，张嘴又说了几句话，但是除了"嗡嗡"声我什么也没有听见，只模糊地从他的口型上看出了两个字——雪崩！

没错，之前在小道的时候听到的也是这样的声响，只是这次离得更近，脚下的土地摇晃得很厉害。这样说的话，难道我们这次要被大雪掩埋在这里了？

我把头重新转回去，眼前却是凭空生出的一场大暴雨，白茫茫一片，雪崩引起的巨风夹杂着雪粒吹刮得漫天都是，那些冰粒子就跟一根根细针似的，全往脸面上戳。藏哥从后面给我递了个防护眼镜，我赶紧戴上，虽然眼前仍旧蒙蒙胧胧，但至少知道前面的状况。

雪崩发生在冰层前方的高大冰壁上，不过不只是上面的雪尘滚落，整座冰壁从顶部开始一截截断裂开来，如果现在听得到的话肯定是一阵"噼里啪啦"的巨响。那些之前还泛着蓝光巨大的冰块从极高处滚落而下，重重地砸在那些满是气泡的冰层上。之前是我多虑了，雪崩靠近不了我们，冰层已经整块坍塌，只不过当中升腾而起的雪尘将底下的空间全部掩在一团浓雾中，根本看不到下面。

那两个俄罗斯人去哪儿了？我转回头去看了一眼，没有看到他们俩，难道已经被砸到冰层下面去了？

我赶紧逆着风往前挪了几步，远远的，离我百米远的地方出现了一个黑影，看那体型应该就是俄罗斯人，不过只有一个，他缩成一团蹲在雪雾当中一动不动，不知在做什么。

我正想在往前几步，突然一股更大的风呼啸着从远处吹刮过来，就像一把把刀子似的刮在我的脸上，硬生生把我往后推了几步。这么大的风就算戴了防护镜，也看不清眼前的景物。

风持续刮了三四分钟才逐渐停下，我感觉自己全身都已经冻僵，裸露在外的皮肤一阵刺痛，浑身止不住地打战。不用说，我的脸上只怕已经结了一层冰。

又过一会儿，那团雪雾才慢慢散去，之前矗立在冰层前方的高大冰壁已经塌为平地。这座冰山可能用了几年的时间才形成现在的规模，可就在仅仅几分钟时间内灰飞烟灭。我急忙把视线放回到那个俄罗斯人所在的地方，他仍旧一动不动地蹲着，不，是趴着，衣服上全部盖满冰屑，看上去就像一尊冰雕。他趴的位置是在冰层边沿，之前张国生所在的那个位置，屁股朝向我，头低低地垂着。

风声过去之后，我的耳朵逐渐恢复听觉。这时，从俄罗斯人那边传来了几声叫喊，依旧是俄罗斯国骂，可另外那个在哪儿？冰层以下的空间那么深，掉下去恐怕已经摔成肉泥了。

我拍了拍身上的冰屑赶紧跑过去，靠近了一些，冰层下方的空间一览无余，只一眼，我的视线就再也移不开了。我现在大概能够体会到张国生趴在这里往下看时的那种感觉了。

现在正是傍晚时分，太阳还没来得及藏入西山，鲜红的夕阳把升腾而起的雪尘映照得分外美丽，早已稀薄的雪雾好像一条朦朦胧胧的彩带笼罩在这个鬼斧神工的深洞之上。

深洞看上去像是被人凭空凿出来的，又像是天上落下的什么重物硬生生砸在这里，将土地砸凹了进去。又宽又深的深洞，很难想象在它面前自己有多么渺小，至于深洞的深度我就弄不清楚了，可能有它五六个宽度这么深，因为从上面往下看，只能看到一大片绿色，像地毯一样，分不清究竟是树冠还是低矮的小草。

冰川的足迹似乎在这个深洞面前稍微做了停留，四面悬崖边沿完全看不见裸露在外的沙石、雪粒或者冰，只一大片绿色，许多大树横立在上，百余条大大小小的瀑布从山体流出，或高或矮分布在悬崖四面飞流直下，经过太阳的照射，数不尽的虹光错落有致地分布在瀑布边沿。

我使劲儿地咬了咬舌头，确定自己还醒着，而不是在做梦，因为这里实在太惊人了！谁能想象得到在冰川之上，还会隐藏着这么一个世外桃源般的世界。现在我算是知道之前看到的冰层上为什么会有那么多气泡，原来都是因为其下方的植物腐败死亡后被细菌分解为甲烷气体，不过因为冰层笼罩，释放出的气体无处可去，因此全都被挤压在冰层当中。幸好之前没人在这里抽烟，否则我们只怕早已经没命了。

不过，我发觉自己弄错了分析的对象。在这片大冰川中怎么会出现植物？就算是深洞，也早就应该被冻成冰雕了，为什么这个巨型地下深洞会如此完好地保存在冰天雪地当中？甚至如同生出一个阻挡冰霜的保护罩，冰层的存在只是为了将深洞隐藏起来，但是可能吗？这太不符合常理了吧？

八　深　洞

“朋友，朋友，快来帮忙！不帮忙，死啦，死啦！”

我把思绪拉回来，把视线移到声源处，那个俄罗斯胖子的身上全是白花花的冰屑，脸上也蒙上了一层白霜，见我终于注意到他，喊道：“快快快，我支持不了多长！”

怎么忘记这茬儿了，我朝他点了点头，赶紧跑过去。他趴在深洞边沿，半个身子已经垂在空中，几乎被冻成冰柱的右手拉着早已冻成冰块的那个稍矮的俄罗斯人。如果不是他的两只脚紧紧地插在裂开的冰缝中，雪崩时他们俩只怕已经掉下去了。

我赶紧趴下，巨大的落差让我感到一阵头晕目眩，在这个深洞面前，我们竟然渺小得像蚂蚁。

我把手伸出去，想拉住那个俄罗斯人的手，但隔得还是有些远，除非我像旁边这人一样把半个身子都探出去。被吊在空中的那人看到我来帮忙，嘴里“叽里咕噜”地大叫，一张结满了冰霜的肥脸扭曲得很难看，也有点儿滑稽。他把身子扭来扭去，想要抓住我的手，但这么一动直把拉他那人疼得龇牙咧嘴，两个人很快又吵起嘴来。

我心想：之前的冰裂就是你造成的，现在被吊着了还不学乖。对了，雪崩是在他们两个边跑边叫时候发生的，恐怕也是这两个活宝动静太大的缘故。如果不是这块中空的冰层，我们早就死了，现在还在这儿大喊大叫，真不要命了？

我刚要张嘴说话，发现自己和他们语言不同，赶紧搜刮肚里仅有的几句英文单词，还没来得及阻止，身后突然传来几声轻盈的脚步声，听这声音好像是那个叫"结衣"的日本女人。

我只觉心脏一紧，我总感觉那个日本女人不是什么好东西。

就在这时，我突然发现被吊着的那个俄罗斯人的瞳孔一瞬间放大到了极致，紧接着身子像个坏了的摆钟一样急速地摆动起来，另一只手高高举起，我看准时机猛地伸出手去，终于抓住他冻得冰块似的手腕。只是没想到因为用力过猛，加上趴了一会儿身子下面的冰已经融化了不少，身子整个滑了出去。我暗叫不好，另一只手想去抓点儿什么东西停下来，可抓来抓去全是冰水。那个俄罗斯人看到我的身子快速地探了出去，急得"哇哇"大叫，那一瞬间我的脑袋里就像播放了一部快速闪过的电影，只不过所有的片段都是属于小堂的。

他现在过得还好吗？

就在我的膝盖离开冰面的时候，我彻底绝望了，在雨林里捡回了条命，没想到还是得死在这里。如果我滑下去了，就算那个俄罗斯人拉住我的手，另外那个也承受不住我们的重量。

"吴朔你娃简直不要命，我来助你！"伴随着一声阴阳怪气的叫喊，我的双脚好像被捕兽夹猛地卡住，这突如其来的力量让我脖颈间的骨头"咯噔咯噔"几声响，要是我往前滑的力量再大一些，非把我的脑袋甩出去不可。不过也多亏了这股狠劲儿，我的身子在小腿过了冰面之后终于停了下来。

睁开眼睛，眼前满是绿色，深洞底下的绿地似乎成了一汪泉水，"泉水"中间不断荡开涟漪，紧接着一颗篮球般大小的黑色头颅突然从"水底"缓慢冒出，一仰头，冲着我咧开一个十分骇人的笑容。

我一下子看呆了，这是什么东西？刚想再仔细看一下，拉住脚的力量突然又加大了几分，没来得及多想，我就被逐渐拉离了深洞。

在眼睛离开深洞的瞬间，我赶紧又往底下看了一眼，那个骇人的黑色头颅不见了，"绿泉"好像在一瞬之间重新变回绿地，哪儿还有什么涟漪。难道之前只是我的幻觉？

在身后的拉力作用下，我的身子重新回到冰面，除了那只被俄罗斯人拉扯得青筋凸起的手臂。他太重了，任后面的人怎么拉也拉不上来，我只感觉手臂渐渐提不上力气，赶紧咬紧牙更大力地捏住他的手。这时，身后又传来了那个轻盈的脚步声，紧接着只听"叮"一声细响，一柄在夕阳下泛着红色冷光的细长武士刀一下子跳到我的眼前，刀锋划开一道亮白的弧线，就要往我的手臂斩去。我的心脏立即跳到嗓子眼儿，那个日本女人想做什么？没想到弧线在半空中猛地改变方向，她的目标不是我的手臂，而是那个俄罗斯人的！

趴在我旁边那个俄罗斯人也注意到了武士刀，他大喊了一声："NO！"猛地把另一只手伸向刀锋，熊掌般大小的巴掌顺势就要捏住那把急速划来的刀。我一惊，这人的手恐怕保不住，这把武士刀连枪都能砍成两截，切这只手还不是跟削泥似的？

武士刀没有丝毫停下的意思，而那只手也已经进入刀锋弧线的范围之内。就在准备接住刀锋的瞬间，亮光从那个俄罗斯人的手掌中间一闪而过，而后朝另一个方向划去，避开了另外那个俄罗斯人的手臂。我眼睁睁地看着那只宽大厚实的手掌从中间位置慢慢渗出鲜血，然后像被一刀切断的萝卜那样，属于手指的那一截齐齐整整地掉了下去，鲜血全滴落在他兄弟的脸上。

"阿纳托利！"吊在空中的那个俄罗斯人朝他大叫了一声，眼睛瞪得浑圆，他脸上的血还在汩汩流动着，"阿纳托利"应该是断掌这人的名字。

我的眼前也被蒙上一层红雾，不少鲜血也流到了我的脸上。我只感觉自己的心脏剧烈地抽动了一下，那个女人究竟心狠到何种地步？如果不是阿纳托利伸出手挡了一下，就算皮肉没有挡住，骨头肯定也是造成刀锋偏移的原因所在，那么另外那人的整条臂膀就将不复存在。

阿纳托利这次没有回答他的话，叫了声"阿历克赛"，后面的就听不懂了，说得是俄语，接着朝我点了点头，示意我一起用力把阿历克赛拉上来。我几乎用尽了全身的力气，倒是阿纳托利，他不知从哪儿生出了一股力量，那只抓住阿历克赛的手如同起重机似的把他慢慢地抓了上来。

阿历克赛回到冰面上后并没有像我预想中的那样去找结衣算账，而是一件接一件地脱衣服，脱到最后一件短袖直接撕开，包在阿纳托利的手上。

我把头抬起来，结衣正站在我旁边，武士刀已经被她收起来，脸上仍旧是那副面无表情的模样，只是看上去有些惨白，就像老日本电影里的歌姬那样，可能是被冻的。

拉住我脚的是李瘾，后面一连串拖着藏哥和陆飞，张国生和杨董站在远处不知道在说什么，见我看过来后停止了交流，看着我。李申倚靠在更远处的一块冰块上，怀特博士站在他旁边。李申眼睛微睁看着我，一脸担心，看到我后朝我微笑了一下，吐出一长串白气。

我被李瘾扶起来，他说："你娃果真不要命，我还小看你了。"

"你说呢，好歹也是老 K，比起你这种名不见经传的小兵那还不是绰绰有余？"陆飞嘴里嚼着花生，边说边朝我挤眉弄眼，"老 K 你说是不是？"

"老 K 是谁？"

"老 K 都不知道……扑克牌玩过没有？ J、Q、K、A 都不知道？你这兵怎么当的，回家种地算了，你说呢？"

"你娃尽瞎说，当年我也是缅甸赌场的一把好手，那时候我一天赢多少你知道？要不是……"李瘾好像意识到什么，赶紧打住，接道："所以老 K 我还是知道的。"

缅甸？赌场？这个李瘾说出的这些信息可不简单，否则也不会很快把话题转移了，难道他面临遣散就是因为这个？

"好了，好了，不说了，我们还是好好看戏才是道理。"李瘾紧接着加了一句，指着裸着上身、浑身肌肉的阿历克赛，又把手指移动到另外一边的结衣身上，"你说他们俩谁会先死？"

这个李瘾倒挺幸灾乐祸，不过就目前的架势来看，阿历克赛是要拼命了。结衣砍了他兄弟的手掌，还差点儿要了他一条胳膊，我看他脸色铁青，眉目间透露出一股狠劲儿，这个眼神和被逼到死路上的毒贩差不多，看来真的豁出去了。

只不过，他是这个女人的对手吗？结衣两只失神的眼睛一眨不眨地看着他，脸上没有一丁点儿表情。对了，她为什么会突然攻击阿历克赛？我看了一眼站在远处的怀特博士，他蹲下身去正和李申说话，眼睛全然不往这里看来，好像根本就不关他什么事。结衣袭击阿历克赛肯定是他下的命令，是担心他阻碍到队伍前进的速度？那就要杀了他吗？砍掉他的胳膊，阿纳托利坚持了那么久，突然失去我的拉力肯定拉不住，这不就是杀人灭口？

太可怕了，这个所谓的博士到底是个什么样的人，如此心狠手辣。

阿历克赛捏了捏拳头，全是"噼里啪啦"的骨头响。这个大块头往日里肯定也是练过的，我注意到他肱二头肌的皮肤上文刻着一个骷髅头，骷髅头顶上站着一只栩栩如生的墨青色乌鸦，像是某种标志。

说起骷髅头……之前在深洞底部探出水面的头颅是怎么回事？虽然离这么远，但是那颗头颅上的额头、眼窝都那么清晰，特别是那些密密麻麻有小拇指长短的尖牙，而且竟然咧开嘴对我笑了起来……

可我又分明记得深洞底部是一片宽阔的绿地，哪是什么泉水？不是我看错，那就是见鬼了，所以肯定是看错了，可能是被李瘾一拉，脑袋有些不灵光了。

正想着，阿历克赛终于有所动作，摆好架势慢慢地朝结衣走去。他这是格斗的套路，这人确实练过，不像是寻常向导。他走了一半，见势就要往前冲，阿纳托利突然握着断掌朝他跑过去。阿历克赛显然没有料到背后会来人，刚想转过身子，阿纳托利一个飞脚已经踢到他屁股上了。

也许是踢到了敏感位置，阿历克赛整个人被踢得跳了起来，两只手护着裆部一脸迷茫，朝他骂了几句，听那口气应该是："你他娘的吃错药了？踢我干吗？"

阿纳托利放开捂着的手，又结结实实地给了他头顶一巴掌，也跟着他骂，骂了什么这可就听不懂了。他们俩争论了好一会儿，两个人都喊得脸红脖子粗，最后阿历克赛捣蒜似的点头，乖乖地跟在阿纳托利后面走回去，捡起衣服重新穿上，"不服"两个字写得满脸都是。

"他哥的话倒挺管用的。"李瘾哈哈一笑说道。

陆飞忙问他们俩说了什么，李瘾接着说："阿纳托利告诉他弟弟不要不知好歹，那个日本女人一刀下来可就不是断掌这么简单了。并且阿纳托利还提到了一个关于教会的事情，还说不要忘记大主教让他们来这里的目的，然后阿历克赛就乖乖服软了。"

我听得莫名其妙，这哪儿跟哪儿啊，什么教会，什么大主教，这还能扯到宗教上去？

阿历克赛穿好衣服，像个三百斤的赌气的孩子一样，看都不看结衣一眼，故意把脑袋别过去，又朝我看了几眼，笑了笑，蹲下身从包里翻出纱布和几瓶药罐，细心地给他哥哥阿纳托利敷上，其间好几次弄疼了他，两人又吵嘴了几次。

而那个结衣，径直走到怀特博士身后，从怀里掏出一块暗红色的手帕，抽出武士刀，将刀锋上的鲜血抹干净，又把手帕放回怀里，那块手帕之前可能是白色的。我看她直挺挺地站在怀特博士身后，心里涌出一阵恶寒，这女的着实太凶残了。

这里就是我们的目的地，而下一步行动就是进入深洞底部。然后，然后就不知道了，张国生守口如瓶，每一步行动都被他隐藏起来，而这次怀特博士很奇怪地没有拆他的局，二人似乎开始一起对我们隐藏一些东西，或者说，他们其实也不知道下一步行动会遇到什么。也就是说，深洞以下究竟是什么，谁也不知道。

如果这样就最好不过，之前都是被他们牵着鼻子走，现在总算公平了。

走到这里的时候时间已经到了傍晚，因为后来又发生了一些事情，等全部弄完，天色已经渐渐暗了下来。大风刮起，眼前什么也看不到，那座黑洞也没有了白天时候的模样，相反，夜幕降临之后整个洞口望下去黑漆漆的，就像平坦的地面上无端生出一个吞噬万物的混沌眼，走近了就会被卷进无边的黑暗当中。

在这种情况下进入深洞显然是不可能的，没有办法，只能补充体力先睡一觉，明早起来再说。借着吃饭的时间，我们和那两个俄罗斯人聊了会儿天，李瘾奇怪他们怎么好端端跑冰层对面去了。

阿历克赛说，之前说好由他们两兄弟到对面去安置炸药，把冰层炸掉，没想到一个不小心就把冰层提前踩碎了。

李瘾接着问："用炸药，你们就不怕引发雪崩吗？"

阿历克赛接着说："雪崩肯定会有，但这里地形奇特，雪崩也不会殃及我们，主要还是因为自己在跑的过程中不小心碰到炸药的开关，提前引爆了炸药，然后雪崩也就提前了。"

我心想：原来这一切都是因为你。刚想再问点儿什么，一股大风突然刮起来，然后越刮越大，再也停不下来了。这里的风实在太吓人了，鬼哭狼嚎似的，关键还夹风带雪，如果只身站在雪地中，不用半个小时，肯定被冻成冰雕。

起风之后，我们赶快回到之前走过的那条小路上，这里两面都是冰墙，风再大也不至于把帐篷吹翻，先前准备的睡袋也在这时派上了用场。怀特博士他们的睡袋比我们的高级多了，听说是用貂皮做成的，披在身上任风怎么吹都不会冷。

阿历克赛看李申身体不行，把自己的睡袋给了他，他则和他哥哥挤着睡，将就照顾。

李申的帐篷和我的在一起，在我准备拉上拉链睡觉的时候，他突然把头探出来，让我去他那儿坐坐。现在也才刚过七点，年纪大了睡不了那么长时间。

吃了点儿东西之后，李申的身体恢复了不少。我心想：反正也早，就陪他说说话。

李申把貂皮睡袋铺在地上让我坐下，从包里掏出一袋梅干，说这是他老家的特产，他妻子和他都爱吃，他们夫妻俩年轻的时候出国留学那会儿还带了很多，不过几天就吃完了，所以回国之后特别想念梅干的味道，每次出远门都会在路上带几袋。

我接过他手中的梅干，确实已经干透了，上面干皱的果肉呈黑紫色，递到嘴边鼻子里就已经闻到那个让我流口水的香味。我赶紧放进嘴里，牙齿一咬，又酸又甜的汁水混着浓郁的果香立刻充满口腔，好吃得不得了。

李申又给我递过来几颗："多吃点，我也爱这味道，不过我年纪大牙口不好不能多吃，你年轻可以多吃一些。"边说边笑盈盈地看着我，脸上的皱眉沟壑似的一道又一道，但看上去和蔼可亲，特别是笑起来的模样确实像极了我爷爷。

李申说他来自南方，今年七十五岁了，之前早早就退休了，也是因为这次才又出来。这是他第二次到天山，第一次是二十年前，和这次一样，那回也差点儿就死在天山了。

听到这里，我实在忍不住把心里的疑惑说了出来："关于这次的天山之行，我们究竟是来执行什么任务的？"

李申直直地盯着我，过了一会儿忽然叹了口气说："小吴啊！请你原谅我不能给你答案，其实我叫你来和我说话早就料到你会问我这个问题，只是……只是我也不清楚这次任务究竟是要做什么。"他顿了顿，盯着我的眼睛，"和二十年前那次一样，其实我是来找人的。"

我突然想起之前他的怪异举动，"小静"，对，是这个名字，难道他来找的就是这个"小静"？

李申见我没有说话，紧接着深吸了口气，颤颤巍巍地站了起来。

我以为他要做什么，赶快伸手去扶，手还在半空中，只见他双膝一弯，整个身子如同一座倒塌的大山，一下子跪倒在我面前。

九　诡　脸

　　李申出生在一个富贵之家，他的父亲早年间是一位落第秀才，后来年龄渐大，实在没办法就去做了当地厘金局帮账，而后又去了钱庄任分庄经理。当时正处清末，外国资本主义的萌芽开始在中国的大地上稀疏出现，他的父亲虽然不复年轻，好歹有一双慧眼，与乡里的伙伴们集股在当地创办面粉厂。没想到面粉厂越办越好，他瞧准时机又紧接着创办了纱厂、纺织厂。

　　从此之后便一发不可收拾，虽然在一长段风云变幻的时期历经磨难，但他的父亲还是极其成功地成为一名远近闻名的实业家，家中十分阔绰。

　　李申出生之后，他的父亲并没有让他过早接手自己的产业，早年的求学志向让他把希望都压在了这个独子身上。因此在李申还很小的时候，父亲就请了位教书先生在家教授他读书，读的是四书五经、八股策论，李申聪慧非常，很得他父亲的喜欢。

　　随着李申慢慢长大，周围天地格局一再变化，在不断的读书求学当中，爱国救亡运动在他的心里逐渐埋下了种子。而他的父亲早年间也是一名知识分子，而后作为实业家思想并不被禁锢，便倾其所能支持李申，让他学习外国先进知识，了解外国优秀文化。

而后卢沟桥事变爆发，李申怀着一腔热血多次参与、组织抗日救国行动，后来事情败露，为了躲避迫害，他几经奔走逃往外地。到后来抗日战争愈演愈烈，他的父亲决定让他到外国留学，"师夷长技以制夷"的说法在父亲的思想当中根深蒂固。李申自己也十分清楚当时面临的处境，因此答应了下来，独自一人漂洋过海远渡外国。

在外国的大学中，他继续学习深造一门新学科——地质学。中国地域辽阔，大川大河、崇山峻岭何其多，如果加以研究开发，当中所储存的资源不可限量，因此他便一门心思地研究地质学。

这段求学经历是他最为煎熬的时期，故国遭受外邦侵犯的新闻不断传来，他心急如焚，好几次想回国，然而就在这节骨眼儿，他遇到了一位女大学生——沈静。

沈静的家世和李申大抵是差不多的，只是沈静一家在九一八事变之后就举家移民到了国外。沈静同李申一样，对于故国的感情一直割舍不下，平日里二人谈天说地，聊的都是国家大事、国家出路，他们同为地质学学生，相约学成之后便立即回国，为国家献上自己的力量。

这段时间是李申唯一静下心来的时候，而这一切都因为沈静的出现。

四年之后，抗日战争胜利的消息如雪片般从大洋彼岸飘来，他们俩欣喜若狂，并在这一天结了婚，以纪念这个对于他们意义非凡的日子。同年，二人先后获得地质学博士学位，放弃了优越的工作条件和生活环境，克服重重困难，毅然回国。

回到祖国之后，他们就同当时中国的地质学家一起投入中国地质学研究所的建设，几经磨难，终于使得中国地质学研究工作进入了崭新的局面。

在这个过程中，李申和沈静获得荣誉无数，为新中国的建设立下汗马功劳。

不久之后，李申接到了一个任务，一个极其机密的任务。他只知道自己要进入密林遍布的兴安岭去，去做什么？不知道，去多久？不知道，有可能一年，有可能三年五载。上边下来命令谁也不能透露这次的行踪，包括自己的父母、妻子，这个任务不简单。

当晚李申翻来覆去怎么也睡不着，他不知道该怎么把这个消息告诉沈静，他们的孩子刚满周岁。

沈静似乎觉察到什么，问："你怎么了？"

"小静，我有任务，要离开一段……一长段时间。孩子就托付给你了，等我回来。"

……

"你怎么了？"

"你要去哪儿？"

"这不能说。"

"今晚我一直翻来覆去睡不着，我也要告诉你个事儿，我也有任务。"

"……你放心去，孩子我让父亲照顾，小静，你会回来的对吗？"

……

"小静，你别哭，我们一定会看着孩子长大的。"

第二天清早，楼下的车先接走了沈静，两人泪眼蒙眬，一直相互注视，谁也没有说话。车子发动之后两人握了握手，就此别离。

将近七十高龄的父亲早早来到他们家楼下接走孩子，临走前告诉自己的儿子："孩子我会好好抚养长大，国家需要你，你放心大胆地去，不要牵挂。"

李申送走父亲，坐上接他的车，那年他三十四岁，沈静二十九岁，孩子刚满一岁。

六年之后李申回来了，但之前属于他的那个家早已被夷为平地，沈静还没有一点儿消息，看来是自己提前回来了。

他去找他的父亲，才知道在他走后的第二年父亲和母亲相继去世，家里就他一个独子，找不到可以联系的人，今年应该七岁了的孩子也不见了。

李申差点儿疯了，十多年来他一直在寻找儿子的行踪，却一无所获，其间他也一直在等待沈静的消息，同样只是一场空。

他已经家破人亡，孩子找不到，妻子也失踪了，十六年，什么任务需要十六年的时间？他破例去查找沈静的档案，求来求去，上边终于给他透露了一个消息：沈静在十三年前就已经被证实死亡。

他心里的最后一盏明灯就此熄灭，只不过令他感到奇怪的是，这十三年间沈静死亡的消息为什么从来都没人告诉他？就算是绝密任务，家属再怎么说也是应该知道的，这里面是不是有什么隐情？

后来因为一位学生的帮助，他从一些特别的渠道得到了当年沈静一行人的绝密任务报告。报告中提到十六年前天山山脉最高峰托木冰川出现了一些大裂缝，通过初步勘探得知裂缝底下是一片广阔得不可思议的地下空间，因为太深无法通过仪器探测，因此组织了一批当年最有资历的地质学家前往勘探，弄清地下空间的秘密。

"御龙行动"，报告中是这么说的，其中还列出了八人小队名单，沈静赫然在列，带队的人叫周凌波。

每个队员名字的后面都画了个"×"，证明行动失败，人员牺牲。

李申心如刀割，沈静名字后面的那个红×在他的眼里好像两把血红的匕首，全往他的心脏上扎。他突然想起了在国外求学时候的日子，沈静的父母不愿同他们来往，他和沈静就在一个外国老太太家租了一间小小的阁楼，阁楼虽小，但那段日子是他最开心的。

他甚至想到如果那个时候选择留在那里，再也不回来了，那……一切都已经来不及了。只是沈静死得不明不白，他下定决心一定要弄清楚。

李申找遍了所有名单上的人，对照着名单走遍大半个中国，寻找他们的住址，却没想到六个队员所谓的地址全都是假的。他再次拜托那个学生查找他们的信息，全都能找到，但是他们的地址、年龄、性别、照片全都是空白的，明显是被人给删去了，沈静的也同样如此。除了那个叫周凌波的带队人，他的信息无处可查，这个人就像是透明的，隐藏在千千万万人之间，什么也没有，完全空白。

他开始意识到这个所谓"御龙行动"的任务恐怕没有报告上说的那么简单，但那时候他的理智已经完全丧失，沈静从此成了他一个再也解不开的心结。他察觉到再这样查下去肯定也是一场空，最终决定自行爬上天山，寻找答案。

到这里事情本该出现转折，可没有，天山之行他什么都没有得到，好几次他都想着永远待在天山陪伴沈静的灵魂，但转念又想到了自己的孩子，家里已经没有任何一个亲人，孩子是生是死还不知道，如果他还活着，自己就这样死在天山，又怎么对得起沈静？所以他还是选择了回去，常年奔波寻找孩子，这一找又是几十年，这几十年中他每隔两年就会进天山一次，一直到二十年前，之后就再也走不动了。他害怕有一天会死在天山，那孩子将永远找不到。

李申的年纪虽然越来越大，但他心里始终没有放弃，几天前一个消息传到了他的耳朵里，昆仑山大地震，天山局部地区也出现了同样的情况，地震之后天山上突然出现了许许多多的大裂缝。

老天爷始终没有抛弃他，这么多年之后终于开眼了，李申再次联系了那个一次次帮助自己的学生。他知道此次天山地震后一定有地质学家进入天山勘探，他就让那个学生把他安插到天山队伍中去，因为他的直觉告诉他，这是唯一的机会，找出沈静真正的死因，那么他这辈子也就可以瞑目了。

就这样，李申进入了我们所在的这个小队，这一路上张国生的举动让他有一种感觉，这个人会不会就是当年参与"御龙行动"任务当中的地质学家？

一直到张国生在冰川下给他们讲的那个故事，在听到"御龙"两个字从他嘴里蹦出来的时候，他就知道自己这回来对了。只不过张国生为什么要骗他们？"御龙"根本就不是发生在兴安岭，或者说张国生完全是在试探自己，因为当年的兴安岭勘探任务是由李申带队前往的。

而后发生的那些事情，张国生的身份让他再次大起疑心，他隐隐感觉这个所谓的张国生，有可能就是当年天山勘探"御龙行动"的带队人——周凌波！

李申讲到这里突然停下来，帐篷外"呼呼"的风声丝毫没有减弱，在这期间他一次次落泪，泪水顺着沟壑流满了整个消瘦得有些可怜的面颊。他混浊的眼球没有一丝光芒，一直到最后说到张国生的时候才精神倍涨。我想起陆飞和我讲的那些事情，虽然当中有矛盾，但和李申嘴里的故事惊人的相似。这个问题一直困扰着我，直到现在也没有答案，张国生到底是谁？

而听过李申的这个故事之后，谜团就更多了，当年的周凌波，或者说张国生一行人究竟在天山遭遇了什么？沈静到底牺牲了没有？如果猜对了的话，张国生其实并没有死。还有，这次行动到底是出于什么样的一种目的？

我发现自己的思路已经乱成麻花了，特别是现在还出了个怀特博士，整个事情就显得更加扑朔迷离。

"我现在已经七十多岁了，这次进天山很有可能是我最后一次走进沈静曾经走过的地方。明天进入地下空间，我有预感那里将是我最后的坟墓，只是……小吴，我有个不情之请，请求你一定帮我找到沈静的踪迹，弄清楚她死亡的真正原因。我请求你，帮帮我这个迟暮的老头儿，你可以答应我吗？"

李申边说边流泪，我的心一下子揪了起来，眼泪也跟着簌簌直落。虽然常言说"家家有本难念的经"，但到了李申这里竟然是这么悲怆。我想也没想，重重地点了几下头，说："这件事交给我，我一定竭尽所能，再说，我们肯定能够安全地离开这里，您还没找到您的儿子呢！"

李申抹了把眼泪，朝我微笑道："谢谢你，真的谢谢你，有你这句话我就满足了。"他朝周围看了一眼，接了一句，"这件事情劳烦你先替我保密，现在我还无法确定张国生的身份，提前透露害怕会出什么问题。"

我点头，时间也不早了，明天还要早起，担心李申身体受不了，让他早点儿休息。李申拍了拍我的肩膀送我出去，临走前还对我说了声"谢谢"。

外面的风鬼哭狼嚎一般丝毫没有停下的意思，躺在帐篷里我怎么也睡不着，脑子里全是李申讲给我的那个故事。我一直在试图寻找整个事件的前因后果，试图找到那根线头，但怎么也找不到。这个事情比我想象的要复杂，而我知道的不过是一些支离破碎的片段，想要拼凑起来，这些片段显然是远远不够的。

想着想着，我迷迷糊糊就睡着了，睡梦中依稀感觉身体抖了几次，浑身都被冻僵了，想睁开眼睛却怎么也睁不开，挣扎了一会儿又睡着了。

过了不久，我做了个梦，一个很奇怪的梦。

我梦到自己趴在深洞上方的边沿，白天时候的那个位置，半个身子探在外面，一低头，深洞当中的惊天景象一览无遗，和白天唯一的差别是我所在的位置离底部的绿地只有不到五十米左右的距离，比白天看到的近多了。

我想动一下身子，可怎么也动不了，连手指都变得僵硬，全身唯一可以动的只剩下一双眼珠子。

深洞底部的绿色草地，不，在我的眼中这块草地现在呈现的是十分诡异的蓝色，周围没有一点儿风，那些密密匝匝的草就跟死了似的直挺挺地立着。我的眼睛一直盯在上面，由于不能眨眼，眼泪很快就流干，两颗眼球上似乎有千万支钢针硬生生地插在上面。

过了一会儿，一阵"窸窸窣窣"的声音传来，从草地边沿的一棵大树上跳下来一个人，看上去是个女人，留着齐肩的短发，身材有些微胖，但丝毫不失苗条。她从树上跳下来之后便一直在朝我的这个方向跑，头转向背后好像在提防什么，像只受了惊吓的兔子。也因为这样，我根本就看不到她的正脸。

这片广阔的草地在她脚下好像永远也跑不完，好久好久在我眼里她也只跑了不到半米的距离。可我分明听得到她越来越粗重的喘息声，她到底在躲避什么？

正在这时，树上又"呼啦"一声跳下来一个人，是个男人。他身材魁梧，头顶微秃，年纪大概三十多岁，不过从第一眼我就知道这个人我认识，那张国字脸虽然看上去稍显年轻，可这个人分明就是张国生！关键是他手里还握着一把微微透着冷光的血红色匕首，这颜色不是匕首的原本模样，因为不仅他的手上，他的全身上下都已经被鲜血沾满，我相信这些血肯定不只是属于一个人。

现在我大概能够明白那个齐肩短发的女人为什么要跑了。

张国生的速度很快，脸上挂着狞笑："沈静，别跑了，你走不出这里了，你自己是知道的。"

在我吃惊之余，那个女人也开口说话，上气不接下气地央求："周队，求求你放过我，这里的一切我都不会说出去。"

"你应该知道，只有死人才会做到真正的守口如瓶，嘿嘿嘿，别跑了，前面那六个人你也看到了，死亡其实并不痛苦。"张国生边说着，就已经跑到她身边，举起匕首一下子捅在她的腰间。

暗红色的鲜血如喷泉一般从她腰间喷射而出，溅了张国生满脸，也把一小块蓝色的草地染成了红色。

"啊！求求你不要这么做，我的丈夫还有我的孩子都在家等着我回去，求求你，求求你不要。"她疼得跌坐在地上，脸朝着张国生，双手扶着地面，拖着身体一寸寸往后挪。

我看得冷汗淋漓，想做点儿什么，嘴却怎么也张不开，就连鼻孔里的粗气都喘不出来。

"去吧，你是最后一个，只要你们都到了另一个世界，这个秘密从此就只有我一个人知道了。"张国生的面部突然被一团蒙眬的黑色笼罩起来，看不清表情，只依稀看得到他嘴角的弧度越来越大。他把手中的匕首高高举起，我再也忍不住，在心里喊了十几次的叫声这次终于从我嘴里吼出来，但已经来不及了，匕首稳稳地插在她的头顶，一直没到刀柄，她嗓子里最后发出几声"咳咳"的细响，身子软绵绵一歪就此倒地身亡，自始至终她都没有把脸朝向过我，哪怕只一眼。

我大叫，这是我现在唯一可以做到的。张国生心满意足地微笑了一下，脸上的黑雾不知在什么时候已经消失不见了。也许是听到我的叫喊，那双泛着红光的眼睛向我看了过来，狞笑着伸出手指着我，嘴唇无声地动起来，对我说了句话。

虽然听不见，不过根据他嘴型，我知道他说的是："你才是最后一个！"

说完他蹲下身去把插在沈静头上的匕首猛地拔出，握紧刀柄直直地朝我扔了过来。

我只感觉一抹鲜红正对我的面门飞来，飞溅而起的鲜血全射到我的眼睛里，我的心一紧，身子终于可以动了，一下子跳起来，就此醒了过来。

睁开眼睛，眼前的景象让我身上早已冻冰的汗水再次翻滚起来。一张镶满密密麻麻煞白眼珠的黑色怪脸紧贴着我的脸，距离不到五厘米，我的嘴唇甚至感受得到来自那张怪脸一下又一下的呼吸，鼻子里灌进的全是一股浓烈的死尸气味……

十　倒吊深渊（上）

　　那东西沉甸甸的，至少有五公斤，四只尖利的爪紧紧地扣在我的肚子上，深深地陷进我的肉里。外面的天色已经稍微亮堂了一些，细看之下我才发现它脸上的白色眼珠子其实是一片片锃亮的贝壳，那些贝壳似乎并不是镶嵌在上面的，而是和那张黑脸融为一体，看上去很是诡异。而在它真正眼睛的位置则是两孔黑漆漆的深洞，当中透出一丝忽闪的红光，其他的就看不到了。

　　我不敢轻举妄动，这东西看来不是什么善类，并且离我实在太近，就算是一个细微的动作，我也肯定跟不上它的速度。不过它好像并不想拿我怎么样，一个劲儿地对着我的嘴嗅，只是那个味道实在太难闻，熏得我一阵头昏脑涨。

　　这东西完全没有要从我身上离开的意思，现在该怎么办？我在心里把所有应对的法子都想了一遍，可风险都太大了。正在我一筹莫展的时候，帐篷外突然响起陆飞的声音："吴朔，大清早你号个什么劲儿？"

离我不远，正好就在帐篷边上，我一惊：这下子玩儿完了！果不其然，那东西听到声响后便停止了一切动作，四只爪猛地绷紧，疼得我心里一颤。紧接着，它身子微微抬高了一些，那颗怪异的头颅朝向声源处观望。

这一会儿的工夫，让我彻底看清了这个趴在我肚子上的怪物的真容。这东西的头十分硕大，差不多是整个身子的一半，没有一丁点儿毛发，上面长着一块块斑驳的绿斑，似乎是青苔。它的身子很像只猴子，可又比猴子胖多了，黑色的、像人的头发一样顺直的体毛至少有二十厘米长，密密麻麻长满全身，看着很是瘆人。

我赶紧趁着它走神的瞬间从旁边抓过冲锋枪，不管它到底是什么东西先喂一梭子弹再说。正在这时，帐篷的入口"呼"的一声被拉开，可我分明记得拉链被我拉上了。我的心脏一下子提了起来，抢起冲锋枪往它那颗硕大的脑袋上拍。

这东西明显已经感觉到我的举动，把头"咔嚓"一声扭回来，接着高高仰起，诡异的一幕发生了——

它的头和脖子在这时竟然分裂开来，一张几乎可以把我的头整个吞下，长满牙签般粗细密密麻麻、少说也有几百枚尖牙的大嘴露了出来，这张嘴里没有舌头，全都是那些骇人的牙齿，一股巨臭的腥味直往我鼻孔里喷。我被呛得不轻，冲锋枪举到半空，手上再没有力气往它头上砸。

那东西不知是被周围的声音还是我的举动激怒，两孔黑色眼眶中的红光更甚，"嘿嘿"怪叫着就往我脸上咬来，那声音听上去就像一个笑得喘不过气的老太婆。

这一嘴下去我可能就要身首异处，在这紧要关头，我赶紧扭动身子站起来，却不想陆飞一个箭步冲过来，对着那东西的屁股就是一记飞腿。他这是明显是往死命踢的，我只感觉肚子上的肉好像全被那些尖利的爪子给扯掉了，紧接着一团黑色的影子发出一声凄叫声，翻滚着从我脑袋上方飞去，"噗"的一声撞破帐篷上的厚篷布，直接飞到外面去了。

"你娘咧，吓死胖爷我了，老K你媳妇儿怎么长得这么磕碜？"陆飞嬉笑着把我扶起来，看到我衣服上几道血淋淋的抓痕接着说："不仅磕碜还凶残，她练过九阴白骨爪？我觉得你不姓吴，应该姓陈。"

这他妈哪儿跟哪儿啊？不过没他这一脚我恐怕已经玩儿完了，忍着钻心的疼痛问："我为什么会姓陈？"

陆飞大笑道："你媳妇儿是铁尸梅超风，那你不就是铜尸……哈哈，铜尸陈玄风了？哈哈哈！"，说到最后他自己也憋不住，把一张大肥脸都给笑歪了。

我说："别在这扯犊子了，那东西看着不简单，咱们快出去看看。"帐篷的篷布很厚，应该是那东西的爪子碰到篷布后给撕开的。

陆飞点点头，郑重其事地说："对，是应该去看一下你媳妇儿，虽然看上去怪凶，可好歹也是你媳妇儿。"

我没理他，抓过衣服披在身上跑了出去，跑到帐篷的拉链旁边发现拉链被拉开了，可我记得陆飞是直接掀开进来的，我又十分确定昨晚肯定已经拉上，否则早就冻成冰雕了，而帐篷除了那个破洞没有地方破损，地上也没有刨出来的洞。那么只有一个可能，那东西是自己拉开了拉链进来的，究竟是什么东西这么聪明？

藏哥和李瘾或许是听到动静跑了过来，问我发生了什么事情。陆飞也从帐篷里钻出来，赶快接上话道："家事，家事，你们俩就别问了。"说完若有深意地看了我一眼。

我心想：那东西如果真那么聪明只怕已经跑得没影了。于是朝他们摆了摆手，径直跑到帐篷后方察看。果不其然，那东西早就不见踪影了。昨晚没有下雪，地上只有一层厚冰，它究竟逃去哪儿了？

我感觉这个事情不简单，赶紧让他们把人都叫起来，叫到阿纳托利的时候却怎么也没有得到回应。阿历克赛听我说了之前发生的事情，担心会有什么变故，拉开帐篷一看，担心的事还是发生了。

阿纳托利断掌伤口处的血流得满地都是，在低温的状态下已经凝固成一大摊果冻似的物体，整个身子呈现怪异的绛紫色，这种情况下，皮肤下的血管应该很分明才是，但一根血管也看不到，这是怎么回事？

"全身的血管都在皮下爆裂，他究竟遭遇了什么？"怀特博士的话让我一下子反应过来，难怪看不到血管，原来绛紫色是这样形成的。我突然想起在进天山之前张国生所讲的那些工兵，他们的死因和阿纳托利的似乎差不了多少。

阿历克赛一听，立刻把头朝向结衣，牙齿咬得"咯咯"直响，两只眼睛被泪水浸得通红，全身绷得紧紧的，势必动手。

他可能是把阿纳托利的死怪到结衣身上了，可我想事情只怕没这么简单。凑近一看，果然发现了蹊跷。

阿纳托利的尸体早已冻僵，断掌的那整条手臂上覆盖着一层血液凝固成的冰，可如果仔细看的话可以发现皮肤上面留着一大片密密麻麻的小孔，就像被牙签戳过的洞，这么密集的小孔除了那东西的那张恐怖的嘴，还能是什么咬出来的？我忍不住有些心惊肉跳，没想到那东西的嘴这么毒，要是那会儿没有陆飞那一脚，被那张嘴咬上一口，就算没像阿纳托利一样当场横死，只怕也要走上黄泉路了。

我叫李瘾告诉阿历克赛赶快住手，那东西聪明得很，说不定现在就在哪儿猫着，冷不防跳出来给我们一口，那可就是出师未捷身先死了。

阿历克赛仔细看了他的伤口，气呼呼地在帐篷周围绕圈找来找去，可什么也没有找着。一个大男人忍着痛，眼泪无声无息地从脸颊滑落，看着很是心酸。

大家一起找了半天还是一无所获，那东西太狡猾，就这样消失得无影无踪。过了一会儿太阳升起，天色完全大亮，我们决定先离开这里。阿历克赛让我们等他一会儿，在他哥哥死去的那个帐篷里拿自己干净的大衣把尸体裹上，拉上拉链，还在帐篷外面支了个简单的十字架，口中喃喃自语。李瘾说，他对他哥哥承诺，等做完主教交代的任务就接他回故乡，把他葬在他们俩小时候经常爬的那座山上。说完抹抹眼泪就回帐篷里去了。

我们也各自去收拾东西，准备前往下一站，那个奇异的深洞。

站在深洞边沿往下看，和昨天的差不了多少，淡红色的晨曦好像给深洞当中绿意黯然的景色蒙上一层红纱，十分壮观。经过一夜的冷风吹，里面连一丁点儿冰的痕迹都看不到，按理说在这种情况下那些小瀑布根本坚持不了几小时就会被冻成冰柱，可没有，实在是太奇怪了。

阿历克赛拿出早已准备好的登山绳，密密匝匝好几大捆，应该够我们几个人的。登山绳看上去很纤细，不过十毫米左右粗细，不过这些以尼龙纤维为原材料的绳索抗拉力都是千公斤级的，因此就算是三个陆飞串在一起吊着也不会断裂。因为是要从上往下降，因此还需要用到八字环，一种很小的物件，两边有孔。虽然小，但这种八字环都是用航空材料做的，抗拉力是绳索的三倍左右，两个配合使用起来能省很多力气。登山时发生的意外基本都是绳子碰触到了山体的尖锐角。在极大的拉力下出现这种状况几乎是致命的。

考虑到张国生和李申的耐力，可能爬到深洞中间就没力气了，我们决定背着他们下去。李申没说什么。张国生哈哈一笑，连说"不用"。他的年纪虽然大，但身体硬朗，一路上我们也是见识过他的体力，就没有多说什么。李申则捆在我背后由我背着，他一直对我说"抱歉""麻烦"之类的话，我笑笑说"没事"，心想：李申也挺不容易的，如果不是他妻子的事情，他现在大概就能在家颐养天年，没事下个棋、打打麻将，又何必一把年纪还跑来这种鸟不生蛋的地方。

杨董的手受了伤，也无法爬下去，李瘾说他可以背着，杨董点点头什么话也没有说，断指以后我已经好长一段时间没听他说过话了。

登山绳的长度似乎之前就已经测量过，陆飞从上面一直扔到深洞底部还留有长一段，中间还有隔开了很多树枝。我一看没问题就去捆绑李申。过了一会儿，突然听到陆飞趴在深洞边沿喊："我他娘的一直以为这个洞底下是块草地呢！没想到是个湖，老K你过来看，这样的绿湖你见过吗？"

我吃了一惊，跑过去一看，陆飞手里的绳索一头垂在底部，已经被水淹没，虽然隔得远，不过依旧看得见一圈又一圈荡起的涟漪。

这么说我之前并没有看错？

陆飞推了我一把："想什么呢？"我摇头说"没什么"。现在想想，那时候看到的从水里冒上来的头颅实在是太清晰了，这么远的距离连看清湖面的涟漪都费劲儿，肯定是我看错了。

陆飞和李瘾把绳索一条条绑好，提醒我们一定要注意安全，绳索旁边全是横生的树木，下去的时候尽量不要让绳子摩擦到，否则绳子断裂就麻烦了。

众人大包小包背好，经过陆飞再一次确定岩钉已经固定好在冰层后的岩缝里，绳索也绑紧之后，我们弄好八字环就接二连三荡了下去。边沿下方两三米还有冰层，再往下就是一些树木，在冰层时候还感觉不到异样，一到树木附近一股热气从底下升腾而起，暖洋洋的，温度差不多在二十摄氏度左右。难怪这里的会长有植物，还能不受寒气的影响生长得这么旺盛，只是这股热流来自什么地方？底下那潭绿水难道是温泉？

这些横生在石缝中间的植物果真成了我们下降路上最大的阻碍。深洞的形状呈"凹"字，上方空间较窄，到了植物生长的这个大范围内，岩体开始向内深陷。也不知道这些植物在这里存活了多长时间，不仅长得旺盛还稀奇古怪，到处都是枝蔓，使我们每一步都要远远绕开，行进速度慢了许多。

李申趴在我背后看了一会儿，说："小吴，这些植物很奇怪，可能是新物种，我都没见过。"听他这么一说，我仔细看了一下，不就都是一个树干许多枝叶吗？我可看不出个子丑寅卯来，我说："教授您还懂这些呢？"

李申在我背后笑了笑说："常年在深山老林里边跑，也多多少少认识一些。这种植物看起来是一些年代较为古远的，和现在常见的植物有很大的区别，我给你分析一下。"

古远？难道还能古远到史前去？我来了兴致，等他给我分析，可等了会儿他还是没开口，我心想：这些搞科研的就是麻烦，跟你说点儿科学上的事还要等人同意了才肯说，就说："教授，那您给我讲一下吧。"

又等了一会儿还是不见他开口，我加了句："教授，我在等您给我……"话没说完，李申突然从背后拍拍我的肩膀，小声道："小吴，我怎么感觉这些植物深处站着一排排的人呢？他们正盯着我们看呢！"

他这句话是靠近我耳根说的，话一说完我只感觉自己的头发一下子乍开了。李申看来根本就不适合做什么地质学家，去当个装神弄鬼的小说家倒是挺合适的。这地方除了我们这些人会来，还有谁会愿意来这儿受罪，还一排排的，他肯定是看花眼了。

"你看你看，就在那儿，从那儿看过去。"李申伸出手指着一个枝叶间的缝隙，"就那儿，往里看。"

我满心疑惑，停下摆弄绳索和八字环，眯着眼睛朝他所指的地方看了过去。

此时的太阳正好在我们的头顶上，亮堂堂的阳光照得有些刺眼。李申指的位置很深，看进去黑漆漆的，什么也看不到，我眯起眼睛让视线稍微适应一下黑暗，乍一看，心脏"怦怦"地急速跳动起来。

因为这些植物的关系，很难看到深处的状况，使我荡在这座深渊当中这么久都没有发现隐藏在背后的骇人场面。

这里的树木数不清究竟有多少棵，一层又一层，伸出的树根几乎将岩体全部掩盖，那些隐藏在深处的植物和外部的差不多，同样长得稀奇古怪，唯一不同的是那些树的枝干上密密麻麻吊着一具又一具尸体。那些尸体早已风干呈现出胡椒粉似的颜色，头颅却是黑色的，应该是充血所致，掺杂着暗绿色的斑，可能是青苔。等等，这脑袋看上去为什么和之前那东西那么像？

不过尸体的体形却和那东西相差很大，和一个成年人不相上下。无一例外的是尸体都被一根绳索捆住脚吊着，头朝下，两只手垂在半空。因为没有风的关系，尸体一动不动，就这么静静地吊着，仿佛和周围的一切早已融为一体。

那么小的空间下至少吊着七八具尸体，我把视线往周围移动，适应黑暗之后视野开阔了许多。果然，那些倒吊的尸体几乎遍布了整个地下空间，暗灰色的尸体此时在我的眼睛里显得十分突兀，当我的眼睛将那些葱郁的树木忽略后，视线当中出现了成千上万的尸体。

我能想象得到这些人被杀（或许根本就没被杀）后被人用绳索吊着脚捆在这片外人难以涉足的地方，他们痛苦的哀号因为这个空间的独特构造而久久在天山之巅难以散去，渐渐地，有些人因为饥饿、痛楚开始死去，半死不活的一睁开眼，无数的同胞赤条条地出现在眼前，牲畜一般被倒吊着，脑袋因为充血而变得异常庞大，如此可怖景象，让这里彻底变成死亡深渊。

"小吴，小吴，你先别出声，他们都还没有发现，咱们赶快离开这里。"

李申的话把我从无尽的恐怖思绪中拉扯回来，我把头转过去，其他人确实还没有发现，现在告诉他们只会乱了阵脚。这里究竟怎么回事？

我点点头，重新拉动八字环上的支绳慢慢往下坠，心脏的剧烈跳动一直没有停下来。

"等等，等等……小吴，你再看一下，那些人是不是……我感觉他们是不是动起来了？"

此时的地下空间除了炙热的阳光，依旧没有半点儿风。

十一　倒吊深渊（下）

　　不会吧，这些尸体不知在这里吊了多少岁月，还能起死回生不成？虽然这么想，我还是停下了手中的动作，把视线重新放回到那个吊着七八具尸体的地方，只有这里看得最清楚。

　　不知什么时候，一阵非常细小的"嘿嘿"声从林中传出，而那些尸体——我再次眯起眼睛确定自己没有看错，李申的眼睛比我的好多了，他说得没错，那些尸体确实动了起来，而那些奇怪的"嘿嘿"声正是从他们身上传出来的。

　　那七八具尸体扭动的幅度很小，从黑色的头颅开始，一下又一下地抽动，随后整个尸体都跟着扭动起来，如同一条条被人捏住尾巴尖的蛇。慢慢地，头颅抽动的频率越来越快，势必要与身体分离开来一般，又过了一会儿，头颅以下的脖颈越拉越长，越拉越长……我已经看呆了，完全不知道该做什么，身后的李申只怕也是如此，急促的呼吸喷得我的耳后根痒痒的。

"教授，怎么办？"

"别急，再看看。"李申的话刚说完，那些尸体的脖颈已经被拉长到一个非常夸张的程度，看上去那些头颅根本就不属于倒吊的尸体，如今要彻底分开了。

就在这时，"嘿嘿"声接二连三地传来，声音大了很多，来自地下空间的四面八方。不仅是这片小小的区域，那些成千上万的尸体都在进行着一样的行为！是因为我们这群不速之客突然闯进这里，叨扰了某些东西的缘故？

其他人在声音响起之后终于注意到这里的诡异情况，只不过他们还没有发现林后数不尽的尸体，不明就里地侧着耳朵听。

"是谁在唱歌？"李瘾冷不防冒出这么一句来。

陆飞立即接上："你这耳朵要不要得？要不凉拌了算，这哪是唱歌，分明是风在吼、马在啸，有人在奸笑！"

我赶紧打住他们的对话，这俩活宝都这时候了还不消停。我的眼睛一直盯在那些尸体上，只见尸体扭动的幅度又大了几分，就在头颅完全脱离躯干时，一团浓黑色的东西从上面整个滑落出来，"嘭嘭"地掉落在地上，树上只留下一具具没有头颅的尸体。所有的异状此时都解开了。

"下降！快下降！"我几近嘶吼着大叫了一声，我们已经降下来一段距离，利用八字环和绳索上升的难度虽然和下降差不了多少，但上升的速度太慢，现在唯有一鼓作气直接冲到下面去才有活下来的一线生机。因为之前咬了阿纳托利的那个东西又来了！这次不是一只，而是成千上万只！

我本该想到那个东西能在短短时间内消失得无影无踪，一定是躲在某个地方，却万万没有料到他们会躲在这些尸体的躯体当中。

黑色头颅根本就不属于倒吊的尸体，那些东西把尸体当作寄主，硬生生给他们拼凑出一个头来，等它们从躯体中脱离，尸体瞬间干瘪，只剩下一副空皮囊。在它们掉落在地上的时候我还不能十分确定，但他们身上那些女人头发似的体毛在阳光的照射下发出油亮的光的那一刻，我就知道来不及了。

震耳欲聋的"嘿嘿"声此起彼伏地响彻整个地下空间，我感觉自己拉动绳索的手都快磨出血来，其他人也差不多，把速度加快到了极致。

"老K，我又看到你媳妇儿了！这回好像还不止她一个人，可能把她七大姑八大姨都带来了！"陆飞显然已经注意到林后的异样，"呼啦呼啦"降得飞快，一不留神就到我下面去了。

我心想：这他娘的哪是七大姑八大姨，整个直系、旁系的大家族都出动了！正在这时，天色一下子暗了下来，一抬头，在我们上方黑压压的全是那种东西，他们从林间高高跃起，庞大的数量遮天蔽日，只留下一团团耀眼的流光在它们黑色的身躯之间跳动，"嘿嘿"的怪叫犹如一阵阵闷雷在我们头顶连续不断地炸开。

骚动很快传到离我们最近的树林之中，"窸窸窣窣"的声响不断传来，细看能够发现数不尽的黑色身影快速地闪动。来不及了！我朝背后的李申喊了句"注意安全"，把挎在脖子上的冲锋枪解下，对准雨点似的俯冲下来的怪形。这些东西张着骇人的大嘴，密密麻麻的尖牙闪着亮光，哪怕只是被轻轻地咬上一口也吃不消。

枪声一响，其他人也知道逃不过了，拿着武器对准头顶扣动扳机。因为都是冲锋枪，加上天色暗，枪口上都喷出火舌，交叉火力来回扫射，形成一个很大的火力网，那些东西的碎骨、残肢和肉块簌簌往下直落，奇怪的是它们的头颅非常脆弱，一枪出去硕大的头颅就掉了。

张国生被李瘾和藏哥围在中间，结衣挥舞着手中的武士刀，刀锋所到之处，必定会有几截被砍下的碎肉。

那些东西的数量实在太多了，源源不断，打了这么久丝毫没有减少，子弹有限，等打完了该怎么办？大家不只是扣着扳机开枪，还要兼顾落单蹿到身边来的怪形，身子被绳索吊在半空中，等体力消耗殆尽又该怎么办？

然而更大的威胁随后就降临了。

隆隆的雷声再次咆哮起来，这个声音我记得很清楚，这个深洞当中如今满是怪形的嘶叫，我们手中的冲锋枪虽然装了消声，不过几把枪一同开火，声音也是非常大的，在这种情况下、这种环境中，引发雪崩基本是板上钉钉的事。

这里的雪崩显然比这些面目狰狞的家伙要可怕得多，摧枯拉朽，被淹没只是一瞬间的事。

那些怪形也听到了雪崩引发的雷响，他们对此好像很是忌惮，不再理会我们，纷纷跃到旁侧的树上，密密麻麻地蹲在树干上仰着头观望。

整个地下空间此时硝烟弥漫，影影绰绰的阳光显得一点儿也不刺眼了。棉絮一般的雪花从天而降，而后越积越多，伴随着隆隆的巨响，由碎冰、雪屑构成的白色雪流仿佛决堤的洪水，从深洞口连绵不绝地倒灌下来。阳光被彻底遮住，借着最后的一点儿亮光，我发现那些怪形已经全都躲进之前所在的地方，哪里还见得到它们的影子。

头顶剧烈的压力让我真真切切感受到了死亡。

我突然想起底部的绿水湖，就像一下子抓住了一根救命稻草，用尽力气大喊道："割绳！跳！"赶紧从腰间把刀子抽出，将刀锋对准绳索狠狠地切了下去。也不知道究竟有没有切断，头顶的雪洪早已将我淹没，我只感觉眼前一黑，脑子里一片空白，身子随之急速下坠，心脏几乎要从嘴边跳出来。

在身子落入水的顷刻间，我猛然清醒了过来，巨大的落差和重量让我坠得很深，忍不住深吸了口气。还好这些水没什么怪味儿，只是被呛了一下。睁开眼睛，雪崩已经结束，阳光从水面射来一束又一束的光线，因此水中的情况还算清晰。在我的周围漂浮着很多还没来得及化掉的冰块，直入骨髓的冷，许许多多被我们打下来的怪形尸体也在水中沉沉浮浮，已经完全死透。它们身上的长毛似有生命，水草般直挺挺地漂在水里，在红绿色湖水的映衬下显得很是瘆人。

我想起背上还背着个人，赶紧把身上的绳索解开。背着他根本游不动，只能先解开了再拉着一起游出去。

好在李申没有出什么问题，只是看上去有些虚弱，他使劲儿朝我点了点头，指着水面以上，绕过我游了上去。这下可好办了，他会游泳。我赶紧跟在他后面游过去，一用力，脚上不知被什么东西缠住，使不上劲儿。我用力蹬了几脚还是不行，扭头一看，怪形奇长的毛发全往我脸上飞，脚就是被这些毛发缠住的。

我赶紧潜下去拉扯，那只怪形的身子只剩下上半截，想来是被结衣砍断的，入水之后它那半截身子的毛发全漂了起来，看不见真容。我使劲儿拉了几把那些又滑又长的毛发，怪形的头颅一下子被我甩飞了。

黑色的头颅直往下坠，我看了一眼那怪形，吃惊不小，它怎么长着两颗头？

黑色的头颅掉了之后一颗只有之前那颗一半大小的毛头出现，上面长着和身子上差不多的黑色长毛，有鼻子有眼，除去那张长在下巴处的巨嘴，看上去完全就是一只猴子。我心里疑惑，朝掉下去的头颅看了一眼，没想到头颅内部是中空的，原来如此，这些东西把属于倒吊在林间的尸体的头颅据为己有，扣在自己的脑袋上，然后又占用了尸体的躯干。究竟是什么样的动物能做出这么骇人听闻的事来？

脚上缠着的毛发终于被我解开，我忍不住又往下看了一眼那颗掉下去的头，这一看，立刻被震惊得无以复加。

这潭绿水的深度比我想象中的还要深，不过因为阳光的照射能够一眼看到底，整个水底被人精心设计过，一层层构成同心圆的台阶往下延伸，从上至下逐渐变细，形如一个深陷在水底的内凹的巨大陀螺。最底下的部分是一个呈长方形的银光闪闪的事物，很突兀，恐怕是什么了不得的东西，但因为隔得实在太远，根本看不清楚是个什么东西。

我感觉有点儿憋不住气了，匆匆扫视了一眼水底的奇怪景象，准备转身往上游，可就这一眼，我再次发现了异常。

那些内陷的台阶上不知悬挂着什么东西，轻得很，风筝似的被一根根铁索悬挂，起起伏伏地漂浮在水中。

我心里一紧，这场面好像在哪儿看过？

正想着，头顶传来一阵响声，还没等我回过头去，一个钳子般的东西猛地捏住我的肩膀，力量大得几乎要把骨头捏碎。我一吃痛，呛了不少水，难道那些怪形还有没死透的？想起它们那张可怖的血盆大嘴，我赶忙伸手去抓，想挣开，可它丝毫不给我机会，硬生生地把我往后拖拽，游行的速度非常快，加上水的阻力，我完全无法把头扭回去。

就在我几乎绝望的时候，我惊觉自己的头已经伸到水面上来了，那股力量终于停下，我趁此机会猛地把拳头往后挥舞了过去，拳头碰到一团肥肉。这时，我的脸也已经转了回去，只见陆飞扭曲的脸，从他嘴里喷射而出的在空中划出一道道圆弧的花生屑，这……

"娘的，老 K ！你还是人吗？你还是人吗！"他揉了揉嘴，又往怀里掏了把花生塞到嘴里，"浪费我那么大把的花生，不行，娘的，你得赔我！"

太极品了，潜到水里还要往嘴里塞花生。我往他身后看了一眼，大家都已经湿淋淋地站在小岛上，周围依旧是"嘿嘿"的怪叫，四面的树林中都是那些怪形……不对，现在应该叫它们为怪猴。现在这么看来，它们似乎很惧怕这里，或者是怕水，站在树枝上一个劲儿地朝我们咆哮，千百张血盆大口当中的尖牙在阳光的照射下闪闪发亮。

现在算是安全了，但是下一步呢？下一步要怎么走？我往周围看了一圈，这个深洞到这里就已经是尽头了，完全没有我想象中的岔道，什么都没有，难道这里就是目的地？我突然想起水底的场景，或许目的地是在那里。

"老 K，想什么呢，有事没事？没事跟我下去捞李瘾去，我在下边找半天没找那旱鸭子，反倒把你这个大活人给捞上来了，要是知道会被你收拾，那就是给我十个胆儿都不动你。"

我和他说了声"抱歉"，还以为是树上那些东西要把我咬回去做压寨老公。陆飞没接我的话，瞥了我一眼："莫名其妙。"又一头扎进水里去了。

我感觉有点儿尴尬，不知道该说什么，这家伙不是很爱和李瘾开玩笑吗，怎么我难得开回玩笑还被他说得哑口无言了？

"小吴，小心。"李申坐在岸上朝我喊了一声，我点点头跟在陆飞后边钻回水里去了。

陆飞的身子虽然胖，但游起泳来快得跟只海豹似的，我根本追不上他，远远的只看得到他那双灵活的肥腿。水下的空间很大，并且到处都充斥着怪猴的尸体，得边游边扒，游起来很费劲儿。我把眼睛睁大寻找李瘾的踪影，一眼望去却只看到一团团纠缠在一起的怪猴毛发。陆飞越游越深，离水底那个内陷的建筑近了许多，我赶忙追上去。下面堆积了一大批尸体，找起来可能会很费劲儿，已经过去了这么长时间，再找不到他就完了。

我边游边看，不知道是不是在水里憋太久的缘故，两颗眼球酸麻麻的。这时，陆飞忽然停下来，转过身指着身下朝我摆了摆手。

找到了吗？我们隔得有些远，我赶紧游到他旁边。我摊手问：他在哪儿？他指了指下方那个内凹的圆锥似的巨大空间，随后游了下去。

我在那儿划着水往下看，这次比起刚刚在水里的时候离底部已经近多了，悬挂在那些台阶上的东西现在看起来清晰了不少，好像是……人的尸体？

再往下游一段距离，我终于看到李瘾，他躺在其中一块台阶上，虽然只看得清轮廓，不过已经足够确认那个人就是他，因为同这里透露着诡异的古怪比起来，他的存在，不，应该是我们的存在都显得极其突兀。

底部的空间很明显是人为建成的，不过那么大的规模，加上还在如此深的水底，这究竟是何人所为？并且，这个内凹的圆锥体建筑根本没有我所看到的那么简单，从远处看那一层层的台阶呈现银灰色，靠近了才发现这种灰色其实要亮得多，因为水深的缘故，阳光根本完全射不到最下方，整个建筑上仿佛笼罩着一层蒙蒙胧胧的黑雾。

而那些被铁索拴住悬挂在台阶上的东西，即使除去散落在各处的怪猴尸体，那些东西的数量仍旧极其庞大，密密麻麻，至少数以千计，靠近了，终于看清那些东西的模样。

我不知道这里为什么会有这么多的尸体，从深洞开始，一直到这里……正如第一眼看到这里时的猜想，我又一次猜对了，漂浮在水中被铁索悬挂着的就是尸体，无穷无尽的尸体，只是这里的跟外面的有很大的区别，尸体全身赤裸，也许是被水浸泡的缘故，泛着猪被放血杀死之后的那种白光，双脚被捆绑，一颗颗惨白的头颅就像收拢的花苞，直直地对准天空，起起伏伏。

这里会不会是某种邪恶的祭祀场所？数以万计的人在这里被残忍地杀死，死后依旧得不到安生，被铁索捆绑起来，吊在这个恐怖的深渊当中。究竟是谁会这么做？

陆飞靠得比我近得多，显然已经注意到这些数不尽的倒吊尸体，他迟疑了一下，转回头看了我一眼，朝我摆了摆手，继续往深处游了下去。

我紧跟在他身后加快速度，现在要赶快带李瘾离开这里，实在是太古怪了。

游了一会儿，我已经到达陆飞之前所在的位置，而他则已经潜入到那些尸体所在的范围之内。只见他侧着头看了一眼当中一具白条条的尸体，突然，似乎被吓了一跳，身子抽搐了一下，跟着"咕噜"一声，一大团白色的花生碎粒从他嘴里喷了出来。

十二　秘　密

陆飞的怪异举动让我大吃一惊，他得是看到多么震惊的景象才会把视为珍宝的花生全吐出来？

他被水呛得不轻，挣扎了一下，赶快用手把嘴捂上，又细细地打量了一会儿那具尸体，转过头朝我做了个"小心"的手势，接着往下游去。

这回他游得很慢，每经过一具尸体都要侧着身子扫看一眼，似乎在担忧什么。

我赶紧追上去，谨慎关注着周围的一举一动，连陆飞都如此顾忌，这里恐怕不会是看上去的那样平静。

进入尸体群所在的范围之后，我的速度又慢了许多，这个时候，陆飞已经游到李瘾身边，李瘾整个趴伏在台阶上，看不见脸，摇了摇他没得到任何回应，陆飞接着把他翻了过来，只见一抹鲜红如同升腾的血雾从他腹部渗出，将他们所在的水体染成一片血红。

陆飞显然被吓了一跳，一把抓住他的衣领往上拽，他腹部的鲜血不断地流出，那些鲜血随着水流分散得到处都是。我赶紧游过去想要帮他一把，身后却不知被什么东西牢牢抓住，任我怎么用力也挣脱不开。那东西上面有极其锋利的倒刺，紧紧地插在我后背的肉上，到底是什么东西？我心里一紧，想起早上时候发生的那件事情，难道那些怪猴也钻到水里来了？

我赶紧把头扭回去，只见一张煞白的脸一下子凑到我的面前，那些白色的皮肉不知经过多少年月的浸泡，胀得像发面的馒头，有些地方的皮肤则早已剥落，但仍旧挂在脸上，顺着水流一下又一下地摆动。

如果在野外看到这样一具尸体，完全可以判断其死亡，不过眼前这具……他那两颗混白的眼珠子中间，黑色的瞳孔还能清晰可见，没错，他的眼睛竟然是睁着并转动着的，而抓住我后背皮肤的就是他的手，没想到被铁索悬挂在水中的尸体还活着！

我现在大概能理解陆飞当时的夸张举动，在一潭远离尘世的绿水当中，数千具被铁索悬挂在水中的尸体本身就够骇人听闻的了，谁能想到这些早已被泡得不成样子的尸体竟然还有生命，这大概只能是猎奇电影当中的情节，但它就这样活生生地在我的面前，距离我不过几厘米。

除了这一具，周围的那些尸体在这时开始翻滚得愈加剧烈，它们都在朝着我所在的方向缓慢移动。原来之前在上面看到的这些起起伏伏的尸体并不全是水流的作用，而是它们本身就在不断扭曲着自己的身体，要不是双脚被铁索捆绑，只怕已经钻出水面了。

不过令我感到奇怪的是，这些尸体刚才还很平静，怎么一下子就躁动起来了？

情急中我把脸往后移了一些，那张怪脸紧跟着又朝我靠近，它的脸上没有嘴，不，应该说有人把它的嘴给封死了，一个发着白光的铁下巴紧紧地扣在他泡发的脸上，深勒进肉里，它那只极有力的手丝毫没有想从我背上拿开的意思，那爪子几乎要抓到我骨头上了！我疼得倒吸了一口凉气，从腰间抽出刀子，往后狠狠砍去，这东西是要我留在这儿陪葬啊！

刀子似乎陷进了一块豆腐当中，虽然在水里使不出全部的力气，但那只手还是被我砍断了，只不过爪子还在狠命抓着我。我转过身去，那东西扭动的幅度大了许多，那只发胀的肥手从手肘处整个断开，当中涌出一股墨绿色的浓浆，看起来恶心透顶。

我赶快远离那东西，那团墨绿色的浓浆混入水中很快被稀释，只留下几块小拇指长短的黑色东西，那又是什么？

我把视线重新转移到那只断手上，在断裂的地方同样充满了那些黑色的长条事物，并且还在剧烈地扭动着，就像一排裸露在外的血管，不过更像那种生长在淤泥里的红色线虫，一条又一条，不断地扭动、扭动……

突然，我发觉眼前漂浮在水中那些黑色长条也开始扭动起身子，竟然朝我游了过来，该死，这些到底是什么东西？

等它们离我近了一些我才发现，这些东西竟然是一条条细长的虫子，顶端应该是头的位置看上去就像章鱼的吸盘，那些吸盘上密密麻麻全是暗黄色的倒刺，看上去极为骇人，我就算游得再快也根本逃离不了它们，现在该怎么办？

眼看着那群大概有七八只的黑色虫子朝我快速游来，我心急如焚，那些玩意儿实在太小，在水中用刀子去砍难度着实太大，就算砍死了一只，其他的又该怎么办？正想着，那些东西已经差不多冲到我脸上，我赶紧伸出手一把抓住游在最前的那一只，这东西就跟泥鳅似的，我狠命抓住，想把它直接捏死在手里，没想到掌心立刻传来一阵钻心的疼痛，鲜血一下子流了出来，我张开手掌一看，那东西的头部已经钻进我肉里去了。

这还了得，没想到那副可怖的口器竟然是用来钻洞的！我赶忙把刀锋对准那东西的身子，朝着掌心狠狠按了下去，这把刀锋利得很，轻而易举就把它的身子切为两截，不过它并没有立即毙命，进入肉里的那一小节受了刺激，钻动的力量大了几分，疼得我忍不住大吸了口气，腥涩的水全往我鼻子里灌，肺里仅剩的几口气也被挤压干净，我直觉眼前一黑。再在水里憋下去非死在这里不可，然而现在我所面临的处境是另外那几条黑虫子就快要到达我的面前了，该怎么办？

正在这时，从底下传上来一连串的气泡，我扭头看了一眼，陆飞的脸已经憋成绛紫色，他手里拉着李瘫，很是吃力，而在他们身后，那些被铁索拴住的尸体早已聚集为一片，那些白色的头颅密密麻麻地紧挨着，就像成千上万的鱼，扭动着身子，数千只发白发胀的手向上伸着，想要抓住他们俩，而想要抓住他们也只不过是时间问题。

我没再管那些黑虫子，一头扎到水深处，陆飞和我离着大概四五米远，他看到我朝他游来，急忙朝我做手势，让我快走，离开这里，但是可能吗？只要他们俩其中一人被那些尸体拖住，成千上万的尸体就会涌上来，根本跑不掉，我怎么可能会眼睁睁地让这种事情发生，就算死也一起死在这儿吧！

陆飞见我丝毫没有离开的意思，脚上踩水的速度加快了几分，朝我所在的方向伸出手，我也赶紧把手伸出去，一把抓住他，死命往上拽，一个陆飞就已经够呛，后面还拖着个李瘫，实在太沉了，我把身子转向水面，两只脚狠命地踢水，虽然有往上游的趋势，但是太慢了，实在太慢了，这回肯定得交代在这儿了。

眼前的景象越来越模糊，我已经差不多到达昏迷与清醒的临界点，后背和腿部传来的疼痛让我一下子清醒许多，那些黑虫子钻进我肉里去了，疼痛刺激而来的清醒很快转换为麻木，最后整个世界突然间静了下来，陆飞和我的手已经分开，他可能也已经忍受不了了，再也支撑不下去……

闭上眼的瞬间，一个黑影突然出现在我的眼前，那个黑影很是纤瘦，手中挥舞着一把银光闪闪的窄刃长刀，身手很是敏捷，在水中就像一条身姿优美的海豚……

恍惚中"嗡"一声，我的眼前只剩下无穷无尽的黑暗。

"醒了醒了，小吴你没事吧？"

我慢慢睁开眼睛，周围的白光刺眼得很，我的眼球已经肿起来，两颗眼珠子生疼，肚子里一阵翻江倒海的难受。

最后是结衣救了我们，那个挥舞着武士刀斩断我们身后那些怪物的黑影就是她，太厉害了，在水下竟然行动都能如此敏捷自如，我一直以为她只会杀人，没想到还会救人。

李申坐在我身边，满脸都是笑容："没事就好，没事就好，只是……"他把目光转移到我身后，"李瘾那个小伙子可能活不长了。"

我翻身站起来，转回头，陆飞他们蹲着围成一圈，结衣和怀特博士坐在不远处。结衣和我一样浑身湿透，朝我看了一眼稍稍点了点头，很快就把视线移开了。

我三步并作两步快速走到陆飞他们身边，陆飞看到我醒来，看了我一眼什么话都没说。他身上还湿漉漉的，嘴里倒是消停了，我看他神情不对，问他："李瘾怎么了？"

刚说完，人群里突然传出一声非常衰弱的咳嗽，陆飞没再理我，赶紧转头回去："李瘾，醒醒，醒醒，他娘的，不就是出去以后要赔我个陶瓷牙，看把你吓的。"

杨董看到我过来，默默地走开，给我让出个位置来，我赶紧挤进去，一眼就看到躺在地上一脸煞白的李瘾。他的腹部破开了很大一道口子，虽然被纱布包裹，但血已经完全止不住，白花花的肠子从肚子里掉出，裹在被血染红的纱布里极为显眼。失血过多，就算不是在这人迹罕至的地方，死亡早已成为定数，不过只是时间问题。

他毫无生气的眼睛微微张开，朝我们环视了一圈，最后把视线停留在陆飞身上，嘴角一弯，笑道："小胖子，你这……这陶瓷牙看来是没法赔……"话没说完胸口一阵抽搐，咳嗽起来，边咳边吐血。

陆飞一把抓住他的手："滚蛋，你他娘的知道老子陶瓷牙多少钱吗？说不赔就不赔？没门儿！"我听他那声音都带着哭腔了，心里就跟猫爪挠似的疼。

"嘿嘿……咳……嘿嘿，这辈子是没希望了，兄弟我要先走一步，下辈子吧，下辈子再赔给你！"他说话的语气突然清晰起来，煞白的脸色逐渐泛红，整个人看起来有精神了许多。

我心想完了，他现在的状态就是回光返照，坚持不了多久就会咽气了。

陆飞显然也意识到他目前的状况，眼眶一红，眼泪吧嗒吧嗒地流了一脸："老子不要你赔了，不就是一颗牙，老子不要你赔，你他娘的可别死啊！等从这儿出去了，咱们去东北吃你说的那个什么冰梨子、冰橘子，好不好？"

"窝囊，真他妈窝囊！你好歹……好歹也是个兵，哭你奶奶个腿儿，窝囊，妈的比老子还窝囊！"李瘾一张脸憋得通红，腹部的血更是止不住地流了满满一地，骂完两行眼泪顺着眼眶两边也跟着流了下来，牙齿咬得"咯咯"响，一直在苦苦忍耐着。

"老子见不得这样的场面啊！几十个弟兄，跟了我十年的弟兄，出生入死的弟兄啊！吃饭、洗澡、训练全在一块儿，就这么死啦！我眼睁睁地看着他们一个个倒在我面前，就这样死啦！他们的眼神我到现在都还记得啊！我知道他们不是在怪我，但是那几双眼睛在我面前一双接一双地闭上，我要疯啦！我不停地咬着嘴里的花生，不停地咬着嘴里的花生，把自己舌头都要咬下来啦！我没用啊！十几个毒贩就把我的小队全干翻了，只剩下我一个人啊！几十个人的小队就剩我一个人啦！我对不起他们啊，我对不起他们……李瘾你不够朋友啊！说躺下就躺下你这是干什么啊！你别死好不好？我求你啦，我给你跪下啦，我给你跪下啦！"

"扑通"一声，陆飞双腿一弯果真跪倒在李瘾身边，发出一声惨重的哀号，像一只受伤的野兽。

听他这么一说我如遭雷击，之前听陆飞说起，他们小队在大雨林里边执行任务，可没完成，后面我们就上了，没想到他当时简单的一句"没拿下来"还藏着这么多的秘密。也难怪，那十几个毒贩不是一般的小喽啰能比的，他们都是训练有素的雇佣兵，有几个还曾经在其他国家进行过特种兵训练。上面下达任务的时候也根本不知道这些，陆飞他们小队贸然入林，又遇上这么强劲的对手，在我们收到任务的时候就有消息说之前小队被他们一网打尽，没有人活着，因此在入林之前我们早就准备好了万全之策。虽然后面拿下来了，但还是损失惨重。这么说，之前那只由陆飞带队的小队只剩下陆飞一人了？

可当时我分明听说的是所有队员全部牺牲，这是怎么回事？我突然想起陆飞曾经说过的那句话，他说他因为一些关系，认识这次神秘行动的每一个人，流氓兵痞、犯下大罪的新兵蛋子、无视纪律的刺兵、残忍至极的杀人犯、临阵脱逃害死所有同伴的垃圾……当时我还在想自己是他所说的这些人里的谁，那么陆飞又是哪一类？难道是临阵脱逃……

我们谁也没有说话，场面安静了一会儿，只听得到陆飞的哀号和李瘾的抽泣声。过了一会儿，李瘾摇了摇头，安慰了陆飞几句："兄弟，别再自责，他们都是好弟兄，不会……不会怪你的。"

我看着整个头垂在李瘾肩膀上的陆飞，心里五味杂陈，事实真的是这样吗？

陆飞猛地把头抬起来，双眼通红，他用手臂狠狠地擦了擦脸上的眼泪，说："兄弟，你还有什么愿望告诉我，我一定帮你。"

李瘾直勾勾地看着陆飞，欲言又止，朝我们看了一眼，低声说了句："反正都快死的人了，也没必要藏着、掖着了。"接着把关于他为什么会面临遣散的故事说了出来。

半年前，李瘾接到一个任务，去缅甸执行任务，上头的说法是要他去监视一个跨国洗黑钱集团的头目，他们有足够的证据证明那个集团所有的犯罪事实。不过那个非法集团隐藏得太深，到目前为止露头的就只有那个人，他们需要李瘾到他藏身的缅甸去进行监视，挖出更多的犯罪团伙，而后一网打尽。

李瘾接到任务后便秘密潜入了缅甸，在那里他寻找了近半个月一无所获，终于在一天夜里，联络人告诉他那个人很有可能在一家赌场里赌博。收到消息的李瘾立即动身，带了一大笔钱走进赌场，依靠着他的小聪明成功找到那个人，并和他攀上了关系。

只是令所有人都没有意料到的是，李瘾自小便沾染的恶习使得这次任务完全功亏一篑。

按照李瘾的说法，在他很小的时候他的父亲就是个十足的赌徒，李瘾小时候家里边穷得叮当响，钱都败于他的父亲之手。他的父母年轻的时候在边疆地区做运输生意，赚了不少钱，后来他父亲和朋友运一批货去缅甸，运货完成准备回家的时候他朋友神秘兮兮地告诉他父亲到赌场里玩两把，他父亲当时也没有多想就跟着进去了。这一进就是一年，一年间他父亲败光了所有的家产，还欠下一屁股债。他的母亲四处筹钱，千方百计把他捞回去，没想到他父亲仍不知悔改，三番两次往缅甸跑。他不甘心，辛苦了大半辈子的积蓄全进去了，他要把他的钱赢回来，然后再也不沾赌了。

后来他父亲就再也没有消息了，也许是死在了频繁的战乱当中。他的母亲，独自一人把李瘾抚养长大，日子过得很是艰辛。好在李瘾争气，年纪轻轻就当了兵，还混得不错，这个让他母亲感到很是安慰。

当然，他家里的这番变故，他的母亲从来没有提过，他小时候有所耳闻，不过随着年纪渐长也早就忘记了。

"历史总是有着这么惊人的巧合，又或者说，冥冥中其实什么都已经安排好，我的父亲是个赌徒，我身上流着的就是一个赌徒的血，难以改变。"这是李瘾的原话。

回到半年前，李瘾带了一把笔钱走进赌场，开始几天在那个嫌疑人的帮助下赢了很多，那会儿他感觉钱当真好赚极了，几天时间，他这辈子就算打断手脚天天在家睡觉也不愁吃不愁穿了。

人的贪念一旦被激发，那就是无穷无尽，输了想赢回来，赢了当然想赢更多更多，往后的几天时间他的手气开始变臭，几天时间内，所有赢得的钱就打了水漂。期间那个嫌疑人消失了，他则一直在敷衍联络人，暗地里一直窝在赌场里赌钱，输光了就打电话回去找他母亲要钱。可怜他的母亲六十多岁所有的积蓄都被这个令她骄傲一辈子的儿子全骗光了。

没钱之后，滋生在这个地方的阴暗面终于完全将他遮蔽，在这里他认识了许许多多的人，输光了钱再也回不去的富翁，吸毒的瘾君子，为筹赌资、毒资的妓女，后来那个妓女就和他生活在了一起，两个卑微而又可憎的灵魂就在这个阴暗的深渊纠缠在了一起。李瘾完全忘掉了他的身份，也彻底抛弃了作为一个军人的气节，他拿着那个妓女给他的嫖资继续出入赌场。日子就这样浑浑噩噩地过了两个多月，在这两个多月里当地发生了多次战乱，屋外的枪声、炮声让李瘾的精神崩溃了，他害怕得紧紧抱住那个妓女，妓女往地上狠狠地吐了口痰："呸！真没出息！"

再到后来他开始染上毒瘾，妓女给他的钱根本不够，他再次想到他的老母亲，一次次拿起电话，一次次挂断，下定决心终于拨通。这个时候他的母亲已经开始有所怀疑，因为儿子的举动实在太不正常了，她想起了自己的丈夫，思前想后，把发生在几十年前的事情告诉了李瘾。

李瘾如遭雷击，不过，醒悟？对于那时候的他来说，他的灵魂早就已经跌入万丈深渊，想出来已经不可能了。他把自己的遭遇一五一十地同他母亲说了，痛哭流涕地表示让他母亲再给他弄一笔钱来，他要回家。

老母亲一把辛酸泪，借遍了所有可以借到的钱。"妈不怪你，你快回来，我还想有人替我养老送终。"说完这些话把四千块钱再次打到李瘾的银行卡上。

然后李瘾拿着钱再次走进赌场，母亲？这两个字对他而言已经很陌生了。

正在他灰溜溜地被人扔出赌场，把针扎向自己手臂的时候，他不知道的是在他再次消失的两个星期内，他的母亲因为脑血栓死在了医院，他母亲生前找亲戚借了太多的钱，人一走，儿子又找不到，谁都不愿意给她操办丧事。

这些，远在千里以外的李瘾都不知道。

四个月后，上头开始怀疑李瘾，四处寻找他，找到之后就把他带回去了。踩上祖国土地的那一瞬间，李瘾幡然醒悟，但已经来不及了。

他被送进戒毒所强制戒毒，在他被惊醒的顽强自制力下，戒毒很成功。出戒毒所那天，他正准备回家，回到那个生他养他的母亲墓前，一个神秘的任务突然降临，最后他就跟着我们走进了天山，走到了这个诡异的地方。

他说他的真名叫"李存志"，根本不叫什么"李瘾"，这名字只不过是他瞎编的。

说到这里，李瘾的脸色再次变回煞白，大口大口地吐着鲜血，两眼之间尽是死气，没有多长时间可活了。

在李存志流干最后一滴泪，闭上眼睛之前，他对陆飞说了最后一件事，他把家庭住址告诉了陆飞。"我母亲死后我一直没有回去，这回看来再也没有机会了，如果你能活着出去，麻烦你到我母亲墓前，替我给她磕个头，告诉她儿子不孝，如果还有来生，请求老天再也不要让她生下我，我不配。"

我们把李存志埋在这一块十米见方的小岛上，陆飞往土包上放了许许多多的花生。我走到岛边，脚下的那潭绿水这时变得清澈无比，往下看，那些被拴住脚的白色怪物还未完全散去，一大片密密麻麻的白色将水下的空间彻底充满，数以千计的骇人的头颅直立向上，似乎在无声地控诉着什么。

我深吸了口气，鼻腔里蹿进的依旧是那晚趴伏在雨林时闻到的腥味。

十三 惊 魂

　　我们就地在小岛上吃了点儿东西补充体力，大家彼此都没有说话。我们几个特种兵的底子逐渐被揭开，我们都犯过错，受到过组织上的处分，如果没有接到这个任务，有的人即将被遣散回家，有的可能要吃牢饭也说不准。这些不知道张国生和李申是否提前知道。我转念一想，就算李申不知道，张国生可能是很清楚的。发生了这么多事情，我越来越觉得我们几个不过只是他挑选出来送死的，将功补过？或许根本就不会有这一天的到来。

　　不过，直到现在我们的身份依旧是军人，军人以服从命令为天职，这是在穿上军装的时候就已经注定的。说起这个，我忽然感到汗颜，如果我真的做到了这一点，那么我可能根本就不会出现在这个鬼地方。

　　如今已经有两个人死在这里，接下来等待我们的又将是什么？下一次轮到谁？你说我不怕死，那是不可能的，谁都不可能单纯地只为自己活着，这个世间与你有牵牵绊绊的人和事都太多了。

第一个死在这里的俄罗斯人阿纳托利，从只言片语中可以看出他来这里并非只是作为怀特博士的向导，显然是受了那个什么大主教的指使或是托付。如今他死了，只剩下阿历克赛，如果阿历克赛也死了呢？而李瘾，我现在不知道该用什么词去形容他，他大概死不瞑目了，心中充满遗憾，如果他能活着从这里出去，他可能会跪在他母亲的坟墓面前，从此痛改前非，但现在说这些又有什么用？

那如果我死在这里了呢？我打小就是个孤儿，孤孤零零活了二十多年，在她出现之前我以为自己会一直无牵无挂地独自走下去。直到后来发生了那么多的事情，她最终还是离开了我。我不知道自己这辈子究竟做错了什么，要受到这么多的惩罚，不过我时常也会庆幸自己不再是孤单一人。

你问我怕死吗？我可以很明确地说，我很怕，怕得要命。我的孩子还在家里等着我回去，我这辈子不再是一个人，这也是我不能死在这里的原因。无论接下来还会遇到多少事情，我只有一个信念，我坚信这个信念会支撑我活下去。

接下来我们去哪儿？我往四周看了一眼，除了脚下的小岛，四面环水，远处都是密密匝匝的丛林，这个空间类似于一个"凸"字，上窄下宽，这些被遮蔽没有太阳照射的丛林看上去很暗，难道要进入这里？

"小吴，你们在下面看到什么了？"张国生走过来，给我递了块压缩饼干，眯着眼睛看着我，"下面有什么不寻常的东西没有？"

不寻常的东西？我不知道这里还有什么东西是能被称为"寻常"的，不知道该怎么说，就把水底的情况简单说了一下：被铁索拴住的活尸，长相可怖的黑色虫子……我把身上被虫子钻过的伤口露给他看，说："下面凶险得很，那些尸体倒是没有多大威胁，主要是这些专门钻破皮肉的虫子，一两只还好，成群结队的话，铁定把人钻成蜂窝煤。"

张国生摆摆手，似乎对这些不感兴趣，接着问："除了这些呢？还有什么比较奇怪的？比如水底有什么，你们潜下去了吗？"

水底……没错，这潭水的下方完全没有泥沙，只有一层层台阶构成的神迹似的巨大建筑，难道张国生想得到的答案是这个？

张国生听罢睁大了那只独眼，连声说："对对对，我说的就是这个，其他的……有没有看到类似于门的东西？"

我回想了一下，门？在最深处，也就是层层环绕的台阶中心有一面亮闪闪的长方形东西，说起来，好像真的是一扇门。

我看张国生那只独眼都开始发亮了，心里"咯噔"一下，难不成我们的目的地是那里？

"应该就是那儿了，终于找到了！"他有些开心过度，跑到岸边低着头往下看。此时太阳正直射着水面，他发现了什么，兴奋地喊道："小吴，快来，是那儿吗？"

我顺着他所指的方向看去，水面最深处有一个发光的小点，从位置上看就是那个地方，但是他没有注意到小点周围那些起起伏伏的白色尸体吗？

"得想个什么办法游到那里去……"他盯着水面陷入沉思。

我一惊，这老头儿到底有没有听我说话，赶忙制止："张老，水下全是活尸，虽然不足为惧，不过活尸身上的黑色虫子可不好惹，想从这里下到水底，肯定要杀掉很多活尸，到时候成千上万的黑虫涌出来，那可不是闹着玩儿的。"

"一定有什么办法……"他完全没有理会我，盯了一会儿转回身走到怀特博士身边说了几句话。怀特一听，两颗眼珠子瞪得浑圆，喃喃说了一句："没想到真的在这里！"两人又说了一会儿话，张国生起身找出杨董曾经打开过的那个黑盒子，旋转密码打开，将那面布满文刻的银色薄片拿了出来。

薄片在阳光的照射下显得很刺眼，那些文刻十分突出，远远地看过去，那些文刻更是清晰。杨董说的没错，上面刻着的确实是无身蛇头，只是这薄片是用来做什么的？张国生之前说是黑盒子里装的是地质勘探的工具，这么一看，他当时说是一件古董我可能就相信了。

"这么多年过去了，这个东西看上去还是如此熟悉。"怀特博士说着伸手去拿张国生手中的薄片，张国生下意识往后一躲："还是我来拿妥当，这东西涉及的事情实在太多。"

"当然，当然，为这东西教授您当年可是差点儿要了我的命。"怀特博士说完把手抽回，"现在的问题是我们该怎么潜到水底？教授您有何高见？"

张国生想了想，把我们全叫在一起，同大伙儿复述了一下我和他说过的水底情况："水下凶险得很，来的时候没有考虑到门会在水底，因此没有准备潜水的工具。不过作为这次任务的关键点，只能再次潜下去。考虑到在水底会有突发状况，哪几位的水性比较好就结伴下去，完成本次任务。"末了他又加了一句："我会和你们一起下去。"

他可能知道我们一定会阻止，顿了顿接道："我自有分寸。"说完把银色薄片塞到衣服的内包里，拉上内包的拉链，紧接着又拉开，伸手往里摸了一会儿重新拉上，又拉上又摸，来来回回拉了四五次拉链，才放下心来。

他是要亲自带着这个薄片下到水里去？他完全可以把它交给我们，让我们下去就可以了，这么谨慎，这东西到底有多么重要？值得吗？

不过，从怀特博士的话中倒也可以听出一些端倪，这薄片恐怕没有我所想的那么简单。

我们商量了一下，怀特博士身上有病下不得水，李申那身体也无法长时间待在水里，杨董手受伤了下水只会给我们平添不必要的麻烦，而阿历克赛和藏哥是十足的旱鸭子，所以能下水的就只剩下我、陆飞、结衣，还有张国生。

结衣能够答应下水让我放心很多，这个女人太厉害了，潜水挥刀就跟闹着玩儿似的，我们在一起危险系数起码降低五成。

陆飞在经历李存志的死之后，和杨董一样都不愿意再和我们任何一人说话，一味地低着头往嘴里递花生，一脸煞白，神情很是失落。我好几次想上前去和他说些什么，但怎么也开不了口。如果我猜的是对的，他当初可是丢下整整一个队伍独自苟活了下来，不过他真的是这样的人吗？我们虽然认识的时间不长，从见面到现在也才几天时间，但是他那种乐观向上的精神一直感染着我。我不知道他到底做了什么，若他当真做了那种抛弃同伴的事情，那我实在找不出什么理由再如之前那般和他胡闹。如果他真的是那种人，我只会看不起他。这不是规则，而是最基本的良知。

我希望自己猜错了。

我们四个人又稍微吃了点儿东西，带来的那些装备里有自携式水下呼吸器，属于轻潜装具，里面的压缩空气量很少，坚持不了多久，不过聊胜于无，如果没有这些，这次贸然下水无异于自寻死路。

张国生在我们吃东西的时间站在水边看了好大一会儿，转回头看我们吃得差不多了，说：“我观察了一下，水下那些个怪物很密集，但是不知道为什么，在‘门’的正中间位置，那些怪物很少，所以等会儿先不要潜下去，游到‘门’正中位置再以最快的速度游到底部。”

“潜到水底之后怎么做？把您所说的‘门’打开？”我听着奇怪，他总说"门"，什么门会被安置在水底？这样的话，就算打开门，水全灌进去了，下一步又该怎么做？不可能继续往下潜吧？

张国生看着我微微点了点头，道："我自有分寸，反正咱们先下去，到时候交给我就行了。"

"张教授，安全吗？"李申满脸担忧地问了一句废话。

张国生叹了口气，扫视了我们一眼，说道："有我在不会有问题的，放心吧。"他看我们已经吃完了，接着说，"走吧，大家不要分散，集中潜下去，有什么危险互相帮忙，开了那扇门任务基本上完成一半了。"

"走吧，记住，以最快的速度下去，把危险降到最低！"张国生朝我们喊了一句，把身子慢慢地浸入水中。他划动水的动作非常轻，因此速度也非常慢。我们接二连三进入水中，缓慢地朝正中心位置游动。我把眼睛移到水面以下，那些被浸泡得发白的密密麻麻的活尸在水下漂漂浮浮，那种感觉就像走进一块种满豆芽的田地，放眼看去全是冒头的白色，只不过这里的活尸要比豆芽长得恐怖多了。

它们虽然一个个仰着头，但似乎根本没有发现我们，只在那儿浮着。我忽然感到一阵恶寒，这些东西在这里不知多少年月，谁能想到在冰川顶峰还存在着如此可怖的一番景象。

游在最前面的张国生停了下来，他转过头朝我们点了点头，指着水面让我们游过来。我用双脚轻微地打着水，往下看，那道银光闪闪的"门"此刻就在离我们差不多六七十米的脚下，数以千计的活尸在我们脚下的这块空间当中摆荡，它们还没有发现我们，不过快了。

张国生小声地说"快"，一头扎进了水里，这回游得很快，就跟条灵活的海豚似的。果不其然，那些活尸完全是以水中的动静来判断入侵者的，张国生的剧烈动作一起，数以千计的活尸就像烧开的沸水一般扭动起来，密密麻麻的白色此刻似乎成了一道极其巨大的漩涡，席卷着涌向我们所在的位置。

那些活尸游动的速度不是很快，加上它们的双脚都被铁索捆绑着，能够游到中间位置的不是很多。眼看着空间被它们越挤越小，我们三人一同扎进水里，用尽力气追上张国生。

之前被水淹得不轻，我感觉那些水一下子压在我的胸口，浑身的骨架都要被压散了，被那些黑色虫子钻出来的洞此刻也愈加刺痛起来。可周围那些沉闷的铁索敲击声提醒我千万不能停下来。我忍着痛，打起十二万分精神跟在张国生后面，丝毫不敢松懈。

张国生好像对周围发生的一切根本不关心，他的体力我也见识过，虽然我们三个在后面不要命地追，但离着他还是有不小的距离。周围的活尸聚集得越来越多，围在四周成为一堵密不透风的墙，黑压压一片，这要是全围上来都能把人给撕粉碎了吧？

我们现在无异于与时间赛跑，虽然说活尸被捆绑了起来，但是再往下挂住它们的铁索只会被横向拉伸，它们完全可以进入我们行进的路线当中，下面该怎么办？我不由得有些焦急，往下看，离着张国生不远的地方，两三具活尸已经游出来，它们锋利的爪子在水中一张一合地抓着，一张张煞白的、皮肤脱落得不成样子的破烂脸直立向上，毫无生气、几乎要暴凸出来的眼珠子也不知究竟看不看得见，只一味盯着我们，似乎在等待着猎物进入攻击范围之内。

张国生好像根本没有察觉到来自下方的威胁，仍旧游得飞快，我在心里大叫"不好"，这老头儿恐怕是游上瘾了。我一口气游到张国生脚边，抓住他的脚借力游到他的面前让他停下。

张国生冲我摇摇头，他脸色红润，看不出一点儿问题，看来他是想一鼓作气游到底，既然这样……我翻身回去，把别在腰间的匕首握在手里，抢在他前面先行游了下去。

先前聚集的两三具活尸现在已经增加到七八具的规模，并且远处的活尸还在不断聚拢。我们头顶的光亮一下子黑了，想必上面已经被它们完全遮盖。在张国生提出从中间潜入水下的时候我就应该想到，从中间往下根本是行不通的。最开始只有我和陆飞下水的那次，并不是处于中间位置，活尸分散，不可能像现在这样将我们团团围住。如今想从四面以及头顶的活尸群中突围出去是不可能了，只能继续往活尸数量较少的水底做最后的困兽之斗。

但是现在还来得及吗？

我打开随身携带的军用手电，还好能够发光，如今周围一片黑暗，如果手电坏了就糟糕了。

其他人也把手电打开。靠着手电的光亮，我发现下方活尸聚集的速度完全超出了我的预估，那扇银白色的门已经完全看不清了。我以为这群活尸只不过是一堆行尸走肉罢了，现在一看心惊不已。它们完全是想围住我们！我用余光扫了一眼两边，离我们最近的活尸群游行的速度很慢，或者说已经完全停了下来，而底下的还在不断聚集，重重叠叠。我突然莫名其妙地想起一句戏曲来："自孤征战以来，战无不胜，攻无不取。今被胯夫，用十面埋伏，将孤困在垓下，粮草俱尽，又无救兵；纵然突出重围，八千子弟兵俱已散尽，孤日后有何颜面去见江东父老！哎呀！"

眼见我们下方的活尸聚集得越来越多，我有些拿不定主意，回头看了一眼，张国生嘴角一弯忽然笑了起来，手脚却是不停，还在不断往下游。陆飞和结衣把武器拿在了手上，一鼓劲儿超过张国生游到我旁边。陆飞指了指周围的活尸，那些活尸已经完全汇聚成了一堵墙，不再游动，只有千百只发胀的白色手臂长长地伸出来扭曲挥舞，场面骇人无比。

我正在思考陆飞想和我说什么，只见他手指一转，一下又一下指着我们下方的位置，这下我明白了，周围的活尸群早已聚集多时，想从两边冲出去是不可能的，但底部的活尸聚集得并不是很多，所以突破口只能在那儿。并且我们的目的是要靠近银色门，也只能继续往下冲。

我朝陆飞点了点头，这时候结衣也已经游到我们身边来了。我指了指底下，她冷冰冰地点头表示明白，举起武士刀一个翻身就游了下去。我和陆飞紧追其后，却根本追不上她，这家伙就跟条鱼似的，两条纤细的双腿急速摆动，我们俩只有在后面吞气泡的份儿。

离那些活尸越来越近，我又发现了异常，就在几秒钟前，活尸群留给我们的空间至少有四五米那么宽，越往下游，空间越小，现在一看只剩下两米多宽，那些活尸貌似除了挥舞手臂不再动作，其实不然，它们一直在相互拥挤、蠕动，将中间的空隙慢慢挤压，同时也给活尸群外的其他活尸时间聚集。不出所料的话，现在所有的活尸只怕早已围作极厚的一团，等他们把这中间的空隙完全挤满的时候，就是我们的死期降临之时。

这些怪物远比我想象的要恐怖百倍、千倍。在围困猎物的过程中，它们选用了最为保险，并且对自己最为有利、最能发挥功效的方法，它们到底是什么样的智慧群体？我只觉一阵心惊肉跳，虽然身处水中，浑身还是忍不住起了一层鸡皮疙瘩。

正想着，结衣已经游到活尸附近，她的手电突然熄灭，整个人遁入黑暗，只感觉得到周围一串串水泡不断上浮，不知道发生了什么事。我和陆飞赶紧把手电的光照过去，只见几道凌厉的冷光在水中挥舞出一束束弧线，弧线所到之处，一大团升腾起的墨绿色浓浆混合着活尸支离破碎的残肢断臂若隐若现，极其惨烈。

结衣瘦小的身子完全淹没在浓浆中，完全看不到了。在光亮下我一眼就看到从活尸身上爬出来的黑色虫子，上百只手指粗细的虫子相互扭曲在一起，那些墨绿色的浓浆似乎成了它们的乐园，不断纠缠翻滚。我头皮一阵发麻，暗叫"不好"，结衣这一阵挥砍不知砍了多少活尸，那些虫子还不得给她穿成马蜂窝？当下握紧匕首准备往那些墨绿色的浓浆里冲，可她的武士刀还在继续挥舞着，刀光闪烁，现在冲进去只怕连我都得被她砍成几截，一时间没了主意。

　　张国生和陆飞也游到了我旁边，我们不敢贸然行动，结衣恐怕是砍上瘾了，稀碎的烂肉混合着那些浓浆一股股往上升腾，还有许许多多被切成几截的黑色虫子。过了一会儿，久违的亮光终于从底部渗了出来，随着浓浆一阵翻滚，刀光也终于散去。结衣凭一人之力硬生生地给活尸群开了个窟窿，不过我们没敢立刻冲过去，结衣不知道还会不会砍，这家伙太凶残了，还是稍微躲着点儿好。

　　不过我的气已经快憋不住了，并且周围的活尸群还在不断挤压靠近，留给我们的空间越来越小，再不出去就要被彻底困住了。

　　我拿起手电射向浓浆处，那里边不知道还剩下多少黑虫子，但没办法了，只能强行冲过去。陆飞朝我比了个"OK"的手势，先行游了过去。我让张国生先走，我来殿后，发生什么事也好处理。

　　陆飞一头扎进浓浆当中，那些墨绿色的浆液很稠，手电的光亮完全照不进去。紧接着张国生也跟在他后面钻了进去，两个人就这样消失在我的眼前。

　　情急中我发现自己所在的空间越来越小，四周活尸的手臂都快抓到我身上来。虽然看到那些浓浆当中满是纠缠在一起的黑虫子，我还是硬着头皮钻了进去。

一进到那些浓浆当中，我的眼睛就被黑暗完全笼罩，这时手电发生了故障，鼻孔、耳朵也全被那些浆液塞满，整个人似乎被置入真空，那种感觉……与空气完全隔离，根本无法进行呼吸，我只感觉脑袋似乎肿了起来，那种感觉持续不断地袭来，势必要把脑袋挤爆一般。

这时候我只有一个信念，从这里游出去，这是唯一能够活命的法子。想到这里我快速活动起身子，手刚想抬起，另一个致命的问题出现了。

这堆浓浆不知混合了多少活尸的残肢断臂，或者说这堆浓浆已经完全被活尸的残破躯体充满，加上沥青似的浆液，在里面只能一寸一寸地往外游，更要命的是我感觉自己裸露在外的皮肤时不时会碰到一些滑溜溜的东西，那些东西不断地在我身上游走，不用说肯定是那些黑虫子。想起那些虫子骇人的口器，我忍不住倒吞了一口浓浆，太恶心了，就像腐烂成汁水的动物肝脏，虽然我没有尝过。只是令我奇怪的是，那些黑虫子这次并没有一股脑儿地往我皮肤里钻，这是怎么回事？

算了，不多想了，我继续在浓浆中"狗刨儿"式向前。这段路不知道究竟有多长，不过在我眼里实在是太漫长了，四肢酸痛无比，直到酸麻，我甚至已经不知道自己的双手双脚是不是还在动着。

实在太煎熬了，我现在大概能够体会到以前在泥石流里挖出的尸体在生命最后一刻的那种感受了。那具尸体只要有孔的地方都已经被细沙塞满，身体扭曲成一个极其怪异的形状，脸上的表情……我从未见过如此狰狞的一张脸，嘴巴十分夸张地张大，鼻子直接歪斜到一侧脸皮上，两颗眼珠子睁得老大老大，如果不是眼球已经被挤爆，只怕可以直接跳出来了。

我现在的状态大抵和那具尸体是差不多的。

也不知过了多久，就在我的意识差不多要彻底模糊的时候，眼前终于依稀出现了光亮。

这一刻我的心脏都快要蹦出来了，所有的疲惫和绝望全被这蒙蒙胧胧的亮光一扫而尽。我用尽最后的力气把手远远地伸出去，浓浆外那些温暖的、丝绸一般的水涤荡着我的手掌，前所未有的舒服，那种全身的毛孔一下子打开的感觉……我赶紧动起手脚，挣扎着往外挪。这时，身后一股极大的力量突然撞在我的脚掌上，把我硬生生地往外顶，得亏了这股力量，我的两只手臂终于完全伸了出去。不过，那股力量似乎是有人握着我的脚在往外推我，是谁？张国生还是陆飞？

　　没来得多想，伸出浓浆外的双手手臂很快传来一阵接一阵的剧痛，黑虫子！那些黑虫子又想钻到我皮肤里去！这次不是一两只，而是……我的头被那股力量推了出去，只见那群虫子在浓浆外的水中纠缠作黑压压一群，我的两条手臂完全被淹没其中，鲜血渗到水中很快被稀释，钻心的疼痛让我不得不怀疑我的两条手臂是不是已经被它们蚕食殆尽了。

十四　神　迹

　　我很想把手缩回来，但根本提不上一丁点儿力气，身后的那股力量还在持续不断地推着我向前，我的半个身子已经完全探出了浓浆。我的余光注意到，在离我不远的地方，一颗硕大的脑袋也正从当中慢慢地挤出来，转头一看，没想到是陆飞！

　　陆飞同我一样也被折磨得不轻，使劲儿睁开眼睛，一眼就看到我所面临的困境。这些黑虫子他也是见识过的，只见他三下五除二从浓浆中挣脱出半个身子，扭动腰部把手抬到我面前，我正奇怪他要做什么，只见他抓住我的两条手臂，使劲儿往后拉扯，想要把我的手给拉出来。

　　那些黑虫子就像一条条纤细的小蛇，顺着我的手臂一下子蹿到陆飞的手上，只半秒钟时间就把他的手完全围住，陆飞疼得一阵龇牙咧嘴，握住我的手臂却是不放，一个劲儿地在那儿抖，但根本没什么作用。

　　这些黑虫子到底是怎么回事？浓浆里也充斥着许多，在里面的时候为什么不攻击我们，离开浓浆之后就开始疯狂地往皮肤里钻？等等……难道问题就出在浓浆当中？那些墨绿色的浓浆是从活尸身上流出来的，而那些黑虫子之前便是生长在活尸体内，难不成是在它们离开浆液之后误把我们当成活尸，想钻回去？

不过这个结论并没有什么用，身后的那股力量一下子把我推出浓浆，陆飞因为抓着我的手也被拉了出去，那些黑虫子此时变得更加疯狂，开始往我和陆飞的全身攻击。在一阵巨大的疼痛中，我忍不住吞了几口水下去，肺里再也没有一丁点儿空气，慌乱中只见一道接一道的白光在我的手臂上方挥砍，那些黑虫子被砍成几截，挣扎几下死了。我又惊又喜，结衣！但她就不怕把我的手指当成虫子砍下来？

紧接着一只白皙的小手出现，径直伸到缩小的黑虫子群中，一把抓住我的手往外拽。我转头看去确实是结衣，她受伤不轻，浑身渗血，恐怕是才摆脱黑虫子不久，可她这一伸手，那些虫子从我手上又一下子转移到她的身上，她的脸上仍旧没有一丁点儿表情，拉着我往下潜的力度却不小，我赶紧抓住陆飞，双脚划水配合结衣往下游。

陆飞转过头去，拉住浓浆中伸出的另一只手，张国生？我们相互拉着往水底游，成群的黑虫子此时如同"嗡嗡"的蜂群，将我们彻底淹没，全身无一幸免，疼痛感早已化为麻痹感，现在的我只怕已经成为一个马蜂窝了。

难道我们四个都要死在这儿？

我把头转向浓浆的位置，张国生的半个身子已经被陆飞拉了出来，疯了似的黑虫子在他出来的那一刻又全围上去。我把视线稍微往上抬了抬，眼前的景象让我再也冷静不下来了。

此时我们离水底非常近，而在我们上方，一团将近百米宽的硕大圆球就这样漂浮在水中，成百上千的活尸相互聚集挤作一团，外围数千只惨白的手臂在疯狂地摇动，圆球的四面八方还有数不尽的活尸在缓慢靠拢……这一幕大概只能在噩梦中才能见到，我不知道如果这次能够活下来，这个噩梦会伴随我多少时日，就算活下来，这辈子也不可能再睡上一个好觉了。

活尸的数量还在不断增加，我的心脏怦怦直跳，脚下踩水的动作丝毫不敢停下。可奇怪的是，张国生探出半个身子后就再也拉不动了。陆飞放开我的手，伸出两只手去抓，我赶紧拉住他的裤腰带，拉了一会儿张国生还是纹丝不动，这是怎么回事？

张国生满脸焦急，连着吐出一串气泡把手从陆飞手上甩开，指着身后，那口型说的是："他们来了"。我吃了一惊，张国生是被那些活尸抓住腿了！果然，就在这时，四五只煞白的手臂从浓浆中伸出，抓住他的衣服往浓浆中拖。陆飞一看大事不妙，急忙从腰间把匕首拔出，挣脱我的手往前游了一截就要去砍那些手臂。手刚举起，只见浓浆中突然又伸出一只手来，一把抓住陆飞把他往浓浆里拽。

这次活尸聚集的速度比之前快了不少，我赶紧伸手去抓陆飞，没想到又伸出几只手来，一下子掐在陆飞的脖子上，猛地把他整个拉回了浓浆里。这一切发生得太突然了，根本无法预料，我和结衣赶紧翻身游回去，但已经来不及了。张国生好不容易被陆飞拉出来的半个身子已经回去一半，他一脸的镇定，把手伸到怀里，抓出那片银色薄片想要递给我，我的手刚好可以抓住，接过薄片我刚想去拉他，身后的结衣不知从哪儿生出一股蛮力，拉住我的衣服直往后拽。我眼睁睁地看着张国生重新消失在浓浆之中，心里说不出的难受。这个女人到底要干什么？

浓浆中随即又探出许多手臂，五六具活尸从中探出头来，朝我们游了过来。结衣拉着我一直往下潜，我赶忙翻身回去跟着她一起往水底游去。那些黑虫子一直跟着我们，有几只已经完全钻进我的皮肤里，我眼睁睁地看着皮肤上正在不断游走的凸起，一点儿办法也没有。虽然银色大门离我们越来越近，但我已经快支撑不下去了。

水底的活尸接连朝我们游来，都被结衣砍断。水底的银色门不是很大，长度看起来也就两米多，宽度一米有余，此时那扇门在我的眼前似乎成了会移动的活体，忽远忽近，我总感觉伸手就能抓住，可一伸手抓了个空。结衣发现我的异常反应，知道我已经处于半昏迷状态，再一次抓住我的手飞快往下游，等我结结实实地撞在那扇门上的时候我又有了暂时的片刻清醒，接下来该怎么办？

门摸上去有些许的暖意，它的材质和我手中的薄片是一样的，摸上去很润，不过要怎么打开？我发现它完全是被镶嵌在水底的，上面没有暗扣之类的东西，到底该怎么打开……

结衣围着看了一小会儿，俯下身去指着门的一角让我过去看看，我握紧薄片游过去，低下头仔细一看终于发现了异常。

这扇门通体刻有一道道明灭可见的文刻，头顶的活尸群把阳光遮住了，看起来不是很清晰，现在这么一看这个文刻刻的仿佛是一条扭曲的粗壮蛇身，而结衣所指的那个角却是下陷的一个小凹槽，相当浅，不注意看根本看不出来，那个地方应该是蛇头所在的位置，等等，蛇头？

我把手中的薄片递到眼前扫了一眼，蛇头，不正是这个吗？我没敢再浪费时间，调转好薄片的位置把它按进了凹槽中，大小正合适。头顶突然袭来一阵亮光，门上的文刻闪了一下，一条栩栩如生的大蛇形象蓦地出现在我的眼前。

还没等我把头抬起，周围"轰隆"一声，传来一阵排山倒海的巨响，紧接着脚下的地面开始剧烈震动，一波接一波，持续不断，所有的水体不再平静，摇晃得很厉害。我和结衣一下子就被那股夹杂着巨大力量的摇晃冲散了，在那种状态下根本无法稳住身子。无数的活尸从我身边一闪而过，头顶那颗由活尸围成的圆球也被冲得七零八落。

这是……地震了吗？

这片水域现在正发生着一场巨变，无端而起的漩涡席卷着这里所有的事物，包括我，还有现在不知道被卷去哪里的结衣。也多亏了这个漩涡，我终于摆脱了环绕在我周围挥之不去的黑色虫子。可目前的情况也好不到哪儿去，漩涡的下吸力挤压着我的肺，再这样下去，我根本坚持不了半分钟。我的头被甩得昏昏沉沉的，根本提不上一点儿力气，眼前尽是翻滚的活尸，它们也算是遭受大难了，被铁索捆住的脚被漩涡卷断，只剩下半个身子。情急中，一个肥胖的身子突然出现在我的眼前，那个肥硕的身子和我在同一条轨道上，我眼睁睁看着他艰难地把手伸进怀里，紧紧攥着一把花生就往嘴里送，等他一松手，那些花生一大半都被卷飞，也不知道他有没有吃到。我见他又把手重新伸回怀里，心里简直乐开花了，一用力伸出手拉住他的裤腰带。可漩涡的力量实在太大了，我没敢放手，只觉手下一松，把他裤子拉成了两截。

陆飞一直没有注意到我，我这么一弄让他吓得不轻，两只眼珠子睁得浑圆瞪着我，伸手就要去提裤子，但那裤子早不知被漩涡卷哪儿去了，只剩一条裤衩。我实在憋不住笑，"咕咚咚"喝下去几大口水，赶快咬住呼吸装备的咬嘴吸了几口气。陆飞睁着两只大眼睛嘴巴一动一动，手一翻指着下面，视线一直没有从我身上移开。

我顺着他所指的方向看去，这一看，吃惊不小，这个巨大的漩涡原来是这么来的。

水底的台阶现在已经一层层向内塌陷了下去，之前的台阶呈现的是"凹"，现在正好相反，处于最底层的银色门以及那一圈平地完全凸了出来。

那些台阶层层向下，露出几道黑漆漆的大裂缝，之前巨大的"轰隆"声就是从这里发出来的。水灌到那些大裂缝当中，在强大的吸力下产生了漩涡。而这一切都发生在我把银色薄片安置在那扇银色的门上之后。也就是说，张国生所说的"门"已经被我打开了。

我艰难地抬起头，太阳的光线刺眼得很，我被水流冲到刚才休息的小岛下方，水量减少，我甚至能够看到正趴在岸边看的阿历克赛那颗硕大的脑袋。

水位正在急速下降，那些毫无抵抗之力的千百只活尸翻滚着向水底落下，黑压压一片，这要是全掉下来非把我们压成肉酱。我的腿已经彻底软了，到时候还逃得了吗？

正想着，身后一股力量把我硬生生拉了过去，虽然使得我终于在漩涡中停了下来，但还是让我吃惊不小，是谁？转回头一看原来是陆飞，他身后还吊着两个人，竟然是张国生和结衣。他们三人的手握在一起，张国生抓住下方用于支撑的石柱，那根石柱算不上粗，上面缠着密密麻麻的铁索，陆飞一手握着结衣，一手拉着我，把我往石柱上拉。我看他张大着嘴，白色的花生屑全喷了出来，他这是用上吃奶的劲儿了。张国生和结衣也在后面用力把我往石柱上拉，等靠近了，我赶紧抓住石柱上的铁索。那些铁索冷冰冰的，比绑住活尸的要粗很多，一个环差不多有我的手掌那么大，所以抓着也不是很困难。

我们四个人就这样吊在石柱的铁索上，不过情况其实也没有多少好转，漩涡席卷着巨大的水流一下又一下撞击在身上，耳朵里、鼻孔里全是倒灌进去的水，这种感觉太难受了。我意识到这样趴着根本不是解决问题的方法，因为我的呼吸器里已经没有一丁点儿空气，他们恐怕也差不多。我们处在水底附近，等这潭水完全干了，我们只怕也已经憋死在水里。我索性把呼吸器扔了，朝他们三人指了指上面，拉着铁索开始往上爬，只要爬到水面以上就安全了。

数不尽的活尸一次次朝我们撞来，好在铁索能够很好地固定住身体，在凶猛的漩涡中爬行虽然困难无比，但从我们进入天山到现在，这已经是最顺利的一次了。水位下降的速度非常快，再往上爬终于爬出水面，我贪婪地呼吸着这里有些腥臭的空气，感觉无比受用。我大概已经忘记真正的空气是什么味儿了。陆飞三人也逐渐从水里钻了出来，大家身上都挂了彩，离开水之后身上的伤口不断往外渗血，湿淋淋的衣服上红一块黑一块，看上去很是狼狈。之前水底的遭遇就像做梦一样，不过好歹活下来了。

我赶紧查看手上的伤口，在水里时那些黑虫子不少已经钻进我的皮下，现在不知道怎么样了，得想个办法把它们弄出来。这些怪东西幸好不是往身体里钻，否则我恐怕在水里的时候就已经一命呜呼了。

奇怪，那些虫子哪儿去了？

我的手臂上只有几个血淋淋的创口，却不见皮下虫子的痕迹，难不成钻到其他地方去了？可我不是应该感受得到吗？这是怎么回事？

我把手臂翻来覆去地看，除了血和伤口，其他一点儿异样也没有。我更加忧虑。这就好像门口趴着一条蛇，打开门看到它后吓一跳匆忙把门关上，等了一会儿，再开门，蛇不见了。这种情况是最让人后怕的。因为你根本不知道此时危险正潜伏在哪儿，又该如何去防范。

"朋友，你们还好吗？"阿历克赛的声音从头顶传来。他把头深垂下来，一脸焦急，许是看到我们也正抬头看他，放下心来，指着我们下方的水域接着喊道："怎么回事？停水了吗？"

"这死胖子，还停水，他怎么不说是水管爆了？"陆飞恨恨地说了句，"不过这里的水怎么一下子泄了，老K，难不成是你把水底的水塞子拔了？"

"不，不是，门开了，这里的大门终于向我们敞开了！"张国生掩饰不住内心的狂喜，声音有些发颤。

我把头低下，这片水域的水就快要流干，巨大的漩涡咆哮着、怒吼着，当中那些活尸不断地翻滚起伏，就像一大锅煮沸了的饺子。几乎就在一瞬间，天色骤变，滚滚的乌云不知什么时候已经如帷幕般铺满天空，云越来越沉，遮天蔽日，似乎要往地面压来。大风无端生起，毫不留情地呼呼吹刮，伴随着轰鸣的雷声若隐若现、时近时远，那声音无情地钻进耳朵，似乎要把耳膜震碎。不一会儿，云层吐出一片耀眼的火光，雷声暂歇，数道细长的锯齿形闪电穿透浓云，利剑般直插而下，转瞬间，绚丽闪烁的电火花迅速朝着我们所在的地方射了过来。伴随一声震耳欲聋的巨响，眼前一阵强烈的白光袭来，我根本控制不住自己的眼睛，条件反射般紧紧闭了起来，可那白光还是穿过我那毫无招架之力的眼皮，那个瞬间就好像千百枚钢针一齐插在我的眼珠子里。

好在亮光持续的时间并不长，不一会儿周围恢复了平静，风声、雷声、闪电声，还有我们下面的漩涡得了号令一般一齐停下，静得实在太可怕了，只剩下自己的呼吸声和心跳声，其他什么声音都没有，死一般的安静。

刚刚发生了什么？

我把眼睛缓缓睁开，余光看到四周崖壁上的丛林里全是一片黑压压的东西，看上去模模糊糊，等眼睛不再那么刺痛，再看，大吃一惊，那些黑色的怪形又出现了！这次恐怕是集体出动，从洞口到离我们最近的地方全是它们的身影！

不过，它们的神情似乎有些古怪……

它们全都一动不动地瘫坐在树上，浑身黑毛乍开得像一只只刺猬，眼球圆睁，伸长了脖颈往深洞底下观望，一副受了惊吓的模样。

"老K，你的媳妇儿们又来找你了，告诉她们能不能先让我们缓……"陆飞话没说完，那些怪形猛地把头抬起朝我们看来，当中不知哪只大叫了一声，紧接着鼎沸的"嘿嘿"声再次响彻这孔深洞，那声音与之前的雷声有过之而无不及。

我心想：这次完蛋了，如此数量的怪形跳下来，非把我们生吞活剥了不可。陆飞赶紧识相地闭了嘴，我们紧紧盯着眼前的怪形，说实话，如果他们真跳下来，我们一丁点儿办法都没有。不过盯了半天，它们好像根本就没有要跳下来的意思，叫唤了一阵子，"嘿嘿"声逐渐消散，那些东西把视线从我们身上移开，又不约而同地往底下观望。这是怎么回事？

我握紧铁索，也把视线移到下面，这一看，着实吃惊不小。

底部的水已经完全流干，连铁索都不见了，只留下一个巨大的深坑，那些原本倾斜向下裂开一道道缝隙的台阶此时已经不见了，成为一块极其平坦的白色瓷砖地面一样的空地。这些建筑就像一个巨型的机关，不断运转着，可在这种人迹罕至的地方，这些机关会是谁弄的呢？而那些活尸，我不知道该怎么说，因为连我自己都快不相信自己的眼睛。按理来说，这里的水流干后出现在我们面前的应该是堆积成山的活尸群，但是放眼望去我竟然连一只活尸都没有见到，那些裂缝根本容不下它们的身子，不可能是被冲到下面去了。它们到底去哪儿了？

底下空间那些闪闪发光的"瓷砖"一下子引起了我的注意，等等，奇怪，这些根本就不是瓷砖，根本就是那些活尸啊！

十五　尸　骸

千百个透明发光的果冻状物体层层叠叠铺满整个底部空间，晶莹剔透，它们的轮廓完全就是那些活尸，有手有腿，但那些活尸怎么一下子就成了这样？它们体内的墨绿色液体呢？那些黑虫子呢？

我有太多的疑问，不过可以肯定的是那潭水有古怪，应该是含有类似于防腐剂之类的物质，活尸在当中得以保存，而失去了这些液体之后便成为眼前这种东西。不过，这有些天方夜谭了。

"走，咱们下去。"张国生压低声音朝我们说了一句。

我们的每一个动作都十分轻微，周围围观的怪形看起来虽然不会朝我们俯冲下来，不过还是小心谨慎的好，陆飞刚才就激怒了他们，还是不要冒这个险。

之前密布的乌云现在已经散去，这一切好像就发生在转瞬之间，如今湛蓝的天空和温暖的阳光让人丝毫不愿回忆几分钟前的可怕景象。

爬下去也没那么容易，伤口上的鲜血凝固了，现在稍微动一下全身的皮肤就扯得生疼，好在我伤到的地方都是皮肉，并没有伤筋动骨，其他人不知道伤得怎么样。

站在底部巨大的空间里往上看，我们渺小得如同蝼蚁，这里实在是太过惊人了。到底是谁建造了这个工事，不会是个军事基地吧？我转念一想，似乎真有这个可能。我看了一眼正饶有兴致东张西望的张国生，心想：我们这次的任务莫不是要摧毁这个军事基地？

正想着，张国生突然朝我看了过来，紧接着走近我问道："小吴，你背上的伤没事吧？下来的时候我看好像很严重。"

我皱了皱眉，背上好像并没有受什么重伤，摇摇头说："没什么大碍。"

他莫名其妙地看了我一眼，绕到我身后说道："这些血痕是被水里的怪物抓的吧？"

我一下子反应过来，他说的原来是我身上那些歪七扭八看起来像文身的东西。这些并不是在水中受的伤，从我记事以来就已经存在于我的背上，看过几次医生，说是某种皮炎，吃热了或者天气变化都会以血痕样满布在我的背上，有时候严重的话还会蔓延到脖子上、胸上，无论我怎么改善饮食都解决不了，后来也就没在意了，反正不疼不痒，穿了衣服别人也看不到。

在水下的时候我的衣服早就被弄破了，难怪张国生会注意到。我简单地把这件事说了一下；张国生点点头，往前去了。

陆飞在那些凝固的发光体上踩来踩去地看，他可能没想到这些东西会这么硬，用鞋踢了几脚都没能把它们踢碎，转回头看着我说道："老K，哈哈，这你娘的，那些怪东西都成硬邦邦的玻璃了。"

我点头称是，之前在水里，他那么不要命地救我，让我觉得肯定是误会他了。他不是那种抛下队友苟活的人，那件事可能还有其他的隐情是我所不知道的。我径直走到他面前，脚下的透明体现在这么一看确实是活尸，它们脸上的器官轮廓还算清楚。这些大块大块的透明体大小不一，有的很薄，有的却很厚，活尸的轮廓层叠在一起，看来是像烧软的铁一样被融合在了一起。不知道如果那些水再次回涨，这些东西经过重新浸泡还会不会重生为活尸，不过还是算了吧。

怀特博士等人从上面丢下来一捆绳索，接二连三地爬了下来。他们在岸上肯定已经看到后面所发生的事，加上陆飞一阵添油加醋的描述，他们大概已经知道我们在水里究竟遭受了何等磨难。

阿历克赛也不知道听没听懂，藏哥的两颗眼珠子瞪得浑圆，怀特博士和杨董则丝毫不为所动。怀特博士我倒是猜到了，他和张国生一样只怕早已经对这种场景司空见惯。杨董呢，我不知道该怎么说，我看他的样子怪怪的，眼神躲躲闪闪刻意想避开我们。他手上的伤已经不再往外渗血，藏哥替他换了好几次纱布，看上去应该是好多了，可怎么会是这样一副模样？

"大家赶快补充一下体力，咱们马上下去。"张国生站在银门所在的位置说。

我们有些摸不着头脑，下去？去哪儿？

我们席地坐着休息了一会儿，把身上湿漉漉的衣服换了一下，张国生和怀特博士站在银门旁不知讨论什么。结衣则还是那副冷冰冰的样子，坐在离怀特博士不远的地方，两只眼睛紧紧地盯着他。她身上也受了好几处伤；我离她不远，看她那武士刀的刀尖部分已经有些卷刃。说起来我们能够在当时那种情况下逃出生天，很大一部分原因是托了结衣的福。这家伙凶猛得让人害怕，冲进活尸堆里就是一阵乱砍，要是换成我在水下可能连挥动武士刀的力气都没有，她到底是怎么做到的？

半个小时以后，张国生叫我们过去，陆飞在后面嘟嘟囔囔地说："只听说过铁人王进喜，要我说张国生才是真正的铁人、金刚人、金刚钻人。"

我们一众人全跟着张国生站在银门周围，张国生用那只独眼环视了我们一圈，说出一段意味深长的话来："接下来我们要去的地方恐怕会让大伙儿感到不适，这个世界本身就充满了秘密，五十二年前的'御龙行动'让我的世界观彻底破碎，我发现了一些秘密，一些……常人难以触及的秘密。这个秘密比任何信仰、任何规则本身都要古老，长久以来我一直在寻找秘密背后的真相。很荣幸，今天秘密可能就要终结，你们根本难以想象我现在的心情，五十二年，整整五十二年，终于要在此画上句号，对于一个人来说，一辈子又有多少个五十二年可以用来做一件事情，我已经太老了……"他的语气突然悲伤起来。怀特博士冷"哼"了一声，转过脸去不再搭理。张国生叹了口气，接着说："感谢你们能陪我这个老头子长途跋涉来到这里，接下来你们都将是见证者，请各位务必相信自己的眼睛，有时候常理并不能解释一切，眼见则为实。你们都是经过千挑万选出来的精英，我相信大家一定都能活着出来，当然也请你们务必相信我，相信我做出的一切选择。"

他这段话太奇怪了，听得我云里雾里，还没等我细想，只见张国生蹲下身去，伸出满是血迹的手，对着那片文刻着蛇头的银色薄片重重地按了下去。随着"咔嚓"一声细响，薄片整个陷入银门当中。几乎就在同一时间，围绕在我们上方的黑色长毛怪形再次暴怒，只是这次明显不同以往，我看不清它们此时的面部表情，但本该是"嘿嘿"的叫唤，此刻变得愈加急促，"嘶嘶嘶嘶嘶嘶"，尖利的声响贯穿了整个地下空间。它们变得更加不安分，激烈摇晃着横生的树木，落叶如霹雳之后的大雨般"簌簌"直落，整个地下空间为之震动，包括我们脚下的地面。

不过我很快又发现了异样，此时充斥在我的耳朵里，不，除了贯穿在我脑袋里的怪形嘶叫外夹杂着一阵十分模糊的轰鸣。我意识到这个声音来自正在剧烈摇晃的地面，低头一看，以银门为中心向外延伸直径十米左右距离，一道圆弧的裂痕将我们脚下的这块圆与之前相连的地面分开，圆形地面正在崩塌，下沉。接着，下沉的速度突然急速加快。我感觉到一股巨大的力量正把我整个儿往下压，我终究没能稳住重心，跪倒在地。脚下的这块地面还在飞速地下降，一阵接一阵极其强烈的眩晕一下子冲了上来，我艰难地抬起头，那些黑毛怪形已经高高地跃起，不过已经完全来不及了，仅仅在几秒钟后，仰头所能看到的只剩下一孔手掌大小的光明世界，又隔了几秒钟，光明仅剩下针尖粗细，再后来，黑暗彻底笼罩。我们离之前的地面有多远？我们现在正处在地下多深的位置？我们会死吗？这些我根本无从得知。

在那十几秒钟的时间里，我突然理清了张国生的那段话——他曾经来过这里！

无穷无尽的黑暗，无边无际的黑暗，死一般的黑暗……绝望侵袭着我们，我醒了过来，紧接着又睡了过去，到后来我再也分不清自己究竟是清醒还是陷入了无边的梦境当中。脚下的地面下降的速度终于慢了下来，我以为自己再也无法呼吸，这么深的地下按照常理来说根本不会再有氧气，但我大口呼吸的又是什么？

"接下来你们都将是见证者，请各位务必相信自己的眼睛，有时候常理并不能解释一切……"张国生的这段话无端出现在我的脑海里。我终于适应了下降的速度，慢慢地，一抹白光蓦地出现在我的面前，原来从始至终我的眼睛一直睁着，可眼前的这一切，我还有理由信任我自己的眼睛吗？

脚下的那块圆形石板还在继续下降，一片完全看不到边际的绿色水域包围着我们，这些水体放着光，究竟有多深，面积有多大？我不知道，总之一眼望过去，除了脚下的那块石板，我的眼睛里只有一汪绿莹莹的水，那种绿很浅，因为水质实在太过于清澈，一串串巨大的、差不多有我的脑袋那么大的气泡在当中缓缓起伏。一大团几乎占满整个水域的黑色事物静静地躺在水中，可能是树根，盘根错节，也可能是一棵巨大的树，虬枝盘曲，实在看不出来到底是什么，因为它实在太大了，根本让人看不清全貌。此时的我们就像一群围在一起的渺小蚂蚁，在一片浩瀚无边的水域中，在一个黑色庞然大物里穿行。

更让我奇怪的是，这些水就这样离我们近在咫尺，但它好像害怕我们？我伸出手去，在准备触碰到水的时候被一面冰凉的屏障挡住了，原来如此，我们就像坐上一个透明的全封闭电梯，正不断深入一片汪洋大海当中，在这片大海中还有一个大得可怕的未知事物。

我一下子看呆了，虽说张国生在这之前就给我们补过功课，但感觉根本没什么用。就在这时，一个不知名的东西突然猛地跳在我的肩膀上，我的神经绷得很紧，这一举动让我吓了一大跳，是真的跳起来的，全身汗毛瞬间立了起来。我惊恐地转过头去，一张大肥脸正朝我靠近，原来是陆飞，他的嘴停了下来，眼睛瞪得浑圆，脸皮因为绷得太紧，脸上的肌肉全都显露出来。

"这、这、这，老K是你吗？你、你给我一巴掌吧！"他说话的时候眼睛全不往我身上看，而是继续紧盯着面前的惊天景象，"老子他娘的要不是在做梦就是在下地狱，老K，咱们死了吗？"他把眼睛往周围移动，其他人的模样和他大概也差不多，十几只眼睛就这样瞪着，脸色齐刷刷的煞白。除了一脸镇定，看上去甚至还有点儿困的张国生和结衣，这次怀特博士倒没有参与到冷脸团当中。

"应该……应该是死了吧？"藏哥面如死灰，冷不防蹦出这么一句来。阿历克赛连声附和："死了，死了，我们是不是要上天堂见上帝了？"

陆飞听罢"哈哈"一阵大笑："你见上帝，我们见阎王，也不知道他们在不在一起办公，不然等会儿找人问问，哈哈哈！"

也不知阿历克赛听没听懂陆飞在说什么，连连点头："对，你说的对，就按你说的办。"

陆飞一听，笑声更是止不住。一阵大笑过后，接连而来的是死一样的沉寂，这里竟然没有一丁点儿回声！陆飞的笑声不知传到了哪里，又或者是什么东西把声音给吸收了，吃掉了，这到底是怎么回事？

我们把视线移向张国生，期待他能够给我们一个好的解释，但他什么也没说，那只独眼轻描淡写地望向前方，下来之前说了那段话之后，他似乎不愿再说什么了。

我们仍旧在下降，水域仍然不见边际，浸泡在水中的黑色庞然大物仍然充斥在目之所及的地方，和这片水域一样，我们根本无从得知它究竟有多大。

大串的气泡源源不断地从底部升腾而起，它们从何而来，又将去往哪里？

接下来谁都不再说话，我们还活着，真真切切地活着，只是眼前的一切太令人匪夷所思。

所有的一切都是未知。

"它在动。"

我们齐刷刷地把眼睛朝向声源处，杨董站在人群最后，靠着将我们与水隔开的屏障，单薄的嘴唇微微地抿了抿。我看他整个人的精神状态很差，眼神涣散，头发油乎乎的，他这是怎么了？还有他那句话，这里的空间就这么小，谁都能听出来刚才说话的就是他，只是令我们感到奇怪的是，他嘴里的"它"指的是什么？

陆飞一听急了："杨董，你这小兔崽子说话说清楚了好不好？什么在动？"

现在大家身处这种地方显得都很紧张，杨董却把头低下不愿再说话。

"你……你没事吧？"陆飞看出他的异样，伸手要去摸他，手抬到一半，杨董像是拥有未卜先知能力似的，抢先蹲了下去，陆飞伸回手，叹了口气："他崩溃了。"

我一直在想杨董所说的"它"到底是什么？想来想去，把目光注视在水中的庞然大物身上，紧盯着其中一个点，盯了一会儿，只见那里突然轻轻地抖了一下……

这个细微的抖动让我大吃一惊，往前走了几步把身子紧紧贴在屏障上，死死地看着眼前的黑色庞然大物，又一次，又一次抖动，隔一会儿，抖一下，隔一会儿，抖一下，它根本没有停下来过。

抖动不只是发生在巨物的某个地方，而是整个都在抖动，那些纠缠在一起的根茎树枝一样的东西，每抖一次都会带动起周围一道道细小的水纹，只不过它实在太大，加上抖动的动作太过于细微，一眼望过去根本发现不了。

陆飞也许是见我满脸震惊的样子，凑到我面前看了一会儿，惊呼道："娘的，这树根一动一动地看起来怪吓人！"他也发现了异常，树根？他是怎么看出来的？

我一直在纠结这东西究竟是什么，陆飞这么一说，我绕着看了一圈，猛然间发现了更加令人吃惊的真相。

这里由水体发出的光并没有多亮，和外面世界阴天时的光线差不多。我们在一瞬间遁入黑暗，眼睛可能还没有完全恢复过来，这会儿待在这里久了，视线逐渐恢复。我的眼睛一直很好，否则也不可能去做狙击手。狙击手的眼睛用最开始教导我的教官的话来说，是要"鸡眼般专注、鹰眼般准确、狼眼般凌厉"，这些都完全做到才能称得上一个合格的狙击手。当然，我说这些，只不过是想证明自己绕行一圈之后看到的景象一定是准确的。

这片水域中的黑色庞然大物由无数根粗细不一的长条事物互相交错盘亘而成，而每一根长条必有一个地方与更粗的长条交合连接，它们看似杂乱，实际上和人类的骨骼一样排列整理、相互协调，共同构成一个框架。出现在我眼前的这个框架虽然只能够看到一个爪子的雏形，不过已经足够了。

水域中的这个黑色庞然大物不是树，也不是陆飞口中的树根，而是一副巨型的骸骨，看起来不是人类的，可管中窥豹实在看不出究竟是什么。

这副阴森森的骸骨此时又抖动起来，加上那些连串的气泡，我被脑袋里突然窜出来的想法吓了一跳：它还活着！

十六　甬　道

　　我没敢把脑子里凭空生出来的这个想法告诉其他人，地底深处存在着似有生命的巨大尸骸，我们还肆无忌惮地穿梭其间，这太吓人了！看它那样子也不会突然之间动起来，况且兴许是我看错了，猜错了呢？

　　陆飞问我看到什么在动没有，杨董这一惊一乍的，让他都心神不宁了。

　　我一想确实是，这一路走来实在是不容易，先是入山前的狙击手，而后是冰川顶上的深渊、黑毛怪形、活尸、专门钻皮肤的黑虫子，现在又莫名其妙上了张国生的电梯，哪次不是九死一生，而事实上确实损失惨重。想到这里我就不愿再往下想。李瘾的脸时常出现在我的脑海里，我希望接下来不论遇到什么，我们这一小队人都能好好的，活着走出去。

　　但是我的右眼皮一直在跳，古人说"左跳财，右跳灾"，这些我原本是不信的，可不知道为什么，我心里隐隐觉得接下来还会有更多莫名其妙的事情发生。

　　陆飞看我没理会他，往怀里掏了把花生递给我："老 K 别担心啊，我看你忧心忡忡，不论怎么样还不是兵来将挡、水来土掩，来，吃点儿花生壮壮胆！来到这鬼地方，没这一口吃的我可能早就熬不下去了。"

我把花生接过来全送进嘴里，一嚼，有些湿气，上面的水还没干，可香味四溢，越嚼越带劲儿，说："兴许是杨董看错了，这里不就是一大坨怪模怪样的树根。"看他一次又一次伸进怀里掏花生，我又问道："你到底还有多少花生？"

陆飞或许是以为我要吃，又掏出一把递给我："没剩多少了，没剩多少了，可能也就只够我一人的了。"

我一听这小子心疼了，道："既然还多就别藏着掖着，全拿出来给大伙儿分分，你这人也忒小气。"说着把手里的花生全吃完，又把手伸到他面前，"再来点儿，饿得慌！"我就不信吃不垮你。

"陆飞兄弟，给我也来点儿，看你吃一路我早就想找你要了，又怕你不给我。"藏哥从人堆里伸出一只大手，"嘿嘿"憨笑。

"小胖子，求你也给我点儿，谢谢。"重量级选手阿历克赛一脸谄媚紧随其后。

我见势急忙催他："快点儿啊，没看大伙儿都饿着呢嘛！"

陆飞见三只大手抬在他面前，脸都白了："老K你都吃这么多了，够了够了，咱们照顾一下队友和国际友人，就没你的份儿了啊！"说完极不情愿地摸出一把花生非常平均地分给藏哥和阿历克赛，重重地拍了我的手掌一下，"少馋嘴的好。"

"陆飞兄弟你倒是再来点儿，我一眼看上去都能数出来总共有几颗，实在不行出去以后我送你几大麻袋。"藏哥一仰头把花生全倒进嘴里，又把手伸到陆飞面前，"别小气，再来几把吃吃。"

陆飞装模作样地摸了摸衣服，嘀咕道："哎哟，没了没了，这回真没了。"

146

"我来摸摸看。"阿历克赛同样意犹未尽，舔着嘴唇开始瞎起哄。

我和藏哥赶忙接上："对对对，有没有不能你说了算，我们摸摸不就知道了。"

陆飞如临大敌，把衣服拍得"嘭嘭"响："我说没了就是没了，哪会骗你们？"可能连他都没想到这一拍就露了馅儿了，拍到后面只听衣服里层"哗啦啦"地响，这花生数量听上去指不定还能有个把斤。

"你脸红不脸红，羞不羞，这叫没了？快拿出来大家分而食之，可别逼我们抢。"我故意沉下脸，假装就要动手。

陆飞的脸憋得青一阵儿紫一阵儿："老K，就你这强盗似的，我还真是第一次见，专门算计兄弟是吧？原来你隐藏得这么深，算我看走眼了。"

"少废话，掏出来！"我都感觉自己有点儿像旧时代收租的地主了。

陆飞这下没办法了，我们仨穷追不舍，他只能一次又一次地往怀里掏花生，我们则一次又一次地伸手，到后来也不知道究竟吃了他多少花生，反正是差不多已经饱了。三个地主志得意满，富农陆飞愁云惨淡。

这一小会儿的时间，我真的忘记了如今身处的环境，好像又回到了刚进军营时候的那种生活。只是这时间持续得太短，所有的欢声笑语仅仅只定格在了这一刻，再往后就消失得无影无踪。

"你们看，那是什么？"陆飞停下掏花生的手，偷偷地吐了口气。顺着他所指的方向看去，在我们下方不远的地方出现一块同样望不到边的白色地面，随着不断地下降，我们似乎就要到达这片水域的底部了。

我们立刻绷紧神经，注意周围可能发生的一切变化。不过，除了那块上面似乎铺满了白色细沙的地面，其他什么都没有。

那副巨大的尸骸从地面高高伸出，它至少一大半身体还隐藏在我们看不见的地方，这到底是个什么东西？

再往下，背后的透明屏障不知被什么东西给挡住，黑乎乎一团什么也看不清；而正面，随着离水底越来越近，一些不可思议的东西开始出现在我们面前。

我不知道面前的这个屏障是不是一个类似放大镜的东西，透过它，不论看什么都会显得非常巨大，包括这些被沉在水底的冷兵器，刀、斧、锤，各种各样的冷兵器静静地放置在水底。这些兵器在我看来将近百米，大得离奇，这么大的兵器大概也只有巨人才能使用。在它们面前，我们的匕首简直只能算是一根小刺，结衣的武士刀则是一枚银针。

和往常一样，在这一刻大家都选择了沉默，我们目不转睛地看着这一奇特景象，心里只有无以复加的震撼。不计其数的冷兵器充斥在黑色尸骸之间，把水底铺了个满满当当。我不禁怀疑自己是不是闯到某个史前文明或者某个神话故事的场景中来了？

下降不知什么时候停了下来，我们已经到达了水底。之前远远看到的白色细沙地面此时离我们只有一墙之隔。那些也不是什么细沙，而是一层又一层的白色骨架。这些骨架的大小和那些巨型兵器差不多，因此能够十分明显地看出来是个什么东西，确实是骨架，并且它们都是属于人类的，上面的皮肉已经彻底脱落殆尽，根本数不清究竟有多少具，一眼望不到边际。水底的这一切就这样清清楚楚地摆放在我们面前，横七竖八的冷兵器，由密密匝匝的人体骨架铺成的水底，我完全不知道面对这样一幅场景该说点儿什么、做点儿什么，压抑的气息顷刻间又笼罩在我们头顶。我注意到那副巨大的黑色骨架此时抖动得更加厉害，可能是察觉到了外来的入侵者。我的心脏怦怦直跳，甚至能够听到其他人的心跳声。

我们究竟是闯到什么不得了的地方来了？

"往这里走。"张国生这个唯一可能进入过这个地方的人轻描淡写地说了句话。他走到银门旁边，伸出手把那块银色薄片抠出来装回怀里往后走去。我转回头，只见在我们身后出现一条深不见底的细长方形甬道，大概能容得下两个藏哥那样体形的人并排走。四面墙壁看上去和张国生怀里的银色薄片是同一种金属，在这本应该无边黑暗的地方发着幽幽的光。这到底是一种什么材质？甬道的地面则是青色的，上面全是密密麻麻的花瓣似的小突起，那些小疙瘩太密集了，看上去让人很不舒服。

张国生已经先行踏进甬道当中，我们跟在他后面接二连三地走了进去。青色的地面很硬，那些突起硌得人脚很难受。我走在最后，往后又看了几眼，太多太多的疑问没有得到解答，现在我只想知道我们身处地底的什么位置。

我们小心翼翼地穿行在这条古怪的甬道当中，周围的一切吸引着我们所有人的目光。那些银色墙壁，摸上去和张国生的薄片是一样的，又润又滑，就像摸在一块硬玉上。

走了不到半分钟，只听身后传来一声细响，我们的神经绷得紧紧的，这一轻微的声响让我们全转过身去。只见身后的入口已经被关上，取而代之的是一堵银色的墙壁，这下可好，唯一的退路被切断了，这里肯定存在着什么机关，让我们唯有一直向前。

"往前走吧，不要担心，会没事的。"张国生头也不回，他的声音在这个地方显得很空灵。我们谁也没有接话，因为不知道该说什么，就像一群弱小的羊闯到外太空去了，连叫唤的本能都已失去。

这条甬道笔直而又漫长，似乎根本就没有尽头，前面有什么在等待着我们？不知道。

从走进甬道到现在差不多已经过去半个小时，我的神经也跟着紧绷了半个小时，显然，这里才是任务的开端，之前在冰山上的一系列遭遇只是为了能够到达这里。前面的队伍突然慢了下来，张国生走在最前，我看他对着右侧的墙壁边走边看，好像是发现了什么异常，后面的人则一脸惊奇地望着墙壁。我走在最后慢慢挪动步子，再往前一些，只见墙壁上出现一些黑色的线条，我还以为是薄片上的那种文刻，仔细一看，这里的线条所包含的信息要多得多。

这些线条不同于薄片上的那些，不是直接刻上去的，更像是倒影在当中，这面墙壁就像是电视机屏幕，那些线条则是当中的画面，这是怎么做到的？我想了一下，应该是打造这里的人把壁画夹在了两面透明的墙壁之间，也许是担心随着时间的推移，这些壁画会遭到损坏。不过，又有多少人能够走进这里来？

壁画上的线条很简单，和大部分壁画一样，它讲述了一系列的故事。上面用以表现人物的手法显得有些幼稚，横竖几笔，再加上个圆就勾勒出一个人的形象，几条弯曲的线就画出了大海，不过细节倒是表现得很清楚，画上的人都长有两个圆头，它们浑身光溜溜的，手脚长蹼，常年生活在茫茫海洋中。

我注意到一个细节，画上没有陆地的概念，全是水。

我们一直在边走边看，往后的壁画画风彻底变了，前面还是线条，后面取而代之的是无数发着淡黄色光的点，密密麻麻，其间似乎还弥漫着五彩的云。我们面前好像出现了一个星光满布的广阔宇宙，色彩斑斓，令人目眩神迷。前面的线条还说得过去，这些是怎么出现在墙壁上的？

陆飞走在我前面，他也是看得目不转睛，停下来看着我，指着墙壁上的画说道："老 K，这是什么？"

我摇头说："不知道。说实话，我现在对于这里出现的种种也是一点儿头绪都没有，你问我也是白问，除非你问张国生去，他可能知道。"

陆飞往前看了一眼，道："那老家伙肯告诉我就有鬼了，可能连他自己都不知道吧！我在想，这是不是某种神秘的力量？或者……"他一拍脑门儿，恍然大悟的样子，"你听说过玛雅文明吗？"

我一想，确实有可能，如陆飞所说的玛雅文明，我曾听说过一个关于水晶头骨的传说，而这个传说还和玛雅的时间预言挂钩。说的是在古时候出现过十三颗晶莹剔透的水晶头骨，那些头骨不但会说话，还会唱歌。在这些水晶头骨里隐藏着有关人类起源和死亡的资料，能帮助人类解开宇宙生命之谜。根据传说，人们必须在某个时间之前找到全部头骨，那个时间正是被传得神乎其神的玛雅历法的终结之日，除非把十三颗头骨聚集在一起并按某种位置摆放，否则地球就将面临末日的到来。

这个故事我已经记不清是在哪儿听来的，可能是谁从地摊上买了本《科学怪人》之类的书，恰好被我看到。只是这个水晶头骨的故事未免太假了点儿，之后我查过一些资料，玛雅文明确实存在，只不过因为后来没有逃过毁灭，所以关于它的传说就这样传开了。而不仅仅是玛雅文明，我们生存的这个世界里神秘的事情实在太多了，古埃及文明的金字塔、狮身人面像，包括古巴比伦文明、古希腊文明，太多了，如陆飞所说，难道这里也是某个远古文明的遗迹？

"别想了，快走，这地方怪吓人了，我们别离队伍太远。"陆飞拉了拉我的衣服，往前走了。

往后，墙壁上就都是整面整面的星光，陆飞他们离我越来越远，我赶紧加快脚步追上去。前脚刚迈出去，脚下的青色地面突然剧烈地摇晃了一下，就只是一下，没有一丁点儿声响，我一个重心不稳，身体前倾结结实实地跌倒在地。

前面的人也差不多，倒得横七竖八。这是什么情况？我早已松懈的神经紧绷，往四面扫看，不过什么都没有发现，除了身下不知被什么硌得生疼。

没有发现什么异常，我把手撑在地面想爬起来，手刚按到原本还算平坦的青色地面，心里突然"咯噔"一下，要说异常，地面在震动之后确实发生了变化。

最开始的时候，甬道的地面只有密集的突起，现在那些花瓣状的突起就像一块块半竖起的鳞片，有序地排列在青石地面上。我不知道这意味着什么，站起身子，脚下的鳞片状物体很硬，不用担心会踩碎了，但也变得更加硌脚。

"怎么回事？"沉默良久的李申趴在地上，用满是皱纹的手轻轻地触摸着那些鳞片状事物，他手忙脚乱地把挂在胸前的老花镜推到眼睛上，压低脸差点儿就要贴到地上去了。他是不是发现了什么？

我赶紧走过，李申正好把脸抬起来，朝张国生所在的位置道："张老，你来看一下，这东西……这东西是化石啊！"

化石？

张国生轻描淡写地点了点头，但并不准备走过来，朝我们说道："咱们加快脚步离开这里，在这里我总感觉心神不宁。"

"张老，据我观察这些化石甚至比恐……"

"够了，快走，我们得赶快离开这里！"张国生近似于怒吼地喊了一句，转过身去继续往前走了。

我赶紧上前扶起李申，他微微颤颤地站起来小声对我说："不可思议，小吴，这发现简直不可思议，我做了一生的科研，这些化石的出现把我这一生的研究都无情碾碎了。"他的双眼噙满了泪水，嘴巴一张一合地看着我，发着抖音，"我们都被骗了，都被骗了……"说着推开我的手，颤抖着把老花镜摘下来，失魂落魄地跟在张国生后面往前走去。

我不知道他这段话是什么意思，只是看着他单薄的身子有些于心不忍，但又感到无可奈何。

墙壁上的星光已经消失了，那些线条再次出现在我的面前，这次壁画上的内容还算完整，不过上面所讲的故事让我忍不住打了个寒战。

这种事情真的有可能发生吗？

十七　录音机

　　壁画把一些事情解释清楚了，可我总感觉还缺点儿什么，就好像一个被层层机关锁住的密码盒。而壁画上的内容就像一把钥匙，我拿起钥匙打开了密码盒最外层的锁，但密码盒并没有就此完全向我展示被锁在里面的真相，相反，摆在我面前的依旧是一个被数不清的锁封藏的盒子，而我手里这把仅有的钥匙并不能将它们一一打开。

　　壁画讲述的故事是这样的——

　　黑色线条不遗余力地刻画出一个黑色的张牙舞爪的庞然大物形象，不，应该称之为怪物，那怪物整整占了一大面墙。那些双头人占去的大概只有我的小拇指那么大的位置，也就是说这个怪物起码有双头人的百倍、千倍那么大。怪物身上的细节刻画得尤为细致，全身上下长满硕大的眼珠，那些眼珠子有睁有闭，我的面前似乎出现了千万双正在眨动的眼睛。怪物的身上笼罩着一团阴森森的黑气，它焦黑的身体没在茫茫大海中，因为太过于巨大，半个身子还露在水面上。

而后双头人开始出现，成千上万的双头人手持刀斧兵器，游行在怪物四周疯狂地砍杀它，但他们都太小了，怪物举手投足间就将无数的双头人杀死，茫茫大海中漂满了双头人渺小的黑色尸体。虽然损失惨重，不过源源不断的双头人赶来，战争不知持续了多久，怪物身上的千万颗眼珠被他们一颗接一颗地刺瞎，等到怪物的最后一只眼珠被一把飞起的利剑穿透，它身上笼罩的黑雾终于散去，怪物被杀死了。不过它并没有倒下，因为那些双头人发现它的双脚如同水草的根须，深深扎根在水底，双头人数次尝试拔出却都失败了。

也许是害怕怪物卷土重来，双头人大军打造了巨大的镣铐和许许多多的柱子，将怪物的脚连同庞大的身躯捆绑在水下。只是那些密密麻麻的镣铐在已经死去的怪物面前还是显得那么的脆弱，在怪物看来，一个摆身就能把这些束缚尽数除去。

可不论怎么样，怪物死了，双头人在做完一切预防工作后生活重归平静，只是水底那些同类的尸体和曾经用于战斗的武器就这样被长久地留了下来，成为他们曾经浴血奋战并取得最终胜利的最好证明。

再到后来，双头人逐渐往怪物身上移动，那座山峰似的身体成为某些双头人的安家之所。怪物的外貌实在太过吓人，他们便从海底捞出泥沙覆盖在怪物早已瞎了的眼球上。有了泥土的覆盖，植被开始生长，可能是因为海拔太高的缘故，怪物的头部逐渐出现了雪。而后一张图没有了怪物的痕迹，取而代之的是一座海中的雪山。

最后一幅壁画直把我看得冷汗淋淋，这些壁画讲述的是可能只是一个远古的神话传说，但真的是这样吗？我知道这不是神话，也不是传说，这个有可能，或许根本就是真的。一个小时前，那一副黑色的骸骨，满地的冷兵器，双头人的森森白骨清清楚楚地摆放在我的面前，那一幕惊天景象直到现在还留在我的脑海中未曾淡去。

而最让我震惊的还是那座雪山，从这些壁画上看来，我们曾经攀爬过的天山那一支冰川山脉，就是怪物伸出水面的那一部分身体。

我的冷汗止不住地往下流淌，在心里一遍又一遍地问自己：这究竟是真的吗？这究竟是真的吗？

我实在不敢确定。

我把头扭向其他人，他们正往前走去，这些壁画出现在我们周围的时候地面恰好发生了震动，大家可能谁也没有注意到壁画上的内容。

我重新把视线移回墙壁，再往后就没有壁画了，故事到这里就完了吗？我不甘心，睁大了眼睛去寻找，一看，这些墙壁上有一些明灭可现的线条，不过很简短，就像黑板上被人擦过的粉笔，我不知道是有人故意把后面的内容抹去了，还是因为太过紧张而看错了。

就在这时候，陆飞突然朝我喊了一嗓子，让我快过去。我看过去，众人停下脚步低着头不知在说些什么，难道又有其他发现？

我赶紧加快脚步往他们所在的位置走过，陆飞问："你在看什么？张国生在地上发现了一个老旧的录音机，不知道还能不能用。"末了又加了一句，"我还以为只有我们曾经来过这里，没想到有人在我们之前就曾光临过，不知道活着出去没有。"

录音机？

我挤进人群中，张国生刚好把一个蓝色的录音机和几枚电池捡起来，那录音机很小，款式也很旧，是那种磁带的，这种小型录音机只能放专门的小磁带。

留下录音机的人显然是害怕电池长久地放在录音机中会对机器造成损坏，即便如此，这机器也不知在这里放了多久，不知道还能不能用。

张国生摸索了一会儿，从背后把存放电池的地方打开，把电池放了进去，一按播放键，我们所有人的心一下子揪了起来。只听磁带转动起来，紧接着一阵刺耳的"滋滋"声传来，电池没坏，磁带坏了吗？

又听了一会儿，还是持续不断的"滋滋"声。李申想了想说："可能被消磁了，这种磁带储存不了多长时间的。"

张国生点头称是，准备按下暂停键，手刚碰到那个银色的按键，一个女人的声音突然传了出来。

"不论你是……滋滋滋滋……这里……滋滋……这……离……这……这……开……滋滋……滋滋……离开……滋滋……这里……离开这里！"

李申几近癫狂，一把抓过张国生手里的录音机，把它紧紧地贴在耳朵旁边，泪水混合着鼻涕一下子全流了下来。

录音机放出一句完整的"离开这里"之后，又回到"滋滋"声，李申的双眼噙满泪水，张着嘴，好像失了魂魄，一遍又一遍地哽咽道："说话呀，说话呀，我知道是你，我知道是你，说话呀，说话呀……"

我的心里如遭雷击，难道这声音是沈静的？她曾经来过这里？

录音机似乎已经坏了，我看李申那模样，眼泪也快跟着流出来。

李申颤抖着按下暂停键，又按下播放键，周而复始，一次又一次，我看他的神情开始有点儿不对劲儿了，再这样下去非疯了不可，但是怎么办？现在劝是不可能劝住的，除非打晕他，他已经这么大年纪，怎么可能经受得住这一下。

大家都感觉很奇怪，一路走来李申没多少话，这会儿突然成了这副模样，全大眼瞪小眼，看不出个所以然来。我也急了，再次伸出手去，轻轻地拍了拍他的肩膀，说："李老，现在我们可以确定的是她确实来过这里，咱们也别在这儿浪费时间了，往前走看看，说不定还会有更多发现。"

李申朝我转了过来，道："真……真的吗？"

我连连点头，从他手里拿过还在"滋滋"响的录音机，刚握在手里，录音机突然发出"咔嚓"一声，那女人的声音混着滚动的磁带又响了起来，这次传出的声音很清楚。

"申哥，是你吗？我知道你一定会出现，一定会来找我，不论我做过什么，不论我变成了什么样子，我知道你一定会来找我。这里的黑暗岁月太漫长了，如果不是你和孩子的容貌如同皎洁的月光一次次照进我的心中，我可能早就坚持不下去了。"

"太迟了，申哥，一切都已经太迟了，我会把所有的事情都告诉你，弥补我消失多年的过错。"

我赶紧把还在不断传出声音的录音机交回到李申手里，他的眼泪已经流干，双眼通红，再也流不出东西来了。

"当年我们一起接到绝密任务，我不知道你去了哪儿，我去了天山，上边在这里发现一些很奇怪的东西，特派我和其他七位来自天南地北的地质学家前往天山大裂缝，由一个名叫'周凌波'的人带队。可是渐渐地，我发现这次任务根本没有我想象得那么简单，我不知道是上边搞错了，还是周队欺骗了我们……滋滋……滋滋……滋滋……"

话说到最关键的地方再次被打断，一长段"滋滋"声后，声音又一次响起："……滋滋……这里的一切是我们驾驭不了的，周凌波欺骗了我们，他什么都知道，这次行动只是为了确认那些事情！我得离开了，我必须要阻止他！申哥，原谅我，有可能在某一天我们还能再次见面，有可能再也不会……总之先忘了我吧，如果还有下辈子，申哥，你一定要记住，康桥的柔波一定会让我们再次相遇……"

"咔嚓"，白轮旋转完磁带的最后一部分，录音机自动停止了播放。

李申颤抖着把磁带拿出来，把另一面重新放入机器中，一按播放键，一阵悠扬的歌声响起——

　　心上的人儿，有笑的脸庞，他曾在深秋，给我春光。

　　心上的人儿，有多少宝藏，他能在黑夜，给我太阳。

　　我不能够给谁夺走仅有的春光，我不能够让谁吹熄胸中的太阳。

　　心上的人儿，你不要悲伤，愿你的笑容，永远那样。

　　我不能够给谁夺走仅有的春光，我不能够让谁吹熄胸中的太阳。

　　心上的人儿，你不要悲伤，愿你的笑容，永远那样……

　　我们现在正身处极深的地底，歌声似乎长了翅膀，传遍了这里所有的地方。歌曲罢了，我的眼泪再也止不住地涌了出来。

　　磁带还在持续不断地转动，周围静得可怕，李申按下暂停键，像一只出笼的猛虎一样高高跳起，狠狠地扑向张国生，一拳打在他的面颊上，就此再也支撑不住身体，软泥似的瘫倒在地。

　　陆飞说了句"疯了"，忙去扶张国生，我也帮忙把李申搀扶起来。他再次甩开我的手，颤颤巍巍往前去了。

　　我摊着两只手不知道该说点儿什么、做点儿什么，从李申的脸上我嗅到了死亡的气息，又腥又臭，该死，又是那股雨林里的味道。

　　张国生站起身子，脸上没有一丁点儿表情，对陆飞说了声"谢谢"，也往前走去。

　　李申不会听错，那一定是沈静的声音，他找了大半辈子终于找到沈静的踪迹。李申也知道这么多年过去了，她一直没有出现，肯定已经死去，录音机存放在这里只怕也已经有几十年的时间。沈静没有猜错，深爱他的李申一定会去寻找她，因此她留下了这个录音机，只是令她没有想到的是，这一刻几乎耗尽了李申漫长的一辈子。

可怜的李申，在失去妻子之后，孩子也不见了踪迹，正如他所说，他已经没有多少时间了。我很担心这次就算我们安然无恙地出去，李申也熬不过去了。我只希望他能够看开一些，我只想告诉他沈静究竟遭遇了什么，我会帮助他寻找到真相，就如我之前答应的那样。

至于沈静，她究竟在这里发现了什么？录音机里她一直在警告我们离开这里，难道接下来还会发生什么不可思议的事情？既然这样，她为什么不离开？"我必须要阻止他！"很明显，她口中的"他"就是那个欺骗了所有人的周凌波，这个周凌波又做了什么，让沈静不惜丢掉性命也要去阻止？最后沈静成功了吗？他是否阻止了周凌波？我不知道，谜团已经像一团滚下山的雪球一样越滚越大，更要命的是我对它根本一无所知。我想从中理出一根线头来，但所有的事情都纠缠在一起，这根线的头到底在哪儿？

我把头抬起来，张国生挺拔的身躯正往前走着，我只感觉脑袋里"嗡"一下，没错，张国生就是现在我所能找到的唯一的线头！

如果如李申所说，眼前的这个张国生就是几十年前参与"御龙行动"、带沈静一行人进入天山的周凌波，这个秘密或许就会有解开的机会。结合怀特博士所说一系列故事，张国生一次又一次寻找着一个所谓的秘密，如果他真的是周凌波，一切似乎就顺理成章了。他不止一次地进入这个神秘之所是为了什么？他的目的到底是什么？

沈静显然就是在阻止他所要达到的目的。怀特博士与之不同，他曾经和张国生一起进入那个地方，虽然不是这里，不过我隐隐发觉这里面一定有联系。怀特博士和张国生的目的是一样的，虽然这个目的还不为人知，不过现在我们很明显就是在充当沈静的角色，几十年之后，命运的齿轮再次转动起来。

如今摆在我面前的问题是：张国生的真实身份，还有那个隐蔽在暗影中的最终目的。

大家都跟在张国生后面走了，陆飞或许是看我心神不宁的样子，问我又在想什么。我摇头说："没什么。"

我心想：现在什么都还不明了，还是先别说了。

陆飞点头给我递来一把花生，压低了声凑到我耳边："你知道录音机里的那个女人是谁吗？"

我吃了一惊，难道他知道？

我没接过他的花生，盯着他的双眼，只见他狡黠一笑，继续压低了声："那女人名叫沈静，是李申的媳妇儿！"

我听完他的话，心里何止排山倒海，我开始有些害怕面前的这个人了，他到底是谁？我回想起他在入山的小道上和我透露的那些消息，那时候更多的是惊奇，而现在已经完全转化为恐惧。

我抱有侥幸地问了他一句："你是不是偷听到什么了？"可能是李申和我说这些的时候被他听到了。

他似有深意地笑了一下，留下一句话来："这个队伍的神秘远远超过你的想象。"说完绕过我径直往前走去。

我好像被什么东西掏尽了五脏六腑，陆飞就算再有能耐也不可能什么都知道吧？他到底是谁？

看着他微胖的背影，我突然感觉再也不认识这个人了，他身上笼罩着一团深不可测的浓雾，就像那只千眼的怪物。他似乎知道所有的事情，从最开始的特种兵真实身份，"御龙计划"，再到现在的沈静，我甚至有一种感觉，始作俑者或许根本就不是张国生，而是这个家伙——陆飞。

地面再次剧烈抖动起来，我一个趔趄再次跌倒在地，往前看去。陆飞微微地稳了稳身子，接着大步流星地往前走去。

地面上翘起的鳞片状物体硬生生地戳在我的手掌上，可能已经把皮肤划开。我低下头去，那些鳞片不知什么时候已经全部垂直立了起来。

十八　梦　魇

　　短时间内甬道震动了两次，看着满地倒刺一样直立而起的鳞片，我不知道这意味着什么。录音机里沈静一次又一次地让我们"离开这里"的声音伴随着"滋滋"的消磁声，一直回响在我的脑海当中。我感到不寒而栗，跟在最后继续往前走去。

　　前面的小队伍再次放慢脚步，边走边盯着墙壁看，我知道一定是有新的壁画出现了，急忙跑上前，果然，壁画上的内容接上了之前的故事。

　　栖息在雪峰上的双头人长久之后便一直居住在上面，怪物的尸体彻底变为那些人脱离海洋的唯一居所。有一次一个双头人攀上山顶，在白雪皑皑的顶部发现一孔深不见底的大洞，那个位置刚好就是怪物的头顶位置。他也许是担心会发生什么可怕的事情，因此下山集合了一众同伴，他们相互帮忙，接二连三地进入洞中。

　　下一幅壁画不再是清晰可见的线条，而是一团乌黑，比较之前墙壁上那些明灭可现的破碎线条，这些直接被涂黑的才是最有可能被人动过手脚，强行擦去的。直到下一幅完整壁画出现，中间至少隔了四五面漆黑墙壁。擦去壁画的人显然并不想让我们知道进入洞中之后那些双头人遭遇了什么。

而后一堵通体漆黑的方形物体出现，看上去是一扇门，直立放置在地下某个区域，人源源不断地从中间涌出，那些人只有一个头颅，加上身材矮小，大概只有双头人的五分之一，显得有些格格不入。双头人不知触碰到洞中的什么机关，致使一群奇怪的人出现了，可这扇无端出现的门就直挺挺地立在一块空旷地面，前后无路，那些人是从哪儿冒出来的？

由此，双方发生了激烈的冲突，双头人拥有巨大的体形和武器，将来犯者打得溃不成军。不过由于那扇门的存在，那些人的数量完全没有尽头，双头人开始意识到历史的车轮已经重新碾压回来，多年以前他们依靠数量上的优势杀死海上怪物，如今，这些从黑门中涌出的异族如法炮制，毁灭终将降临在他们身上。

在如此的恐惧之下，双头人一次又一次突袭黑门，无尽的尸骸和鲜血终于换来胜利，黑门被他们彻底推倒。异族人没了后援，很快就被双头人捕杀殆尽。就在他们以为大获全胜的时候，怪事发生了。

那些曾经死在他们刀斧之下的异族人成批成批地复活，他们似乎拥有不死之身，不久就能重新站起来。双头人惊恐无比，他们利用困住海上怪物的方法将那些异族用铁索捆绑起来，并把他们放置在山顶的洞口附近，永远封锁住这个不祥之地，而胆敢进入这里的人，也将被这些昔日的敌人撕得粉碎。

但有些不安分的双头人开始打起了触犯禁忌的主意，或许在他们看来，曾给族人带来恐惧的地下空间似乎还隐藏着某种力量。他们秘密聚集，经过千难万险进入地下空间，将被推倒的黑门重新直立起来。只是这次并没有异族涌出，他们似乎受到了什么蛊惑，接二连三地走进门中，就此消失了。

接下来的壁画再次被涂黑，这段被双头人记录在墙壁上的故事可能再也不会有重见天日的一天。有时候历史并不是一面镜子，而是黑板上的记号，可以随时填补、随时擦去，更可怕的是就如同目前的这种状况，我根本没有证据去证明这是篡改历史的行为，我也根本不知道这究竟是谁动的手脚，以及想隐瞒什么。

在往后的一长段距离里，几面触目惊心的黑色墙壁就这样出现在我的面前，最后一幅壁画有些奇怪，涂黑的部位只有头和尾，中间位置不知为什么没有被擦去。上面的图画很简单，就只是一个长条的事物，上面密密麻麻的突起看得人直犯恶心，等等。

我低下头去，壁画上的长条莫非就是我们脚下的这条甬道？我顺着上面直立起来的鳞片状物体往前看去，甬道还在往前延伸，完全望不到尽头。我把头重新转回到壁画上，这幅图是不是在预示着什么？

不知不觉间，我已经走到队伍旁边，这里的壁画很长，他们一看也已经明白得七七八八。之前倒吊深渊里出现的尸体、活尸，它们从何由来，又是为什么被捆绑在那里，壁画上画得很清楚。

根据壁画上的内容，我们继续往前走的话就会遇到一个黑色的大门，不知道后面有没有被那些双头人摧毁。说起双头人，除了那些沉尸于水底的尸骸，我再也没有看到双头人的踪迹，壁画上也没有明确说明他们最后的命运，那他们去了哪儿？难道像许多远古文明那样，一夜之间蒸发，最终消失得无影无踪？

正想着，身边突然响起"扑通"一声，我转回头，藏哥整个人伏在地上，他许是看得太入迷，脚下一不留神，绊倒在那些突起上摔了一跤。

我赶忙伸手去拉他，他朝我摆了摆手，将身子又往下压了压，把耳朵整个贴在地面上。我正奇怪他要干什么，只见他一脸狐疑地把头抬起来，然后又低下去，似乎是在确认什么，过了一会儿又把头重新抬起，朝我们说了一句话。

　　"你们听到了没有，这下面有动静，好像……好像是心跳的声音！"

　　没等我们任何一个人反应过来，藏哥突然腾起身子，匆匆忙忙从腰间掏出匕首，握紧匕首把手高高地抬起，对准脚下突起的空隙之间狠狠地插了下去！

　　"噗"的一声，一道滚烫的还在冒着热气的鲜血一下子飞溅起来，藏哥的脸上、身上全被染红。

　　这一幕让我止不住地倒吸了一口凉气，气氛诡异到极点，这是怎么回事？

　　张国生脸都气白了，一把拉起跪在地上的藏哥，朝我们大叫了一声："跑！"急速往前跑去。

　　我的心脏在这一刻猛地跳了起来。怎么回事？我们脚下的地面竟然是个活物？

　　"娘的，老 K 你他妈磨磨唧唧还在想什么呢？"陆飞在我耳边叫道，用力推了我一把，拉上被吓得不知所措的杨董跑了起来。

　　"轰隆！"地面再次晃动，这次的频率和幅度比之前那几次还要剧烈，直接像爬行的蛇一样扭动，这给我们往前跑造成很大的困难，但我知道现在千万不能停下来。

　　远远的，李申颤颤巍巍的身影出现了，他失了魂一般被摇晃得扭来扭去。张国生拉着藏哥绕过他往前跑去了，我赶紧冲过去提起他的裤子往肩上一扛，继续不要命地往前冲。

脚下的动静越来越剧烈，我肩上负了重很难把握住平衡，要不是扶在两侧的墙壁上，好几次差点儿跌倒。情急之中，我余光似乎扫到墙壁上再次出现了壁画，不过现在根本没有停下来看的时间。

也不知跑了多久，跑了长多距离，原本还算亮堂的空间突然之间暗了下来。在我们前方，黑暗彻底将这里笼罩，如同壁画上出现在长条前端的黑雾，前方有什么在等待着我们？我不知道，周围的墙壁已经发出"咯咯吱吱"的声响，剧烈的晃动就要把墙壁击碎了，再不冲出去，我们可能就将永远被埋葬在这个永不见天日的地底。

跑在我前面的人已经消失在黑暗中，甬道已经达到尽头！在我的面前出现一个完全漆黑的空间，我想也没想，用力跨了进去。本以为终于要摆脱地面的奇怪事物，没想到脚下再次感受到硌脚的突起，我们最终还是没能逃出来吗？

亡命似的跑了这么久，我还扛着将近六十公斤的李申，体力早就已经消耗殆尽，在冲进黑暗的那一刻，身体彻底瓦解。李申不知什么时候离开了我的肩膀，我再也支撑不下去，双脚一软，跪倒在地，眼睛在半睁半闭之间，模糊看到笼罩在这里的黑暗几乎是在一瞬间消散，一片煞白的光辉转眼便铺满了整个世界，四周沉寂不已，耳朵里听得到的只有我自己的心跳，白光将所有的一切都染上一抹死相，张国生、陆飞、怀特博士、结衣、藏哥、杨董，所有人的脸上都是如此，我发现他们正居高临下地注视着我。

我的脑袋里再也没有其他东西，倒下的瞬间眼前只剩一片黑暗。

"吴朔……吴朔……吴朔……吴朔……"

"你在哪儿？你还在吗？你要去哪儿？"

很久很久之后，一个女人的呼喊从我身后响起，梦魇一般，我猛地抖了抖身子，睁开眼睛，眼前忽然明朗起来，那女人的声音却在不知不觉中消失了。

我从地上站起来，转过身，在我的面前出现了一道悬崖，只要往前踏上一步便会跌入悬崖下深不见底的峡谷，粉身碎骨。

这是怎么回事？我感觉到身上所有的毛孔都在往外渗出冷汗，整个人如坠冰窟，忍不住往悬崖底下看了一眼，底部的峡谷似乎浮着一层氤氲的白雾，离我不远的地方，数条瀑布发着耀眼的银光跌入万丈峡谷当中，我怎么回到这里来了？

我感到一阵目眩，赶紧往后挪了挪身子，再不敢去看，身后又传来那女人空灵的呼喊："快回来吧，吴朔，快回来，别走！我求求你了！别走！"

是谁？

我赶紧转过身去，一片扎眼的绿色一下子闯进我的眼睛中，我眯了眯眼睛，只见一大片青翠的密林仿佛从天而降，莫名其妙地出现在我的眼前。

那个女人一直在唤我的名字，声音好像生出了魔力，我的双脚不受控制地往密林走去。密林中到处都是树，我独自一个人在当中走了很长时间，那女人的声音又消失了，就像那声音从来没有出现过。

这里就像是一个迷宫，每一根树干，每一片树叶，每一根绿草……一切都极为寻常，看不出有什么不同。

不过过分的平静让我从心底升腾出一股剧烈的惧意，这里到处充斥着令人透不过气的压抑气息，总会有一种后背被无数双眼睛虎视眈眈盯着的错觉。

我越来越感觉到事情的严重性，我可能再也走不出去了。

我一刻不停地走着，一直在走，我期待一些不寻常的事情能够发生，好让我弄清楚这里究竟是怎么回事。就在这时，一棵巨大的大树突然堵住了我的去路，这让我有些高兴，终于见到奇怪的东西了。

我抬起来，大树究竟有多大？说不上来，我的面前好像是一堵墙，一堵完全看不到边的墙，树冠几乎占满了整个密林的上方，遮天蔽日。

我也不知道自己仰着头看了多久，自从进入这个密林以来，我总感觉已经过去了很长一段时间，但又感觉那一长段时间只不过就在眨眼之间。

"嘭"的一声，树上忽然掉下一块黑物，就在离我不远处。我平复了一下自己的紧张情绪，朝黑物看了一眼，那东西呈长条状，掉在疯长的野草中，根本看不清究竟是什么。

我慢慢朝它靠近，脚下踩踏野草的声响此起彼伏，走近了一看，没想到是一具尸体，尸体的脸靠近地面，不过从体形上看来像极了李申。

我只觉心里一紧，脑袋"嗡"的一声，没错，就是李申！我赶紧跑过去把他抱在怀里，果真是他，他的脸已经没有一丝血色，全身僵硬，已经死去多时了。只是令我没想到的是他的脖子上勒着一条黑色的铁索，铁索已经完全陷进了肉里。

这是谁干的？

我想不明白，我只记得从甬道中跑出来之后我就昏迷了，醒来之后就到了这里。

难道是张国生？他开始行动了吗？

远处又传来"嘭嘭"两声，声音好像一下又一下砸在我的心脏上，没想到死去的人不止李申，接下来还会是谁？

我把铁索从李申的脖子上解开，把他重新放回到肩膀上扛着他往声源处快步走去。

结衣瘦小的身体就那样静静地摆放在草地上，脸上仍旧没有一丁点儿的表情。她的眼睛始终没有闭上，直射出两道死光，脸比原先看上去白了不少，还是那根铁索，紧紧扣在她原本白嫩现在却布满瘀青的脖颈上。

这一刻我的双耳突然激烈地鸣响起来，张国生，一定是他，但是他为什么要这么做？

我突然想起录音机里沈静说的话："周凌波欺骗了我们。"我感到一阵凉意，周凌波就是他，张国生就是周凌波。我还记得怀特博士说过的话，他说张国生曾经想杀了他，不过他却没死。

但是我为什么还活着？张国生应该把我也一并杀掉才对啊？为什么留下我？

我把李申和结衣都放在了肩上，无论如何也要带着他们离开这里。

"嘭"的一声，不知又有哪具尸体掉下砸在李申的尸体上，一下子把我带倒在地。眼看着李申的尸体向外滚去，我赶紧从地上跳起来去拉，那具突然掉下的尸体刚好和我打了个照面，虽然只一瞥，我还是呆住了，那具尸体不是怀特博士，不是藏哥，不是杨董，也不是陆飞，而是张国生。

为什么会这样？我的心脏正不停地往下坠，怎么停不下来，就这样一直空落落地坠着。我猛地把头抬起来往上看，树冠遮住太阳，所能看见的只有一片暗色的绿，而在那些密密匝匝的枝干当中，我看见上面挂满了密密麻麻的尸体，那些尸体无一不是被铁索勒住脖颈，双脚朝下的悬挂着……

不知何时，离我不远的张国生突然站了起来。

"醒过来，吴朔，你还要睡到什么时候？"

他的声音很怪，并不是本人的，而是那个最开始的女人的声音，空灵而又哀怨，这个人难道不是张国生吗？他的脸上好像蒙了一层黑雾，根本看不清面貌。我的身体僵硬得好像被冻住了，每动一下，全身便发出"咯吱咯吱"骨骼摩擦的声响。我看不清他的脸，也看不清他的表情，就只见到张国生正朝着自己缓缓走来。我冷冷地看着这一切，到这里就都结束了吗？

我用尽最后的力气站起来，狠狠地握紧拳头，全身的血液在这一刻完全沸腾。张国生见我站了起来，迟疑了一下，我找准时机猛地跳起来，把拳头对准他的脸，用力砸了下去。

拳头稳稳地打在他的脸上，黑雾如同漩涡般旋转起来，越转越快，越转越快，直至完全散去。黑雾后的那张脸果然不是张国生的，不，应该说不是任何一个人的，而是我的。

在那么一瞬间，我的心脏似乎停止了跳动，周围所有的一切都静止了下来，面前的"我"也被按住了暂停键，两只无神的瞳孔死盯着我，嘴唇微微张开，好像要跟我说些什么。

我感到一阵头晕目眩，往后退了几步，脚下不知绊到什么东西，一下子摔倒在地，往那东西看去，原本属于李申的那具尸体的脸正朝着我，那张脸变了戏法似的换了个模样，不是李申，而是我自己。"我"的眼睛死盯着我，两片嘴唇微微一动："现——在——你——看——到——我——了——"

这到底是怎么回事？

我把视线移向其他地方，目所能及的所有尸体一下子全变成了我，我被"我"自己的尸体给包围了！

"娘的！老K你干什么！又莫名其妙地给我一拳，打上瘾了？"

十九　灰飞烟灭

我猛地睁开眼睛，陆飞蹲在一旁捂着嘴一脸怨念地看着我："你这噩梦做得真他娘的频繁。"

原来是个梦，只是这个梦未免也太……我扫了一眼目前所处的环境，思绪一下子全被拉了过去，这是哪儿？

我扶着地面准备站起来，手刚一触碰到地面就感觉好像摸在一块冰冷的蜥蜴皮上，光滑得很，上面的凸起完全直立，我们到底是在什么东西的身上？放眼看去，所有的地面都是如此，我不禁想起被束缚在水中的那具巨型尸骸，地面上的这东西想必也是和它一样的怪物，可到底是什么？

眼前出现了一片非常大的空间，我不知道该怎么用言语去形容。我曾经看过一些模拟外太空的图片，这里和那些图片上所画的差不多，很大很大的一片空间，不仅望不到边际，同样看不到顶端，或者是顶端被那些色彩斑斓的云雾一样的东西遮挡住了。

那些云雾，这么说不知道对不对，不，也许应该用光斑来形容，这里到处弥漫着一团团、一束束飘浮着的光斑，光斑的色彩并不单一，五颜六色的，浮动的过程中还会不断变幻色彩，看上去非常壮观，这些光斑也为这里带来了昏暗的光线。

陆飞从身后拍了拍我的肩膀，指着远处一个趴伏在地上的黑影道："咱们大概就快要见到上帝了。"

我注意到那个黑影正是阿历克赛，他嘴里一直喃喃自语着诸如"God"之类的词儿，听上去相当虔诚。也难怪，这么一个地方如果我信仰上帝的话也肯定会误以为自己闯到天堂里来了。

"没错，是的，就是这里！我又回来了！"远处的怀特博士有些激动过度，仰着头，脚下转着圈，他身体的周围全被那些光斑包围，每动一下，那些光斑就会重新变化为另一种形态，颜色也跟着一再转变，和怀特博士癫狂的神态配合起来很是诡异。

张国生同样喜出望外，脸上的欣喜之情丝毫掩藏不住，不断打量着这里的四面八方。

看来我们最终的目的地已经到达，这个任务终于就快要告一段落了。

相比较他们现在这种心满意足的心情，其他人的反倒显得有些格格不入。结衣不用说，还是那样一个状态，冷冷地站在怀特博士身边，看着他像个灵活的芭蕾舞者一样快活地打着转儿，转着圈儿。结衣则像在一旁督促的冷脸老师，随时监控他的一举一动，但又不会轻易出手，除非他的生命遭受到威胁。

藏哥蹲在地上照料被我重重甩出去的李申，我看他躺在地上一动不动，以为他被我这一摔伤得不轻，急忙跑过去查看。这时，我的余光捕捉到一个正在闪动的影子，一看原来是杨董，他现在怎么变得这么活泼？跟个孩子似的跑来跑去，伸手去抓飘浮在空中的光斑，可手还没伸出一半，那些光斑受到风力的影响，拖着五颜六色的光束往相反的方向飘去，杨董便追在后面"嘻嘻哈哈"地去追。他这神情好像有些不对劲儿啊！

他追着一块光斑朝我跑了过来，看到我，咧嘴一笑急急嚷道："吴哥，吴哥，别让它跑了，快拦住它，拦住它！"我看他边跑，鼻涕、口水和眼泪边跟着往下流，把他的脸弄得一片污秽，可他根本不在意。那块光斑穿过我的身体继续往后飘去，杨董跑到我旁边，用一双瞳孔正在剧烈抖动的眼睛看了我一眼，接着嬉皮笑脸地绕过我往前跑去。

我心里只一紧，完了，杨董这回彻底疯了，这一路下来怪事一件接一件地来，他被吓得不轻，却又不肯跟我们任何一个人说，只憋在心里，刚才藏哥那一刀子下去，飞溅出来的血可能就是压倒他意志的最后一根稻草。我忽然有些难过，回忆起最初的时候，这个小伙子老是找话和我聊天，我又不愿意搭理他，现在竟然成了这副模样，心里难过无比，暗暗下定决心不管怎么样，也要把他从这里带出去医好。

可我们还出得去吗？我看着这里的奇怪景象，脚下这些青色的凸起物根本就是活物，趴在这儿充当地面的角色，之前的几次震动肯定是它在转动身子，而那些鳞片状的突起显然就是它身上的鳞片。只是令我完全摸不着头脑的是，那究竟是个什么东西？它的头和尾呢？那幅壁画恐怕就是不想让我们看清它的模样，才会将头尾涂黑。我们到底还能不能出去？我根本一点儿思绪都没有。

陆飞长长地叹了口气，绕过我追杨董去了，边追边喊："小兔崽子回来，回来，别整天跟个兔子似的乱跑。"

我快步走到李申旁边，藏哥转过头，他脸上的血还没被擦去，已经凝固成了黑色。他冲我摇了摇头，站起身子，把脸转向我们冲出来的位置，那里是这个地方唯一看得到尽头的地方，一堵白色的墙壁高耸在那儿，看不见顶端，光斑在墙壁上映出一道道光怪陆离的色彩，那墙壁好像成了电视机的屏幕。而紧挨着光滑地面的甬道已经完全坍塌，想重新进去已经不可能了。

李申的身上其实并没有受到多重的伤，可就他现在的状况来说，恐怕已经活不过半个小时了。

他注意到我正在靠近，睁开了那双混浊得没有一丁点儿光芒的眼睛，就在从录音机出现到现在的短短十几分钟的时间，他完全变了个人，头上之前还夹杂着几束黑色发丝的头发已经完全花白，身体只剩下一个腐朽的皮包骨的架子。

我蹲下身去扶着他坐起来，即使我用了最轻的力，还是让他遭了罪。他紧紧握着我的手，咳得非常厉害，咳到最后直接一口鲜血喷了出来。藏哥急忙拿出水给他喝，他无力地摇了摇手，含糊不清地说道：“我已经不行了，这些水……你们自己留着，一定要从这里活……活着出去。”我看他两只眼睛无神地望着前方，心如刀割，把水往手指上倒了一些沾在他的嘴唇上，但他已经连吮吸的力气都没有了。我不知该说点儿什么。他这一行的目的已经达到，不过留给他的却是更大的痛楚，沈静死得不明不白，现在连他自己也要死在这里了。

“小吴，小吴。”李申突然挺了挺身子，握住我手的力量大了几分，幽幽地说，“麻烦你把我口袋里的录音机拿出来，我还想听一遍那首歌。”

我手忙脚乱地把录音机拿出来，按下播放键，还是那首《永远的微笑》，如水的旋律伴着周璇的嗓音响了起来。

“我找到了她的踪迹，却……却最终没能找回她的灵魂。”李申听着歌说道。歌词正好到“我不能够给谁夺走仅有的春光”一句，他本该流干的泪水这时又从脸上流了下来：“我的时间不多了，但你们还有机会……

175

还有机会离开这里，注意提防张国生，他身上的秘密太多了。”

我无力地点了点头，往前看去，只见张国生也朝我看来，这里的光线太暗，我看不清他的表情，只感觉他那只被掏空了的眼眶此时似乎成了一道深不见底的黑色漩涡，把我所有的思绪都吸了进去。我想躲闪，可一点儿作用都没有。

一声尖利的哀号从远处传来，张国生立刻转回头去，我暗暗吐了口气，一听，好像是杨董的声音，难道是他和陆飞遇上什么事了？那些蒙蒙胧胧的光斑将我们的视线挡住，前方发生了什么，我根本不知道。

“怎么回事？”藏哥听到叫喊，在我耳边大叫了一句，把我的耳朵震得“嗡嗡”直响。等了一会儿不见回应，藏哥往前走了几步，哀号再次传来，夹杂着陆飞的声音。

“快过来！这里有人！是个……是个女人！她还活着！”

女人？一个诡异到可怕的想法突然冲进我的脑海里，我把视线立刻转移到李申身上，发现他也正盯着我，早已失了神的眼睛此刻光芒暴涨，我们这是想到一处去了吗？但，有可能吗？

李申用尽最后的力气要从我身上挣扎着起来，我赶紧抱住他，连拖带拽地往前跑，张国生一行人已经走在我前面去了，我赶忙加快脚下的步伐。远远地，只见陆飞拉着还在怪叫的杨董站在一边，一个黑漆漆的身影弓着背脸朝下趴在地面上一动不动。

李申的嗓子仿佛被塞住了似的“咳咳”地喘，手在一瞬间冷得像块冰，身上的热量正在急速流失，以往的经验告诉我他已经坚持不了几分钟了，心里一急，匆忙叫藏哥过来帮忙。

藏哥一下子理会了我的意图，他的身材本就魁梧，有使不完的力气，索性把李申驮在背上，冲了过去。

我身上没了束缚，脚下轻松许多，紧跟了上去。

跑到陆飞身边，只见趴在地上的黑影确实是个女人，一头乌黑的齐肩短发证明她的年纪不过中年，身上穿着一套青色劳动布衣服。之前隔着远，我没能看清她的状况，现在才发现她一直在抽搐着，嘴里发着"呜呜"的怪叫，好像在笑，又好像在低声地哭，听上去很是瘆人，但也正因为如此，说明她确实还活着！

"沈静，沈静，是你吗？"从李申嘴里出来的声音几乎让人听不清，不过呼唤的那个名字还算清晰。

我赶忙上去帮忙，把李申从藏哥身上抱下来，刚想把他扶到地上，李申身上不知从哪儿突然冒出来一股力量，推开我的双手，他直直地向那女人倒了下去。

我吓了一跳，想再次伸手去扶，但已经来不及了，李申"扑通"一下跌倒在那女人身边，所幸没有压到她。

那女人许是听到动静，把头微微侧起一角，正好和李申打了个照面。

只见那女人的眼睛立刻睁大，身子上的颤抖好像一下子传递到了嘴唇上："申……申……申……申哥，是你吗？我就知道，我就知道你会来找我的。"泪水打湿了她的睫毛，她哭着哭着突然就笑了起来，她的笑容美极了。

李申颤抖着伸出手去，轻轻地触碰沈静白皙的脸庞，他已经再也坚持不下去，手指慢慢地从她的脸上滑落。沈静急忙伸出手拉住，把他的手紧紧地贴在自己的皮肤上，笑容再未从她的脸上褪去。

"你们快离开这里，永远别再回来，永远……别再……"她这句话是跟我们说的，但她的眼睛丝毫没有从李申的脸上移开。

"心上的人儿你不要悲伤，愿你的笑容永远那样……"随着录音机中最后一句歌词响起，沈静的眼睛彻底地闭上了，一直到生命的最后一刻，如花的笑容仍旧挂在她的脸上，从未散去。

我的心里五味杂陈，泪水一下子模糊了双眼。

录音机发出一声轻微的"咔嚓"，歌声停了下来。沈静和李申的身体紧紧地依偎在一起，这对于他们来说已经是最好的结局。

"怎么回事？"怀特博士问了一句。

我注意到他们的脸上满是疑惑，完全不知道发生了什么事情，也难怪，他们并不知道……等等，等等，有些不太对劲儿，我盯着李申花白的头发和沈静那头乌黑发亮的齐肩长发，问题就出在这儿。他们俩分开去执行任务的时候都还很年轻，如今李申已经成了个老头子，为什么面前的沈静还如此年轻？分明就是个二三十岁的姑娘！

还有，这几十年的时光里，沈静是怎么在这里活下去的？

我越看心里越奇怪，整件事像一个无头悬案似的悬吊在我的心里，让我怎么都想不明白。

"真该死，整整三百万哪！"杨董低着头在嘀咕着什么。

陆飞皱着眉问："你说什么？"

"那东西啊，我悄悄告诉你放在哪儿哦，被我藏起来啦！但是我放哪儿了？该死，我到底放哪儿了？整整三百万的货啊！你别告诉我们队长是我偷偷藏起来的，别说，别说，等我找到了，找到了就赶快卖掉，谁也不知道哦，整整三百万哪，三百万……"杨董捂着嘴，两颗眼珠子当中的瞳孔抖动得越来越快，他看似在胡言乱语，但一些事情已经暴露，犯下大罪的新兵蛋子原来指的是他，现在我算是知道杨董为什么会出现在我们的队伍中了。

杨董的视线从我们的脸上一一扫过，最后落在张国生身上，盯着他一个劲儿地在那儿"嘿嘿"地傻笑，而他接下来的举动让我们谁都没有意料到。

杨董像只猴子似的把背高高隆起，身体下弯，绷成一个"弓"字，我正疑惑他要做什么，只见他挣脱了陆飞的束缚，弹簧似的弹了出去，一下子冲到张国生面前。张国生被吓了一跳，以为他要攻击自己，急急往后跳，但他的速度根本跟不上杨董的手。我只看见杨董的手伸了出去，可根本看不见他究竟做了什么，实在太快了。

等我反应过来的时候，他手里已经多了一块银白色的薄片，张国生怀里的钥匙被他掏了出来。

张国生的脸"唰"的一下白了，我从没想过他的脸上会出现这种表情。张国生并没有很快做出反应，只盯着杨董，问道："你是谁？"

杨董低着头，双手垂在两腿外侧，嘴里依旧喃喃自语着"三百万"。陆飞离他最近，伸手去拉，却不想杨董一下子变得灵活无比，身子一闪就躲过了，接着往后方快速跑去。

怀特博士急得大叫："快抓住他，抓住他！他是个叛徒，要来偷走我们的钥匙！"

叛徒？他难道不是疯了吗？

我们一众人赶快追上去，没想到杨董的速度远超我们任何一个人，无论我们追得再紧，他总能和我们保持一段距离。

这家伙难不成一直在装疯卖傻？

怀特博士跟在最后边跑边骂，我们跑得筋疲力尽，他在这片空间里漫无目的地跑，我们跟在后面不要命地追，也不知道究竟跑了多远，原本静得出奇的空间里突然传来一阵阵轻微的"嗡嗡"声。

我以为是自己跑太快，耳朵出问题了，没有在意，越往前跑那声音便越大，在我们前面看不到的地方仿佛有千万只蜜蜂正在振翅，"嗡嗡"的响声持续不断地传来。

"这他娘的什么声啊，不会是我聋了吧？"陆飞气喘吁吁地问道。

原来他们也听到了，直觉告诉我怪事恐怕又要发生了。

我以为听到怪声后杨董会绕过去，没想到他好像根本就没有听到正在逐渐逼近的声音，继续朝着声源处跑。

远远地，一个圆盘状的东西在朦胧的光斑下露出一角，那东西高高地悬挂在空中，看上去像是某种机器，声音是从那里发出来的吗？

随着不断靠近，那一角在我的视野里越变越大，之前大概只有桌子大小，现在已经变为一栋楼房那么大。我知道他不是突然间自己变大的，而是在我们不断靠近的过程中，这东西的原形开始慢慢显现出来了。

"嗡嗡"的声音开始的时候像是千万只蜜蜂在振翅，现在则已经变成惊天动地的声响，就连空气似乎也在震动，而后传到我的耳膜上，最后穿透耳膜直接冲进我的脑袋里。

我的耳朵里除了这声，再也听不到其他声音，整张脸都开始发麻，而那个机器一样的东西此时已经完全显现。

这是一个空中的圆形装置，大概有飞机那么大，中间是中空的，看起来像一块大磁铁，上面布满各类零件、线轴，十几根巨大的管道环绕在上面，那些管道的一端直插入顶部，原来它们还连接着这片空间的顶部，俨然一个复杂的机械装置，这是个什么东西？

我已经彻底词穷，我不知道该怎么称呼眼前这个巨大的怪物，和之前那些不同，它就像一只制作精良的表，精致而又壮观，只是这个看起来科技含量很高的东西怎么会出现在这里？这么大的物体质量肯定也不会轻，但它就这样高高地飘浮在我们眼前，发出几乎要把人耳朵震聋的"嗡嗡"响。

它的出现让我感到非常不安，这样一个东西存在在这里简直太不合情理。杨董还在朝它靠近，我边追边大叫让他停下来，可喊出去的话连我自己都听不到。杨董肯定是疯了，这种状况下无论是谁都会敏锐地嗅到危险的气息，除了他。

藏哥从身后将我拉住，我转回头，所有人都已经停下脚步，离那个不知名的东西远远的。藏哥指着前方的地面跟我说了句话，虽然听不到，但我知道他说的是"危险"，我顺着他所指的方向看去，只见在那东西下方有一堆黑色的物体，一条一条地，看着很像是人的尸体，密密麻麻，数以千计。

杨董头也不回地往那里靠近，不一会儿就会进入那些尸体的范围内。我挣脱开藏哥的手，再次朝他追去，应该还能赶上，应该。

越靠近那东西，我的心里越没底，剧烈的声响宛如千百枚尖刺，往我的耳膜上扎，我的头发尽数往上直立，皮肤就跟被强风吹过那样波浪似的翻滚，巨大的阻力让我的双脚灌了铅一般，每抬一步都极为艰难。

空气！这是一个将地面以上的空气吸入这里的装置，我们目前所处位置根本不可能还会有空气流通，之前没想通，这个装置出现之后我才反应过来，源源不断的空气正是从这个装置里被输送到这里来的。不过，这东西摆放在这里的时间不可能太短，是什么维持着装置运作，难道是永动力吗？

杨董的速度也慢了下来，但他仍旧在向那东西靠近，远远地，我看清了那东西底下的长条物体，没想到真的是尸体，并且那尸体非常眼熟，就在几分钟前还出现过，我简直不敢相信自己的眼睛，那东西下面全是沈静的尸体，密密麻麻地铺着，看起来至少有上千具！

那些尸体几乎都不完整，缺胳膊断腿，但看得出来地上躺着的就是沈静，无穷无尽的沈静……

我的心里莫名地生出一阵恶寒，这个庞大的装置恐怕不是空气传输装置这么简单，但究竟是什么？

杨董在这时终于停下脚步，他离沈静的尸体所在的范围只有一步之遥，但他突然停了下来，把头转向我，朝我微微地笑了一下。

我赶紧挥舞手臂让他快回来，杨董看懂了我的意思，抬起脚，不是往回走，而是跳进了那东西的正下方，那些尸体堆当中。

甚至没有一丁点儿声音，也有可能是我根本就听不到，杨董消失了，之前还完完整整站在我面前的他被一股不知名的力量挤碎，飞溅而起的碎肉在空中再次炸开，彻底化为粉末，只剩下一抹腾在空中的血雾。

我目瞪口呆地站在那儿，亲眼看着杨董进入尸体群范围的一瞬间，灰飞烟灭。

那面银白色的薄片完整无损地飞了回来，刚好落在我的脚边。

二十　另一个地下空间

　　我蹲下身把薄片捡起，上面还留着杨董的血迹，渗入文刻当中，一颗吐着芯的蛇头清清楚楚地出现在眼前。

　　藏哥在我挣脱他之后也一直跟在后面追，他同样也看到了杨董死去的惨状，拍了拍我的肩膀让我快走。

　　藏哥见我站着不动，拉着我的衣服往后撤，我再次挣脱，和他一起往张国生所在的方向走去。

　　我径直走到张国生面前，把薄片递给他，我看他还是一副事不关己的模样，心中的怒火再也压抑不住，恶狠狠地对他说了句话："如果到最后我发现你在骗我，我一定不放过你！"

　　陆飞就站在我们旁边，听到我说的话，也许是担心我会做出什么出格的事来，把手重重地搭在我的肩膀上，道："老 K，别冲动，乱了阵脚。"

　　先是李申死去，然后在不到几分钟的时间内杨董又死在我的面前；我的情绪有些崩溃，用力甩开陆飞的手，吼了句："别碰我！"陆飞一脸惊愕地看着我，好像在他的眼里我成了个怪物。我没再搭理他，绕开他们往前去了，身后的"嗡嗡"声还在持续不断地响着。

我们本想回到李申死去的地方，但因为追杨董早就迷失了方向，指南针在这里毫无作用，这里的磁场有些古怪，磁针一直在划着圈，无法确定方向。我们只好往声响传来的反方向漫无目的地走。这里好像根本就没有边界，加上那些弥漫得到处都是光斑，就算我们一直在原地兜圈子也很难发现。

走在路上，我一直在想沈静的那一堆尸体究竟是怎么形成的。我相信那里肯定有着一股力量，否则也不会一瞬间将杨董杀死。而那一地的沈静尸体，以及我们最初发现的那个活着的她，应该也是由那股不知名的力量造成的，它不仅会杀人于眨眼之间，还会将人的身体无限复制。

沈静在甬道中留下录音机后就走进了这一片空间，然后遇上怪事，本体死亡，复制体出现，而后复制体成为新的本体，死亡后又有新的复制体出现，周而复始。这个噩梦般的循环只怕已经整整持续了几十年的时光。还保有本体思想的复制人（如果没有本体思想她就不会还记得自己的丈夫）一次又一次见证自己的死亡，这里什么都没有，就只有她自己，还有什么比这更令人绝望？

当然，这仅仅只是我自己的推断，不过如果我猜对了的话，沈静已经死去，那么新的沈静应该要出现了？还有杨董，他会不会也已经加入到了这个永不停止的循环当中？

我突然萌生起要走回去看看的念头，就在这时，一股臭味突然蹿进了我的鼻子里。

大家继续往前走，那股臭味愈加浓烈，我们没敢放松警惕，因为有光斑的存在，我们很难看清远处的情况，突然出现的臭味表明这里肯定有什么不寻常的东西存在。

往前走了一会儿，眼前彻底黑了，一面非常大的墙壁阻挡住了我们的去路，我还以为这里没有边界，但是接下来我们该怎么走？

身后不知是谁打开了手电，刺眼的光束下，两只龇着尖牙的石兽蓦地出现在我们眼前。它们和我们离得很近，不过因为实在太过于高大，不抬起头根本发现不了。

我们各自拿出自己的手电，往前方照射，那两只石兽的前肢下各踩着一个被咬得支离破碎的双头人尸体，看上去很是凶残。石兽的形态极为怪异，身子比我双臂展开还要长上几分，体形却纤细无比，宛若一条巨蛇。它们的头顶长着一团如同刺猬一般蓬松的尖毛，一直长到麻绳似的尾巴上。最奇异的地方莫过于身子两旁的巨大肉翅，两只巨兽的翅膀交叠起来高高地横在空中，翅膀之下的墙壁上出现一条小道，小道是往下延伸的，下面黑漆漆的什么也看不见，下去得经过一条很长的台阶。

臭味就是从这下面传上来的，要下去吗？

我还有些拿不定主意，张国生先行钻了进去，怀特博士和结衣在后，这里难不成就是我们的下一站？

阿历克赛紧跟其后也走了进去，陆飞小声问我："要不要进去？"我说："要不我们在这里守着，接应他们？"

陆飞煞有其事地点点头，道："倒也不失为一个切实可行的方法。"

我和藏哥没再搭理他，跟在阿历克赛后面钻了进去。

这里的台阶有些窄，得把脚稍微侧着才能平稳地下去，所以我们走得很慢。到这里之后，那些光斑消失了，所以我们得手握着手电，否则什么也看不见。

不一会儿台阶就走完了，台阶比我想象中的短，下了台阶，我们面前出现了一个深坑，大概有篮球场那么宽，这里看上去就正常多了，墙壁不再是清一色的白色，而是有着明显人为痕迹的石墙，四面的墙壁留有被人挖凿过的痕迹，头顶的那面墙矮得很，不到两米，我倒还好，藏哥和阿历克赛得低着头才行，否则就是撞一头的包。

这个小型的空间是我这一路上见过最正常的了，不过问题随之出现，这里空荡荡的，什么都没有。靠墙的地方砌着一座高至顶的塑像，瞧不清模样，看上去好像是由几块突兀的大石头随意堆砌而成，没什么特别，四面都是封死的石墙，没有其他出口，接下来我们该怎么走？

陆飞看来看去，喃喃自语道："我就说不该下来的，你们不听，这下子又得往回走。还有，我早就想说了，你们是不是有谁这一路上都在放屁？这臭味从没有散过！"

我看他虽然捏着鼻子，嘴里却还在嚼着花生，心想：也没见你有多嫌弃这味道，不然还能吃那么香？不过这臭味到底是从哪儿传来的？

"大家都休息一会儿吧，看来我们走错了，尽快补充体力我们就出去。"张国生说完从包里拿出干粮自行吃了起来。大家恐怕早就饿得前胸贴后背，听他这么一说就算是再臭也得赶快补充体力，坐着开始吃起东西。

我倒不怎么饿，对突然出现的这个石室感到有些奇怪，这里的一切和外面的比起来也太格格不入了，还有那臭味，不可能是从石头上传出来的吧？说不定还有别的出口。

可看来看去，墙壁也都敲了个遍，什么都没有发现，难道我们真的走错了？

走到那块塑像面前时臭味更加浓郁，我把手电抬起来往上照看，确实看不出什么异常，看来看去也就是几块垒在一起的大石头。我围着转了一圈，塑像离墙面还有一段空隙，挤进去抬头一看，只见塑像背面被挖开了一个窟窿，一个满身鲜血的人像是被剥光了皮肉一般直挺挺缩在窟窿里，他暴突的眼睛同样鲜红无比，紧紧盯住我，一张满是鲜血的脸庞几乎贴到我的脸上，嘴角一弯，竟"哧哧"地笑了起来……

我被眼前这场面惊得汗毛竖立，深吸了一口气，喉咙里充斥的全是呛人的臭味。

那东西注意到我之后，血红的身子一歪，朝我压了下来。这里空间本来就小，我哪敢轻易对抗，赶紧从缝隙间跳了出来。"扑通"一声，那东西整个儿地跌倒在地上。我有些不知所措，抬起腿一脚踢在他的脑袋上，回头对还在看戏的众人叫道："这里有古怪！"

听到我的叫喊，大家一下子清醒过来，拿起武器走到我身旁，盯住地上的血尸。

我那一脚踢得极为用力，鞋子尖到脚踝附近已被鲜血浸透，那具血尸被我踢翻在地之后再也站不起来了，扭动着身体前俯后仰，嘴巴里不时还发出"哧哧"的声响，貌似痛苦无比。

陆飞看了一会儿，眼看血尸扭动的幅度越来越小，问道："老 K，这东西不会是被你给踢死了吧？"

我同样疑惑不解，听得血尸嘴里的"哧哧"声逐渐平息，刚想上前看看，血尸忽然之间将腰直直挺了起来，双手胡乱挥舞，然后再也支撑不住，双手僵在半空，血红色的身体猛然一挺，"扑通"一声重新躺回地上，再没有了动作。

我弓着身子慢慢挪过去，地上的血尸有鼻子有眼，只不过没有了皮肤，眼睛闭不起来，双眼如同鱼眼泡一般直直盯着墙顶。这东西看上去也不是个什么怪物，倒像是一个活生生的人被剥掉了全身的皮肤。

陆飞他们早已看到血尸是从塑像里掉出来的，他盯着地上不再动弹的血尸看了几眼，径直走到塑像边，从我之前所在的缝隙里钻了进去。

"这他娘的也太吓人了！"

我重新挤进去，这才看清塑像后背的大窟窿足有塑像半身大，往里一看，里面密密麻麻地塞满了之前看到的那种血尸，有几具还在微微颤动。

陆飞惊得目瞪口呆，也许是因为实在太臭，低了头"哇哇"大吐，把嘴里的花生全吐干净了，一下子没能稳住平衡，肥胖的身子直直往塑像撞去，"嘭"的一声巨响，塑像本就摇摇欲坠，被他这么一撞，立刻"咯吱咯吱"地响了起来，裂开的响声越来越大，最后又是"嘭"的一声，终于完全裂开，一股极其浓郁的血腥味混合着恶臭弥漫开来。

让我没想到的是，塑像里面是中空的，全都堆满了鲜红无比的血尸，塑像一裂开，血尸便如同雨点一般全落到地上，场面骇人无比。

塑像一倒，陆飞一时间没了依靠，整个人的重心直往下跌，塑像所在的地面不知什么时候竟出现了一个窟窿，我赶紧伸出手去拉住他衣服，可他实在太重，"刺啦"一声，他衣服的一角一下子被我的手给撕破了。

陆飞急得大叫，挥舞着手臂想要抓住什么，但他整个人早已悬在半空，藏哥他们离得远根本来不及拉他。我再次伸出手去，却不想扑了个空，眼看着陆飞一下子跌进了窟窿当中。

那窟窿不知道有多深，伴随着几声闷响，再没有一丝动静。

我手中紧紧拽着从陆飞身上撕扯下来的衣布，没来得及多想，纵身一跃，跟着跳进了窟窿。

还好那窟窿不是很深，也就两米左右，我的脚刚碰触到地面就跟着滑了下去，窟窿下面是一块坡度很大的甬道，这条甬道不知存在了多少年，下滑的过程中我不断用手电扫看周围的一切，可没有看到陆飞，反倒是周围横七竖八的血尸发现了亮光，数十只鲜红眼球就这么直直盯着我，身子如蛇一般缓慢蠕动着。

到这里之后蜥蜴鳞片似的地面终于不见了。

我一直在看周围的情况，忽视了前面，没想到这条甬道会这么短。我的脚碰到一团柔软的东西，那东西挡在中间把我逼停了下来，紧接着只听"哎哟"一声叫唤，正是陆飞的声音。

"谁？谁他娘的踩我？"

还能说话那就证明没什么大事，我道："别叫唤，我救你来了。"

"老K！我就说嘛，还是咱俩革命友谊深！不过深归深，你先站起来再说，你踩到我屁股了！"

我就说脚下柔软的一团是什么东西，原来是他的屁股，我挣扎地站起来，眼前一抹黑，什么都看不到，手电在我撞上他的时候整个飞了出去，不知飞哪儿去了，一点儿光亮都没有，那肯定是跌坏了。

我让陆飞赶紧把手电打开，看看周围的情况。

黑暗中只听"咔嚓咔嚓"几声细响，灯光还是没亮起来。

"坏了，被我给压坏了，老K，你的呢？快点儿起来。"

我摸了摸，身上还有个火机，就是不知道下了次水之后还用不用得了，一打，幸好还能亮，不过这光线实在是太暗，只能照到一小片区域。

我把陆飞扶起来，往跌下来的地方看了一眼，坡度太大，想爬出去是不可能的，现在只有两条路选择，继续往下走寻找出口，或者在这里等张国生一行人下来救我们，不过都已经这么久了，他们迟迟没下来，不会是以为我们俩死了，离开这地方了吧？

我们前面的甬道还有一段距离，我和他商量了一下，在陆飞把所有人的娘都骂了一遍之后，决定还是继续寻找出路。如果他们来救我们，那也一定找得到，因为从窟窿下来也就这一条路。

陆飞没什么事，能自己走，因为担心火机油不够，往后我们俩还得靠着它来找路，所以一路上我都没敢开。

这个地方静得可怕，只有脚步声和周围血尸"咯咯"的磨牙声，这种感觉好像我们正走进无间地狱，时间仿佛在这诡异的甬道当中凝固了。

当下我有无数的疑问与困惑，不过首先的一个问题是——我们现在是否还在天山的地底？眼前的这一切该如何解释？我们似乎是闯进一个墓道里来了？

黑暗中，陆飞说了句话打断了我所有的思路，他莫名其妙地问了我一句："你是不是对我有什么意见？"

我不知道他为什么这么问，是因为杨董死后我骂了他一句？这家伙的心眼儿也太小了吧？

陆飞听我没说话，接着说："从李瘾，不，李存志死了之后，你老K对我和之前的态度起了一百八十度大转弯，你是不是以为我抛下所有队员，让他们挡在我前面，我躲了起来，所以他们都死了，就我没死？"

原来是这件事，确实，自从他把自己的底子抖出来之后，我的确对他有一些看法，不过一直以来都只是猜测，那现在正好，既然他都这么说了，我还是问清楚了。

"这里面究竟是怎么回事？"

陆飞听罢，一下子急了："别他娘的以为就你老K一个英雄，是，我该感谢你替我的弟兄们报了仇，但我也告诉你，你错看我了，我虽然不像你这么英雄，但我也不是贪生怕死的狗熊！"

当时到底发生了什么？这件事还得从那次的雨林任务说起。

二十一　无形无状（上）

虽然刚下过一场大雨，闷热的热带大雨林却没有降下一丁点儿温度。

这里是位于西双版纳的中缅边境带，广袤的雨林如同一个巨大的、绿色的屏障，中间一条国界线将两个国家分隔开来，却无法将当中的美好与罪恶阻隔。

雨林中隐藏着无数的村村寨寨，淳朴的乡民们自小在这里成长。他们的衣食住行都与这片密林拥有着千丝万缕的关系。村寨里上了年纪的老人们长久以来对密林有着难以想象的敬畏心理，在他们的语言中，这片密林的名字唤作"母亲"。

不过由于地理位置的独特，加上这道得天独厚的天然屏障，美好与罪恶经常会在这里进行血腥的厮杀，密不透风的大雨林下埋藏着森森白骨，黑暗的腐臭气味时常笼罩于此，天堂与地狱仅有一步之遥。

陆飞从怀里抓了把花生，放到嘴里反复地咀嚼，这把散发着浓香的花生让旁边负责补射的队友使劲儿吞了口口水，但在陆飞的嘴里，无论他怎么换着方式地嚼，还是一点儿味道都没有，他们已经在大雨林趴了整整三天三夜，猎物始终没有出现。

在他们之前，曾有一支缉毒小队在这里遭到对手猛烈地打击，他们甚至没有弄清楚对方有多少人、多少枪，只知道他们携带的"货"的数量大得惊人，并且这场战斗必须拿下来。虽然没能将他们一举攻下，但好歹也暂时拖住了他们跨越雨林的前行速度，还有机会。不过对于损失惨重的缉毒队来说，他们已经没机会了，因为他们根本就不是这群凶恶毒贩的对手。

由陆飞带队的特种部队临危受命，这支装备精良的部队来自西南本土，擅长林间作战，自从他们入驻热带雨林以来，只见过那群幽灵似的毒贩一面，还让他们跑了，已经打草惊蛇。陆飞在想，他是不是和之前的缉毒队一样已经没有任何机会了？

接到任务时那种胜券在握的信心，此时在他的心里早已荡然无存。

这群毒贩对于这里的地形了如指掌，经过一次正面交锋，毒贩们显然已经意识到这支新的队伍和之前的有着天壤之别，他们早早地潜伏了起来。

对于陆飞来说，他发现猎物似乎来头不简单，经过专门的军事训练，反侦察技术运用得炉火纯青。他虽然急躁，但也知道必须按捺下性子，否则就真的没机会了。

这场战斗现在完全成了一场持久战。

第四天天还没亮，当陆飞把怀里的最后一把花生掏出来，准备往嘴里送的时候，周围出现了动静。

他悄悄地把花生装回口袋里，瞄准镜早已对准了动静发出的地方，他以为猎物已经等不下去，自己跳出来送死，没想到瞄准镜里看到的是一群由五人组成的进山小队，两个大人，三个小孩，最大的十岁左右，最小的大约只有三岁，应该是一家人，趁着雨后采菌子来了。

他们小心翼翼地靠近，经过盘查确认身份，确实是附近村寨的村民。他们可能不知道这片大雨林中潜藏的危险。

这一家子出现得太不是时候，计划都被打乱了，陆飞只能祈祷时间还能赶得上。现在想要确保他们的安全，只能把他们护送出去，但就在这时，枪响了，他的补射手站在一片空地上成了枪靶子，被一枪毙命。

他们已经暴露了，更要命的是那个补射手离他们并不远。

护送出去已经不可能，只能把他们藏起来。藏哪儿？地下！大雨林里到处都是齐膝的落叶，钻进去了只要不动，很难被发现。

勇敢的特种兵们掩护一家五口到达一处绝佳的隐蔽地点，把他们全都藏了进去，而后边吸引火力边远离他们重新寻找隐蔽。陆飞紧盯着藏有一家五口的那地方，他忘记了一件很重要的事情，五个人里最小的只有三岁，叫起来怎么办？哭出来怎么办？

盯了老半天，这些都没有发生，那个最小的孩子直接站了起来，他可能以为是在放鞭炮，"咔咔嚓嚓"很热闹，一个劲儿地拍手。

暴露了一个，那一家五口只怕都会没命，没办法，陆飞躲躲藏藏地冲过去，抱起小孩就往落叶堆里钻，好歹没被那些毒贩发现。可令他没有想到的是，毒贩的狡猾远超他的预想，他们好像根本就不怕死，在交火的过程中悄无声息地向前靠近，不一会儿，整个队伍都暴露在毒贩的枪口之下。

陆飞透过叶缝远远地看到自己情同手足的队友一个个倒在枪火中，他想从地上跳起来和他们拼了，但在他的身后是一家五口，五条活生生的性命，最小的那个才三岁，他一跳起来肯定会暴露他们的位置。

前面是队友，后面是五个无辜的人，这道选择题几乎要了他的命。怀里那个三岁的孩子又闹腾起来，陆飞紧紧地抱着他，一只大手捂住小孩的脸，却没人来帮他捂住他的脸，他亲眼看着队友一个接一个地倒在血泊中，赶紧往嘴里塞了把花生。

"那把花生又干又涩，我从没有吃过那么恶心的。"

后来他带着一家五口逃出了大雨林，由我带队的队伍顶替了他们的位置。

说完这些，陆飞长叹了口气。我看不到他现在的表情，但我非常了解他现在的心情，因为我们差点儿也被那些毒贩团灭。我对他说了声"抱歉"，我确实误会他了，不过从这件事看来他并没有做错什么，为什么会被安排来这里？还有，他为什么能知道这个队伍每一个人那么多的秘密？

陆飞没有对我的这两个问题进行回答，只给了我一个含糊不清的答案："从这里出去之后你就什么都明白了。"

从这里出去？关键是我们还出得去吗？我甚至不知道现在我们处于地底的什么位置。

再往前走，我们面前出现一堵墙，旁边有另一条通道，拐弯后通道逐渐变宽，再往前出现了一片宽阔场地。这里的地形如同一个横切的半截葫芦。

随着愈加深入，打火机的亮光照射出来的种种令我们再也难以平静了。

走出甬道之后，我的脚下"噼啪"作响，往下一看，地上满满当当的枯骨不知在这里摆放了多少岁月，早已化为黑色，一脚踏上去便踩折了。我们并非故意要去踩，但自甬道过后，这片开阔场地便铺满了森森枯骨，一层又一层，无穷无尽，说不清究竟有多厚，再加上枯骨路上无数具缓慢蠕动的血尸，数百只通红的眼珠子就这么直直地盯着我们，口中"咯咯"作响……

陆飞提议从边上扶着墙往前走，这里的空间看着虽然不大，不过太过诡异，我们最好还是不要像无头苍蝇似的在这里乱闯，扶着墙找到出口就赶紧出去。

他刚一说完，我手里火机上的火光跳动了几下，彻底熄灭了，任我再怎么打也亮不起来，整个石室被黑暗笼罩，什么都看不见，只听得见当中血尸此起彼伏的"咯咯"声和蠕动的"沙沙"声。

我们俩踮着脚尖往后移动，手在空中举着，摸着墙壁。之前我们并没有靠近过墙壁，我还以为这里和甬道一样都是灰砖堆砌成的，可当我的手摸一片滑手的所在时，我突然意识到靠着墙壁走这个方法似乎根本不可行。

墙壁上有一层很厚的黏液，手掌一碰到就整个按了进去，碰触到的墙壁却是坑坑洼洼的，似乎有许多小洞。

我赶紧把手抽回来，握了握手掌，依旧是黏糊糊的，但这次我的手似乎碰触到黏液当中有一样很不寻常的东西。

一个软绵绵而又圆鼓鼓的长条状事物，如小拇指一般大小，似乎是一只虫子，因为这东西在我的掌心里慢慢蠕动了起来。

我突然想起在水里时出现的那些黑虫子，不会是这里也有吧？我的神经几乎绷得如一张拉满了的弓，这时手心突然传来一阵刺痛，刺痛似乎只在一瞬之间，疼得我脑袋里"轰"的一下，但疼痛持续的时间极短，不一会儿就恢复了正常。

这时，石室当中突然火光闪烁，石室四面墙角围绕着一排浅沟，当中燃料遇火即燃，火焰便如长龙一般燃起，将整个石室照射得如同白昼。

突如其来的光线让我使劲儿眯了眯眼睛，眼前白花花一片什么都看不清，好不容易睁开眼睛，却见离我数百米远的地方，这片空间的尽头，一个人影站在那儿，手里举着一只火把，这里的火便是他点亮的，是谁？

我赶紧重新闭眼，使劲儿睁开，再一看，没想到是张国生！可为什么只有他一个人？其他人呢？

不管怎么样，张国生的背后出现了一扇门，他一次次向我招手让我们赶快过去，我叫了陆飞一声，没得到回应，转头一看，离我不远的他不知发生了什么，软泥似的瘫倒在地上，脸色发青，早已经昏迷。

我赶紧跑过去，探他鼻息还有些许细微的呼吸，放下心来，却见他的右手从手掌到手踝部分呈现紫黑，拳头里好像握着什么东西。

我又叫了他还是没得到回应，把他的手用力撑开，一看，我的汗一下子流了下来，他的掌心里满是凝固的黑血，一条小拇指般粗细的红色虫子扭动着肥硕的尾部，露出半个躯体，头部早已钻进了他血肉模糊的手掌里。

张国生赶了过来，看到这一景象直倒吸了口凉气："怎么又是这种虫子？"

血红虫子跟水里的黑虫没什么两样，头部却怪异无比，长满了密密麻麻的倒刺，仔细一看，那些倒刺似乎是这虫子的牙齿，虽然小得很，但是看上去很是恐怖。

陆飞迟迟醒不过来，我心里一急，伸出手掐住那虫子的尾巴稍一用力就把它从他的掌心里拉了出来。

那虫子离开了陆飞的血肉，身子扭动的幅度变得越来越大，嘴里发出"滋滋"的声响，我只感觉一阵恶心，将它丢到地上。我转回头看了一眼昏迷不醒的陆飞，担心不已，对张国生说道："这虫子恐怕已经进入他的身体里了，咱们赶快从这里出去。"

张国生点点头，站起身，指着他所来的方向说："从这里出去，大家都在等我们。"

我朝周围看了一眼，这里满地的枯骨和血尸对我来说早已见怪不怪了，但石室四面墙壁的异样还是让我忍不住多看了几眼，这一看，我的大脑似乎已经失去了控制全身行动的能力，脑子里什么都没有，所有的思维全被眼前的一幕给挤压干净了。

四面墙壁加上头顶上的墙壁上都结着一层厚厚的透明黏液，当中一条条细小的血红虫子扭动着身子，成千上万的虫子形成了汹涌澎湃的巨浪，一波又一波，整个场面骇人无比，如果不是黏液的阻挡，那些虫子只怕已经排山倒海地铺满这里所有的空间。

而在这些红虫子的后面，无数巨大的尸体一字排开，密密麻麻层层叠叠，共同组成这里的墙壁，这些尸体和我们一路上所见到的不同，起码有它们的十几倍大，并且这些尸体每一具的手脚都长有鸭掌似的蹼，两颗硕大的脑袋看上去和正常人差不多，只不过着实太大了。双头人！我一下子惊醒过来，这些尸体就是壁画上的那些双头人！不过他们为什么会在这里，雕塑般嵌入黏液之中？我原以为我们不过是掉入了一个深藏在地底深处的空间当中，没想到是落入这些双头人的尸体堆当中来了！

我的心脏跳动得越来越快，之前所有的不寻常都没有如今这般亲眼所见来得震撼，这里真的没有我想象中的那么简单，这句话我曾经重复了许多次，不过这次是我最发自内心的一次。在所有这些事物面前我们都太过于渺小，连蚂蚁都不如，我突然感到一阵彻骨的寒意，就像人类第一次见识到外太空，无穷的、令人恐惧的未知一下子塞满脑子里所能想象或根本无从想象的空间，从这一刻，所见的事实成为更大的困惑，这种巨大的落差就快要把我的身体给撕碎了。

我赶紧把头转回，冷汗已经彻底填满了我身上的每一个毛孔，我甚至看得到自己呼出来的白雾。我狠狠地咬了咬嘴唇，让自己赶快平静下来，躺在一旁的陆飞的状况不好，我鼓起最后的一点儿力气，赶紧扛着他朝张国生所指的方向跑了过去。

跑了没几步，我的掌心里又传来一阵刺痛，那会儿光顾着陆飞，之前在我的手碰到墙壁的时候，有些虫子也爬到我身上来，怎么把这事忘记了？

我赶紧撑开手掌，硕大的血红虫子被我背起陆飞时用力挤压，肚子早已裂开，从中流出艳丽的红色，我以为是虫子的血，细看下那血好像有生命，似乎慢慢地动了起来……

这一切发生得实在太快，我看着自己的手掌，只见当中渗出一大片鲜血，越流越快，不一会儿突然跳动起来，在半空中腾起一抹红雾，这下我看明白了，不是血，而是一大堆红色的飞虫，密密麻麻的飞虫！

我感觉自己的头皮都要爹开了，张国生朝我跑了过来，我赶紧伸出手推了他一把，那团从我的掌心飞起的红雾离着我越来越近，张国生大叫了一声："跑！"把陆飞扛到自己肩上转身就跑。

我没敢再停下来，虽然还有些许疑惑，但张国生这么一叫，赶紧跟在了他的后面，脚下踩得"噼啪"作响，在血尸堆中跳来跳去，往石室深处快速跑去。我们跑得很快，不小心踩到血尸，血尸的腹腔遭到挤压，口鼻当中又飞腾起许许多多密密麻麻的红色虫子，那团红雾越来越大，振翅声"嗡嗡"作响，仿佛一阵惊雷。

原来那些肥硕的大虫子和水里黑虫子不同，它们只不过是培养这些飞虫的容器。我们俩越跑越远，火光逐渐远去，这里不知为什么没有燃料，再往前跑上一阵儿就要进入黑暗。这里血尸的数量明显减少了许多，只几具，地上也没了枯骨，一丁点儿也没有，那些枯骨似乎是在不经意间消失的。墙壁上的黏液连同那些双头巨人的尸体都不见了，它们好像根本就没有出现过。

　　寻常的石墙，一幅幅色彩艳丽的壁画布满墙面，壁画上的内容大多是手持长条彩带的飞天舞者，也有一些类似宗教的画像。只是这些艳丽的壁画实在和这里格格不入，如果之前没有看到那么多奇奇怪怪的东西，我肯定以为自己闯进了某个寺庙。

　　大片艳丽壁画显得极为突兀，那些栩栩如生的画像在忽明忽暗的火光下似乎活了，数百双眼睛就这么直直地、冷冷地盯着我们。

　　我望着跑在前面的张国生，不禁担忧起来。他究竟要去哪里？

　　正想着，张国生突然停了下来，这里的空间到尽头了。

　　面前出现一堵石墙，当中壁画五彩斑斓、错综复杂，没想到这里每一个地方、每一个角落都画满了这些似有生命的壁画，万千幅画作如长龙一般蜿蜒盘亘，将这里全部包围，还有什么比这里更容易让人感到神圣？

　　此时此刻，我只想跪下身去，面朝壁画顶礼膜拜，只是现在大敌在后，不能这么做。

　　张国生站在墙壁面前，突然极其诡异地闪进壁画当中，立刻不见了身影。

　　身后的"嗡嗡"声越来越近，我只觉那阵声响似乎就在自己的头顶盘旋着，没有停下脚步接着往前跑。

　　再往前几步靠近了墙壁，只见墙壁当中区域出现了一扇石门，石门开了一条小缝，几乎和墙面混为一体，因此隔得远看不出来，张国生就是从这里进去了。

　　石门上不仅画有壁画，还有许多稀奇古怪的纹饰，左一条右一条，纵横分布。

　　张国生站在门缝里，看我还在东张西望，急急伸出手一把把我拉了进去，我们一齐用力，将石门重新关上，门后和外面世界仿佛隔了一个时空，一片黑暗。

"呼——"

张国生将手中的一个很古老的火折子吹燃，又从包裹里翻出两个递给我，我用力一吹，点燃了。但火折子的火光实在太弱，小小的火苗眼看着就要熄灭。

陆飞突然抽搐了一下，张国生急忙将他放到地上，将火折子靠近一看，只见他的脸一片煞白，由手掌开始的紫黑已经蔓延到了手肘，细细一看，手臂的皮肉之下似乎有东西在动。我往前靠了靠，直看得心惊肉跳，数不尽的虫子在他皮下不断地蠕动，那些虫子似乎要钻破皮肉，从当中涌出来一般。

他的嘴唇已经没有了丝毫的血色，眉头一皱，嘴里喃喃说道："痒，好痒……"说着伸出另一只手就去抓手臂。

我和张国生同时处在黑暗中，谁都没有料到昏迷中的他会做出这么一个举动来，等发觉过来的时候，陆飞已经往手臂上狠狠抓了一把。

只见被他抓过的地方鲜血汩汩流出，那块三寸见方的皮一下子被他给扯了下来，皮下组织早已血肉模糊，当中红色的小虫剧烈蠕动，波浪一般在他的肉里扭来扭去。

我只感觉头皮一阵发麻，那些血尸只怕都是这样被自己的手抓掉皮肤的。陆飞还想伸手去抓，我们没办法，只能拿出绳子将他的双手捆了起来。

我忙问张国生："现在要到哪里去？"

他没和我说话，站起身朝前引路。

望着张国生高大的背影，我的疑惑越来越深，忍不住问道："张老，你究竟来这里做什么？"

这一切都太奇怪了，眼前这人处处透着怪异，这次的任务目的难道仅仅只是为了走进这里而不惜身陷险境？这当中肯定隐藏着什么。

张国生把头微微侧了侧，头也不回："找人。"

"找谁？"张国生这是要向我摊牌了吗？

"你。"张国生接道："找到你，然后把你带进来。"

我愕然，以为自己听错了，还想再问上一句，话没出口，只听张国生又开口问道："这里的一切难道并没有让你感觉到……熟悉？"

我听得一头雾水，心想：这张国生不会也被吓疯了吧？

"其他人呢？他们去了哪儿？"

"跟着我走，他们就在前面。"

走了一会儿，眼前突然出现一团黑影，靠近了，那黑影原来只是一根布满了怪异纹饰的黑色石柱，在黑暗的笼罩下，当中仿佛冒着一股阴森的黑气，不知究竟是个什么东西。

石柱足有顶梁柱那般厚实，极其突兀地立在地面，离这根不远的地方也有一根相同的，两根之间的顶部又横跨一根，组成一个框架，看上去像一个门框，除此之外，没有任何奇怪的东西。这个由黑石组成的框架就这么矗立着，稀奇古怪。

我注意到，眼前的张国生望着眼前的事物，整个身子忽然都发起抖来，眼看着就要缩下身去，我不知他遭遇了什么，忙伸手去扶。手还在半空，却见他如遭雷击一般跪了下去，头深深地垂在地上，喉咙当中"咳咳"作响，看似再也支撑不住了。

"太迟了，来不及了，来不及了……"

"你说什么？"我拉了他几次，张国生的脚下仿佛生了根，深深地扎在脚下的泥土当中，任我怎么拉也拉不起来。

这是怎么回事？我赶紧蹲下身去，话还在喉头没来得及吐出，脚下的地面突然剧烈地摇晃起来，紧接着一阵"轰隆隆"的闷响传来，听上去似乎是来自地下的鼓声。

我把身子伏低了，想听听究竟是什么，只见张国生猛地抬起头，双手颤抖着抬起来，指着前方的黑暗区域。

"他……来……了……"

张国生的声音好像变了个人，我看他脸色骤变，身子就快软成一摊烂泥，以为他看到了什么，就举起把火折子，踮着脚尖一步步往前挪。穿过那两根突兀的柱子之后，地势慢慢走高，脚下的地面也不再平坦，硌脚得很，只不过不是踩在之前直立鳞片上的那种感觉，而是那种大小不一的硬石头，踩上去坑坑洼洼的。

我把火折子放低，想看看自己究竟踩到什么东西上来了，直觉告诉我脚下的事物只怕不会是石头那么简单。

低头一看，妈的，这回又是什么东西？

地面上到处都是如同一条条蛇纠缠在一起的麻花状的东西，呈现浓黑色，不过相对于蛇来说，这些条状的事物太短、太粗，倒像是一具具被融在一起的尸体，这么一想，我的眼前似乎出现了一堆支离破碎的躯干，它们被紧密地粘连，顺着走高的地势沿着同一个方向不断延伸，前方貌似存在着什么东西，正在吸食这些尸体仅存的灵魂。

我心惊胆战地继续往前走，火折子在这时摇曳得十分厉害，好几次差点儿熄灭，我眼睁睁地看着它一次次死灰复燃，心里乱糟糟的，隐隐感觉前方还会有什么东西在等待着我。我想停下来，但脚已经不受控制了。

往前再走十几步的距离，坡度到这里几乎已经倾斜为四十五度，如果不是地面上的凸起能卡住脚，爬上来还得费一番功夫。

走到这里之后，那些尸体一样的硬物不再顺着地面延伸，而是直立向上，高高地隆起，紧密地纠缠为一个和我差不多高的台座。

上面是什么东西？我不知道，除非爬上去看看。

令我自己都感到吃惊的是，这一刻我竟然没有半分迟疑，把火折子叼在嘴里，双手已经握住了那些黑色的条状物，冷冰冰的，生铁一般。

爬到头时，鼻子里呼出的气没有控制好，"呼——"嘴里叼的火折子彻底熄灭，只留下一个燃烧的红点。四周恢复了黑暗，我的手脚都攀着，无法重新点燃火折子，只能加快速度赶紧爬上去。我的心再也平静不下来了，还好一伸手就抓到台座顶部的凸起，双脚用力一蹬就爬了上去。

站在由尸体般的事物搭成的台座上，我调整了一下呼吸，准备吹燃火折子，这时，从张国生所在方向的位置突然亮起一团火光，我一眼看过去，张国生离我远远的，直挺挺地站着，手里举着火折子，闪烁的火光将他的脸庞照射得忽明忽暗，看上去很是诡异。更奇怪的是，我发现他正对着我"哧哧"地笑，声音很大，似乎是故意要让我听见。我不知道他想干什么，吹燃了火折子，就这样站在高处盯着他，想看看他究竟要玩什么花样。

过了一会儿，他突然抬起手，指着我。

"他——来——了——"

我反应过来，张国生指的是我的身后，什么来了？我的心脏"怦怦"地跳动，猛地转回头去。透过手里火折子的光，一具光溜溜的骷髅正坐在一副由那些长条状事物纠缠而成的座椅上，座椅的靠背很高，那些长条状的东西显得极为突兀。

不过最让我惊讶的是坐在上面的那具骷髅，这副骷髅架子属于一个寻常人，弓着腰坐着，两只早已化为白骨的手稳稳当当地搭在大腿骨上。骷髅头的位置挂着一副银光闪闪的面具，这面具我见过，正是张国生的那把

"钥匙",上面的蛇头纹饰似有流光,将一颗吐着芯的蛇头突显得很是恐怖。

我竟看呆了,恍惚中两条细长的蛇眼慢慢地透出红光,几秒钟前才有针尖大小,不多时红光就已经填满两只眼睛,紧接着,蛇嘴中的芯突然微微地动了起来,一下又一下地吞吐,一下又一下地吞吐……我的全身上下像是被灌满了铅,怎么都动不了。

来自地下的鼓声再次"轰隆隆"传来,狠狠地敲击着我的耳膜,脚下那些被融在一起的尸体此刻如水一般流淌起来,尸体纠缠得越来越密,直至成为一个急速旋转的漩涡。更要命的是,我正处在这漩涡的中心,我惊恐地低下头,尸体的漩涡让我如同流沙一般陷下去,这时已经没到我的腰间,用不了多久我就会被彻底地吸进去,然而我却连一丁点儿反抗的力量都没有。

眼前的骷髅架子正在微微颤动,原本摆放在大腿骨架上的手在这时抬了起来,伸到骷髅头位置将蛇纹面具摘下,没想到面具之下并不是骷髅头,而是一颗有血有肉的脑袋。

在那些躯干没到我的鼻子上就要把我完全淹没时,我发现面具后面的那张脸非常熟悉。

我看到了自己的脸,它正冲着我冷笑。

二十二　无形无状（下）

当那些残破的躯干将我完全淹没的时候，对于这次是否还能够活着走出天山，我已经不抱任何希望。

那些躯干此时就像流沙，正在缓慢地将我吞噬，我的胸口所遭受的压力正在逐渐加大，用不了多久肺里残留的空气都会被这股压力挤压殆尽，然后等待我的将会是痛苦的窒息。在这一致命的过程当中，我甚至连哀号都发不出来。

一切都结束了吗？

在这一刻我的脑袋里闪过无数片段，好像巨大的压力不止在挤压着我的胸口，也在挤压着我所有的记忆，它们正在不断地流失，我想要伸出手去把它们全抓回来，但一点儿用都没有，我已经彻底无法动弹了。

就在我心中的火焰逐渐熄灭的时候，周围貌似发生了什么转机？

随着身子逐渐下陷我发现自己的脚悬空了，膝盖以下的部位已经逃离躯干的压迫，这种挣脱束缚的畅快感持续不断地从下至上延伸，不一会儿腰部以下的部位也腾空了，万万没想到下面竟然是空的！

　　我用尽力气赶紧扭动起来，让身体加快下陷的速度，比起痛苦而缓慢地窒息死，我宁愿选择畅快淋漓地摔死。

　　终于，那些躯干就快要摆脱我的整个身体，希望就在眼前，我能够感觉得到自己扭动的幅度正在不断加大，先是肚子，然后是整个胳膊，最后就是我的脑袋。从躯干当中完全脱离的一刹那，我狠狠地吸了一口气，一股异样的气息蹿进我的鼻子，一下子冲上脑门，太奇怪了，这里是怎么回事？

　　我整个人已经腾在空中，暗红色的地面离我只有七八米的距离，看来并不会摔死，然而当我低头看了一眼，在我的正下方堆满了密密麻麻的尸体，那些尸体的穿着一模一样，就像杨董灰飞烟灭时看到的沈静那无穷无尽的尸体，我不知道下面的这些是属于谁的。

　　层层叠叠的尸体给我的突然降落形成了极大的缓冲，那些尸体甚至还没有彻底僵硬，说明他们死去的时间并没有很长。我挣扎着站起身子，虽然没有跌出什么毛病来，不过经过那些躯干的挤压我已然浑身无力。这里一模一样的尸体起码有上千具，我仔细看了一下，等等，为什么又是我的模样？

　　我开始怀疑自己是不是又回到了刚才的那个梦魇当中，不过我又分明能够十分清楚地分辨出什么是梦境，什么是现实。比如现在，我确信周围的一切都是真实发生的，除了地上成批的尸体。这里简直就是人间炼狱，我感到一阵恐惧正在不断向我袭来，地上这些尸体释放出的恐怖气息正在蚕食着我最后理智，我必须要赶快离开，立刻！马上！

　　这里没有一丁点儿生气，所有的一切，包括空气都已经死去，我迈着自己能够迈出的最大步子穿行在尸体当中，眼睛不经意地往天上一瞟……

那是什么？

抬起头，那些由无穷无尽的残破躯体构成的天空正在飞速地旋转，就像暴雨临近前正在不断聚拢、翻滚的乌云，只是这里的乌云都是由一具又一具融合在一起、支离破碎的躯干组成，它们仿佛一孔巨大的混沌眼，吞噬着这里所有的生命，而我在几分钟之前差点儿就死在了里面。

这里的空间非常大，不过可以看到尽头，除去尸体，其他地方都是裸露在外的暗红色地面和嶙峋的怪石。无论如何我都要赶快逃离这里，逃到尽头去，再待下去我可能会被自己脑中不断冒出的稀奇古怪的想法给逼疯。

走了好久，那些尸体终于离我远去，我一脚踩在暗红色的地面上，原以为坚硬的土地突然悄悄地陷了下去，地面是柔软的，加上它的颜色，我只觉得自己好像走在一块被切割过的肉上。

我赶紧加快脚步，不去管周围的奇怪景象，再往前走一阵儿，零星的尸体又出现了，同样长着我的面孔。和之前的那些不同，这里的尸体或多或少有残缺，缺胳膊断腿，或者就是没有头颅，只剩下半个躯体，上面还留有明显的牙印，说明这些尸体都被某个东西撕咬过，究竟是什么东西？

我立即绷紧神经，警觉地注意着周围的动静，可依旧什么都没有。我始终都没有停下正在逃离的脚步。一块横在路中间的巨石格外引起我的注意。随着我不断往前，我发现那块大石头突然动了起来，在这片死寂的空间当中，一个活物正在运动。

我不再敢轻举妄动，前面这东西的体形实在太大，这让我嗅到一股危险至极的气息，内心当中有一个声音正在大叫："赶快离开！赶快离开！"

我远远地躲开了面前这东西，可不论我躲到哪里去，只要我一直往前走，那么我必定会近距离地面对它，怎么办？难道躲在这里一辈子吗？

越想越离谱，我赶紧摇了摇头让自己千万要清醒过来，接着往前走，不过这次我不敢再看地上的尸体一眼了。

随着不断往前走，前方那东西的轮廓逐渐在我的眼前显现，它巨大的身体像一只毛茸茸的大老鼠，濒死挣扎一般一下又一下地抽搐，每一次抽搐都会使它身上的毛掉落下来，这到底是个什么东西？

又靠近了一些，眼前的场景让我的双脚再也控制不住地颤抖起来，那些从它身上掉下来的根本就不是毛，而是一具又一具的尸体，那只大老鼠状的生物身上背负着数不清的尸体，随着它每次抖动，那些尸体便会跟着掉落下来，而后它裸露在外满是深洞的皮肤内很快就会生产出一具新的，从那些千疮百孔的深洞当中慢慢长出，而后进入无限的循环。现在我总算知道那些尸体是从什么地方来的，原来都是来自这个生物！

这到底是什么？为什么我的尸体会被它无限复制然后丢在这里？

我到底是不是在做梦？

可惜我再次否认了自己。

我迅速逃离了这片恐怖之地，幸好那个噩梦般的怪物并没有注意到我，可当我向前确定路线的时候，令我心惊的一幕出现了。

在我的面前有着数不清的怪物，它们持续不断地抖动似乎是在进行着什么仪式，我只能再次远远地躲开。

跑了这么久，我早就已经口干舌燥，一阵强烈的饥饿感侵袭着我，我扫视着周围，哪怕是一棵草，现在我也能把它生吞活剥了。可这里除了尸体，除了暗红色的地面还有那些怪物，其他什么都没有。

我的肚子此时已经"咕咕"地叫了起来，再不吃点儿东西我可能再也出不去了。

正在这时，一个声音模模糊糊地从远处传了过来，那是吃东西咀嚼的声音，这里难道还有其他人的存在？我循着声音传来的方向往前走，一块突兀的黑色大石头挡住了我的去路，到这里那个吃东西的声音变得尤其明显，听起来声音就是从这块大石头后面传来的，到底会是谁呢？

我扶住石壁确保自己不会饿得跌倒在地，往前看了一眼，只见一个和那些尸体穿着一模一样的人正蹲在地上，在他的面前摆放着一具残破不堪的尸体，他的嘴动了一会儿，确保嘴里的东西咽进肚子里后立刻俯下身去，一口咬在……

我的呼吸越来越急促，头皮一阵发麻，这里到底是怎么回事？我的心智已经越来越模糊，心底那个声音再次响了起来："离开这里！离开这里！"

我转身就跑，可没想到地上的一具尸体绊了我一下，由于跑得太快，我整个人都腾空摔了出去，"嘭"的一声落在地上。不好，要被发现了！

我惊恐地把目光转向那人，果不其然，他也朝我看了过来，我再次看到了自己的面庞，不同的是他的脸上满是血迹，两颗眼珠子没有黑色的瞳孔，只有两片白色的眼白，那两片眼白正死死地盯着我。过了一会儿，他的嘴微微地动了一下，开始说话。

"你怎么回来了？"

我惊恐地看着他，没敢接话。

"你把我丢在这里，我好寂寞啊！"

我准备说点儿什么回应他，可还没想好要怎么说。

"别走了，留下来。"说完这句，他颤颤巍巍地站了起来，开始朝我靠近。

我想站起来，可是身体已经完全不受我的控制，只能眼睁睁地看着他一步步朝我走来。他舔了舔嘴巴，露出一排尖利的獠牙，整个人朝我扑了过来……

"小吴，小吴，你在干吗？快下来！"

张国生的声音！

我甩了甩头，眼前的黑暗一下子消失，出现在我面前的是那张戴着银色薄片面具的骷髅架子。我赶紧把视线转离了，这副骷髅戴的面具似有魔力！只过了一分钟左右，可当时的我仿佛经过了好几个小时，太恐怖了，这东西竟然会蛊惑人，让人展开无穷的想象，更可怕的是根本让人分辨不出真假。

转回头，张国生抱着还处在昏迷的陆飞朝我靠近，我赶紧跑过去接过陆飞，告诉他这里有古怪，得赶快离开才行。

张国生莫名其妙地看了我一眼，指着台座的一侧说："这里有路可以过去，离开了这里我们就到目的地了。大家都在那儿等着我们。"说完举起火折子先行走了过去。

终于要结束了，我心里说不出的高兴，扛着陆飞跟在张国生身后往里走，大片躯体般的麻花状东西紧挨着我，我感觉有点虚惊未平，加快脚步离开了这里。

穿过这里之后，前面不远的距离就是出口所在的位置，张国生先行走了出去，站在出口处转过头看着我等我过去。我一步跨了出去，一直到这里，那些凸起的青色地面再也没有出现。

张国生站在不远处依旧盯着洞口，我刚想看看他在看什么，只见一颗硕大的青色蛇头就这样死死地镶嵌在石壁当中，蛇头的大小和石壁差不了多少，而我们出来的洞口其实就是这条巨蛇微微张开的嘴。这下子什么都解释得通了，之前我们所走过的青色地面其实就是这条蛇的身体，而前一个地下空间……我们竟然莫名其妙地闯到它嘴里去了！

太惊人了，这条巨蛇几乎就是构成整个天山底部的天然通道，关键是，结合最开始几次的鳞片突起和剧烈的摇晃，这条蛇还活着！

我赶紧把陆飞放到地上，走到张国生身边刚想问点儿什么，身后不知什么东西带着呼呼风声，闪电一般朝我冲了过来。我的心只"咯噔"一下，一阵剧烈的疼痛从脖子上传来，耳朵深处"嗡嗡"直响，两眼一黑，模糊间看到身后的陆飞突然站了起来，手中拿着块石头，两只眼睛冷冷地盯着我。

我再也支撑不下去，一阵天旋地转后就此晕倒了。

二十三　新的谜团

　　周围一点儿声音都没有，静得吓人，我动了动身子，睁开了眼睛，一个梦幻般的世界出现在我的眼前。我正躺在地上，但是我有一种感觉，这里并非我所存在的世界，因为周围的一切实在匪夷所思。这里所有的东西超越了我的认知，一个如梦如幻的世界，没有太阳，没有月亮，没有天空，没有任何我见过的东西，究竟是现实还是梦境？我坚信自己还没有完全醒来，坚信自己一定还存在于之前的梦中，而面前的一切仅仅发生在梦中，也只能发生在梦中，一个周围浮满了色彩斑斓的碎片的梦……

　　我站起身，忍不住多看了几眼身处的地方，在我的面前是一扇巨大的石门，大石门似乎是凭空出现的，旁边没有任何墙壁支撑，就这样空落落地立着，中间被打开了一条小缝，当中透出刺眼的光亮。

　　"我们……我们都会死在这里……"结衣的面容苍白憔悴，浑身无力地朝着大石门的方向看来，好像已经知道我会从那里出现，而这句话正是对我说的。

她的眼神闪电一般向我直射过来，我忍不住打了个冷战，不仅因为她那双从未见过的恐怖眼神，还有她那可怕的声音，空灵、充满死气。我感觉面前的结衣好像变了一个人，或者说，看着我的根本就是个已死之人。

"结衣！"我忍不住大叫出声，她的左臂从胳膊处整个断裂，上面还留着些许血淋淋的皮肉，显然是被大力硬生生撕扯下来的。她整个人如遭雷击，看上去就要轰然倒下。

怀特博士、藏哥和阿历克赛躺在她的身后，三人身上都带有或多或少的伤痕，反观我自己，毫发无损，他们究竟经历了什么？

在他们的身后有一扇黑色的大门，门中黑乎乎的，上面笼罩着一团黑雾，阴森恐怖。门框则是几块大得出奇的石头，两侧还塑着两只张牙舞爪的庞然大物，看上去像是两条趴伏在地上的恶龙在镇守着身后的黑门。

这里所有的东西都已超出常理，究竟是怎么回事？我突然意识到少了两个人，张国生和陆飞，他们去哪儿了？

我赶快跑过去把结衣扶到地上坐着，她浑身都在发抖，仅剩的独手紧紧地拉着我，好像一只受了惊吓的小猫。

我从未见过她这个样子，这个转变也实在是太大了。

我把视线转向周围其他人的身上，令我万万没有想到的是，除了我和结衣，他们竟然都已经死了。

怀特博士睁着空洞的眼睛，两只手向上举着似乎想抓住什么，脖颈间的瘀青显示他是被人给活活掐死的。藏哥和阿历克赛的死状同样凄惨无比，两把泛着寒光的匕首插在他们的脖子上，地上流满的鲜血还未凝固，杀他们的人并不打算给他们一点儿活下去的机会，一招儿致命。

至此，天山一行十一人的队伍，除去不见了踪影的张国生和陆飞，现在只剩下我和结衣，其余的全都死亡。

一阵剧烈的目眩又侵袭了上来，我的喉咙里好像被什么东西给塞住了，每一次呼吸鼻腔里都像火烧似的。

结衣的眼睛正直直地盯着我身后，双眼之中满是恐惧。

我转回头去，只见笼罩在门上的黑雾正在剧烈地旋转，中间形成一个巨大的黑色漩涡，那些黑雾很快被吸了进去，不多时，随着漩涡旋转的轨迹越来越小，黑雾跟着逐渐消失。

我以为黑雾散去之后会出现什么奇怪的景象，却没有，黑雾后面什么也没有，只留下一个巨大的门框。

现在只有结衣还活着，她肯定知道这里发生了什么，但看着她现在这模样我有些不忍心，她到底是遭遇了什么才变成了现在这样，我怀里这个眼神躲躲闪闪的女人到底是我认识的那个结衣吗？

"发生了什么？"无论如何我都必须要弄清楚。

结衣听到我的声音，把脸转向我，满是血迹的脸上突然滚落下一长串的泪水，用一口流利的中文回答道："我看到了，我看到了……"

"看到了什么？是谁把你们伤成这样的？张国生和陆飞吗？"我有些着急，语气变重了好多。

"我们都被骗了。"结衣的眼泪再也止不住，"他什么都知道，他只是来确认，我们都被他骗了。"

结衣说的这些话好熟悉，当初录音机里的沈静也曾经说过这样的话，不用猜了，结衣口中的"他"就是张国生。

"他现在在哪儿？告诉我，他在哪儿？"我已经出离愤怒了，这次天山之行根本就是个骗局！始作俑者就是张国生！

结衣被我吓了一跳，很快放开我的手，悄悄地指着背后空落落的门框，低声啜泣道："求求你救救我，我不想死，他消失了，我没看到，求求你救救我。"

消失了？

我把视线重新移回到背后的大门上，之前笼罩在上面的黑雾已经完全消散，结衣的意思是张国生消失在那些黑雾里了？这可能吗？

我把视线一转，石门后面出现一个很窄的通道，里面黑漆漆的，不知道有多深，张国生恐怕是从这里出去了。

我赶紧把身上的衣服撕碎包裹在结衣的断臂上，扶她到墙壁边靠着休息。接着把怀特博士一行三人抬到角落，现在追出去可能还来得及，现在只能委屈他们了。

扶起结衣，最后看一眼这个诡异的地方，我没再多想什么，打开从藏哥包里拿出来的手电，钻进了那条深不见底的通道里。

踩着这条张国生走过的小道，我往里面一步步深入，地上很奇怪地长满了齐膝的杂草，周围的杂草被我踩得倾斜，碰触到我的手背，痒痒的，我尽量把手抬高。走了不到几分钟，就到了另外一层空间，中间有一间屋子，其他的什么也没有。

屋子总共两层，基本都是用木头搭建成的，上面的漆剥落得差不多了，露出一节节朽木。屋顶上的瓦片呈现黑色，看上去破败不堪。

我怎么也不会想到在天山地底的深处还会存在着这样一间屋子，还有刚才小道上的杂草，这屋子的建筑风格分明是六七十年代的建筑，出现在这里难道不奇怪吗？我甚至开始对自己现在的处境感到怀疑，我现在是否还在天山之底？还是说在我昏迷的时候发生了什么……

我扶着结衣走上台阶，推开堂屋的门，一股木头腐烂的气味直往我面门上喷，让我忍不住咳嗽了几声。里面只有一些实在没法用的家具，随着屋子一同埋葬在此。我在楼下几个房间走了几圈，什么都没有发现。

我没敢上楼，屋子看上去摇摇欲坠，要是木板断裂从二楼跌下来可不是闹着玩的，这里貌似根本就没有什么奇怪的，我没想在这里继续待下去，屋外肯定还有通道能够出去。

手电的光亮在此时跟着越来越暗，不到半分钟就完全熄灭了，我摸着黑走到门前，正准备推门出去，忽然，屋外传出一阵细响，听声音好像是有什么东西从上面掉下来了。

是什么东西？难道是张国生？

窸窸窣窣的声响此起彼伏，我发现那声音竟然离我越来越近。

我满心狐疑，探着头从格子门的空隙向外看，只见一个穿着迷彩服的人手里举着一只军用狼眼手电，弓着腰如同一只藏匿在黑夜中猎食的黑猫，小心翼翼地朝我走来。

这个人不是张国生，也不是陆飞，而是一个完全陌生的人，可还会有谁找得到这个深入地下千里的空间？到底是谁？

我没敢再想下去，扶着结衣，猫着身子，踮起脚尖往后挪了几步，不一会儿就摸到一扇隔间的门。好在门刚刚被我打开了没关上，否则这回可真是无处可匿了。只听"咯吱"一声，格子门被慢慢地推开，我的心一下子蹦到了嗓子眼儿，赶忙跨了进去。

门开之后，一股莫名其妙吹来的冷风直往屋子里灌，屋子里的东西被吹得"咯咯"作响。可问题是从哪儿来的风？我真想狠狠地给自己两巴掌，看看自己究竟是不是在做梦。

借着这些声响，我立刻闪到墙后，背部紧紧贴住墙壁，大气不敢出

216

一口，等那人过来我就抓住他。站了一会儿，只听格子门紧接着被轻轻地关上。我极力控制住自己的呼吸，过了一会儿，身后的堂屋里一束明亮的光线穿透黑暗将我所在的房间也照得亮堂堂的，周围明亮得犹如白昼，光线实在亮得很，闪得我的眼前蓦地出现一片白色。我把脸朝向光源处，突然看到一小半通体漆黑的手电手柄，离我很近，只有大概十厘米左右。

我正准备伸出手去，脚步声再次传来，但又很快停住，手电往里递进来半寸，握住手电的是一只很白的小手，差不多只有我手掌一半大，我的手已经在半空，没想到那只手很快缩了回去，光线慢慢往后移动，离开了我所在的房间。

是个女人，难道是沈静？

我竖着耳朵继续听动静，听脚步声那人是往我所在的房间对面去了，周围逐渐变暗，我把头稍稍往前探到门口看了一眼，只见那人在房间里照了照，紧接着走了进去。

我的视线随着那人往里深入很快被墙壁遮住，随之里面传来了声响，那人像是在翻找什么东西，传出的声响越来越大。那人肯定是在找什么东西，究竟会是谁？他又在找什么东西？

我低下头朝结衣做了个噤声的手势，在我正准备走出去的时候，房间里传来"咯吱"一声细响，像是什么东西被打开了，随后光亮慢慢褪去，不消一会儿整个屋子像之前那般重新被黑暗笼罩。我知道手电不是被那人关了，而是她走进另外一个地方遮住了光线，但是我分明记得这里就只有一个出口，不可能再有什么其他的出路，难道说这里还存在着什么暗门、秘道之类的东西？

重新回归的黑暗使我感到有些心慌，等我逐渐适应了光线，手电的光线再次撕破黑暗，那人回来了，并且走回到了中间的堂屋里。

我实在担心自己一跳出去就让她给跑了，来到这里的人恐怕都不简单，我不能轻易地放过。

正想着，堂屋里的脚步声蓦地止住，除了我的呼吸声好像再没有其他声响，动静全无，那人必定还在我背后的堂屋当中，但她在干什么？

结衣坐在地上不知碰到了什么东西，"咯"的一声，虽然声音极其细微，却像一道击中我全身所有神经的闪电一般，不能再等下去了，否则就真的让他跑了。

我捏了捏拳头，把手伸到腰间去掏匕首，每一个举动我都极为小心谨慎，但就在我的手还未到达腰间，刚好伸到眼睛前面的时候，我突然感到手指在半空中触碰到了一个冷冰冰的东西，一个凭空出现的东西……

我触电般赶紧把匕首掏出来握在手里，隐隐感觉到离自己不远的地方传来一阵很轻微的鼻息，气息带着些许芳香，直往我脸面上喷。这一切似乎发生在转瞬之间，没想到是个高手，竟然这么悄无声息地就来到我跟前了。

正面来敌，那就是拼速度的时候，谁慢谁吃亏，我赶紧紧握住匕首就往面前挥，刺眼的亮光却在此刻毫无征兆地直往我脸上射，我的眼前蓦地出现一团白雾，手腕随之立即感到一阵疼痛。

香味此时更加浓郁，直往我鼻子里蹿，恍惚当中我眯了眯眼睛，使得双眼逐渐恢复了视觉，只见离我不远的光源处站着一个身穿迷彩衣的年轻女人，没想到还是个外国人。面前的女人就这样紧紧盯着我，我和她四目相对，她的眼神很是犀利，像一把发着冷光的刀。她挺立的鼻子忽然抽动了一下，紧接着左边嘴唇向上咧出一个很夸张的弧度，脸上立刻挂上笑容问道："你在这里干什么？"中文说得并不是很流利，但听得清楚。

她的笑容看上去有一种说不出的阴森，冷冷的，就像之前的结衣。但也因为她这一句，我突然间如同大梦初醒一般晃过神来，我的手腕一直被面前这个女人紧紧扣住，匕首不知在什么时候已经脱离了我的手掌，从手腕传来的疼痛感丝毫没有减轻。我甩甩手想挣脱出来，却不想被她更有力地捏住，捏得我手腕上的骨头"咯咯"直响。

经过了那么多的折腾，我的体力几乎耗尽，速度已经远没有以前那么快，不过无论如何我准备和她殊死一搏，但随后我从她的嘴中听到了一句话，那句话虽然听得模模糊糊，却让我大吃一惊。

而在我从那扇诡异大门后面的洞口进入这里，往后一长段时间当中所发生的一系列比之天山地底更古怪、离奇、诡异的经历，在这里，在从这女人嘴中说出的那句话后，拉开了序幕。

那女人轻轻呼出一口香气，她已经注意到坐在地上的结衣，看到她手上的伤后，脸上的阴冷的笑容一下子凝住，一脸担忧："难不成你们……你们也是来这里探险的？"说着放开了我的手。

探险？在这里？几千里以下的天山地下空间？开什么玩笑！

"我这里有一些急救工具，但是最多只能止住血。"那女人把身后大得出奇的包放到地上，从当中掏出一个小型的急救箱，拿出消毒水、止血绷带之内的东西，又让结衣闭上眼睛："没有麻醉剂可能会有点儿疼。"

结衣瞪着双大眼睛看着我，可我也莫名其妙得很，不过就结衣现在的状况来看，她已经失血过多，如果再不得到治疗，不仅是手臂，可能连命都得丢了。

但是这个突然出现的外国女人，我该信任她吗？

她可能是看结衣年纪轻又受了这么大的伤，心里害怕，像哄小孩打针那样连哄带骗，结衣也像个小孩子似的，闭起眼睛忍着剧痛让她帮忙治疗。

　　我看得目瞪口呆，什么情况？

　　"你们也是踩空掉下来了吧？这个小女孩的手臂在哪里？赶快找回来，止住血之后我们就送她去附近的医院，快一点儿的话可能还接得上。"那外国女人边帮结衣擦消毒水边和我说话。

　　这女人到底在说什么胡话？是她疯了还是我疯了？

　　"对了，我叫 Alam Laurent，来自法国的探险家，你可以叫我'阿尔玛'，现在你可以自我介绍了吗？"她斜着眼睛看了我一眼，继续帮结衣包扎。

　　她现在是把我当成傻子了吗？

　　"你到底是谁？"

　　她有些生气："你到底听没听我说话，难道是我的中文太难懂？那我向你道歉，我叫 Alma Laurent，来自法国……"

　　"再不说清楚别怪我不客气了！"我的性子快被磨光了，张国生和陆飞不知道跑去了哪里，现在又出现一个说是掉到这儿来的法国探险家，这是在开玩笑吗？

　　"你这个人到底有什么问题？这个女孩可是你的同伴，不是我的，受了这么重的伤也没见你过来帮忙，问我一些奇奇怪怪的问题。你到底有什么毛病？"她也火了，两只细长的眼睛盯着我。

　　"你说你是掉到这里来的？"

　　"难道你不是吗？"

　　"从天山顶峰一直掉到这里？"

　　"什么天山？你是不是掉下来被撞成傻瓜了？"她一脸疑惑地看着

我，"现在让我来帮你恢复一下记忆。"她已经替结衣包扎好，站起来拉着我往门外走。

我像个行尸走肉似的被她拽着，身上提不起一点儿精神。

"你看那儿。你还记得你是从那儿掉下来的吗？"她手指的方向位于屋顶后方，屋顶再往上就到了这个空间的顶墙，而那里，我看到那里破开了个不大的洞，阳光正好从洞里射了进来，顺着洞口往上看，刺眼的太阳让我不禁闭紧了眼睛。

我的脑袋里乱糟糟的，怎么也想不明白，无数的谜团充斥在里面纠缠、撕扯，它们正不断地袭击着我的思维，正不断地掏空着我的身体。

"这是哪儿？"我感觉自己再也喘不过气来了，坐在地上重重地捶打自己的胸口。

阿尔玛看到我现在这副模样，显得很担心："你怎么了？你没事吧？"

我喘着粗气继续问了一遍："这是哪儿？"

阿尔玛急忙蹲下来帮我抚平呼吸："你不要着急，可能是掉下来的时候发生了意外，让你记不清了。"

"这是哪儿？"我近乎咆哮地喊了出来，仅有的一点儿意识还在苦苦支撑着我，我真的要垮了。

"敦煌！这里是敦煌！你不要着急，只要出去之后……"阿尔玛后面说的话我一句都没有听到。

我发疯似的冲回到刚才走出的那个小道，那个小道还在，里面全都是被我踩倒的杂草。阿尔玛拿着手电后面追，一次次让我停下。我一直在往里走，小道两边的尖石把我身上的皮肤划得到处是血，在小道里走了不到二十步，一堵墙横在中间，挡住了我往前走的路，小道已经到了尽头。

我抬起拳头狠狠地砸了几拳，那堵墙纹丝不动，倒让我手上多了几道伤口。墙不是突然出现的，它和周围的一切根本就是一体的，青苔、材质，根本就一模一样！

　　但是我分明记得十分钟前我才从这里畅通无阻地穿行过来，难道不是吗？

二十四　无　解

　　"你现在很虚弱，我们要快点儿从这里出去，但是……你也看到了，我需要你的帮助。"阿尔玛拍了拍我的肩膀，轻声地说道。

　　我的体力已经完全耗尽，现在只想闭上眼睛好好地睡上一觉，但曾经和我一起走进天山的那些人，他们的脸不断从我的脑子里闪过，我不能放弃，我一定要找到张国生，弄清楚这一切究竟是怎么回事，给那些无故死去的兄弟们一个交代。

　　通道入口传来一阵声响，我和阿尔玛同时转过头去，结衣像个做错事的孩子，扶着墙壁偷偷地看我，两只眼睛里噙满泪水："不要走，不要丢下我一个人……"

　　她到底经历了什么？

　　我挣扎了几下却怎么也站不起来，阿尔玛从旁侧扶起我，搀着我一步步走出通道。结衣看我出来了，赶紧用那只独手紧紧地抱住我的胳膊，五只手指铁钩似的扣在我的肉上，任我怎么安慰也不肯放手。

阿尔玛扶我到通道外的墙壁边休息，从包里拿出三明治、罐头之类的东西给我们吃。结衣看到吃的眼睛都放光了，紧紧地贴着我吃得狼吞虎咽。我看她那只还在流血的断臂，心想：如果是一般人只怕熬不过一时半会儿。我也随便填了填肚子，看着那座房子顶上的窟窿，这里四面围墙，想出去看来只能从这里突破，不过该怎么出去呢？

阿尔玛看我若有所思的样子，问我到底是怎么掉进来的。这里距离敦煌市区差不多有一百公里，方圆五十公里内全都是荒漠，除了资深探险者基本不会有人来这里。

"我说我之前就说过了，只不过你不信。"

阿尔玛盯着我："天山？"我点了点头，不想再说其他的，发生这种事情连我都不敢相信。

"天山和敦煌相隔一千多公里，你的意思是你从天山的某个地方掉了下来，然后直接就掉到敦煌来了？"

我再次点头，不想和她就这个问题继续说下去，问她有什么计划。

阿尔玛像看怪物似的看了我一会儿，从包里拿出一捆绳索指着顶部的窟窿说："我其实不是掉下来的。"她向我吐了吐舌头，"不过也可以说是掉下来的，我本想降到这个洞穴里一探究竟，没想到县城里那个卖绳子的骗了我，这些绳子根本就不是登山绳，你看，绳子就这么断了。"她把绳索断裂了的一头举到我的眼前，接着说，"另一头还挂在那里，只不过太短了，我一个人够不到，如果你能把我举上去重新打结，我们就能逃出生天了。"

原来是这样，总之无论如何都要从这里出去，我把视线重新转回通道当中，横生的墙仍旧堵在那儿挡住手电的光亮，那里好像根本就没有出现过所谓的路。

长话短说，后来我们费尽千辛万苦终于从洞穴里逃了出去，站在久违的地面，阳光暖洋洋地照射在我快要发霉的皮肤上，之前发生的一切恍如梦境，唯有这阳光才是最真实的。但周围望不到边的荒漠还是让我感到无比失落，大片的荒漠包围了我，仿佛从天而降的牢笼，再次把我困了起来。

　　逃出洞穴后我们照着阿尔玛的指南针往周围最近的县城赶，不过就算是离最近的我们也有三十多公里的路程，这里没有任何的交通工具，靠两只脚走过去结衣恐怕早就没命了，我只能背着她赶路，期望能有什么转机。她现在是在我昏迷之后唯一见识过天山底部发生了什么事情的人，如果她死了，我真的不知道该从哪儿寻找线索。

　　走了十几公里，一群开着吉普越野车的驴友出现，他们和阿尔玛在敦煌市区里有过一面之缘，我们便搭乘了他们的车一路驱车赶往县城医院。没想到县城医院什么设备都没有，只能简单地替结衣包扎止血。没办法，我们只能又跑了几十公里赶到敦煌市区。把奄奄一息的结衣送进手术室后，我再也支撑不住。从洞穴出来之后，我的身体已经到达极限，一直熬到现在，眼睛一闭就睡了过去。后来又发生了什么事，我已经完全记不清楚了。

　　醒来的时候我发现自己正躺在病床上，阳光从玻璃外照射过来，正好晒在我的脚上，床边的矮柜上摆放着一束叫不出名字的白花，花瓣上还有一颗颗晶莹剔透的水珠，不久前才被人换过水。

　　一个护士推门走进来，看到我醒来万分高兴："你终于醒啦，太好了！"口音很浓，不过很好听。

　　我问她："我睡了多久？"这个觉太奇怪了，一个梦都没有。

　　她皱了皱眉，跑到床边的病历本上看了一眼，长长地吐了口气道："足足一个星期呀，你是不知道你昏迷的这段时间让我害怕死了。"

"怕我死了？"我把身子往上靠了靠，全身酸酸麻麻的很难受。她看我挺费劲儿的样子赶紧过来帮忙："不是，你只是辛苦过度，身体透支得太厉害，死不了的。就是你昏迷的时候老是说一些奇奇怪怪的话……"她帮我把枕头斜靠，把我扶到枕头上后欲言又止，不肯再往下说了。

"到底怎么了？"

"你是不是经历了什么可怕的事情呀？这一个星期的时间我听你说了一星期的梦话，一会儿蛇一会儿怪物什么的，听上去怪吓人的。"

我还以为自己没做梦，看来这一星期给这个小姑娘带来了很多的困扰。那些经历恐怕不是一句"可怕"就能概括的。

我向她道了个歉，说自己在敦煌的荒漠里迷路了，好歹捡了条命回来，那些话可能是做噩梦胡乱说的。

她连连朝我摆手说没事，接着话锋一转："倒是你的日本女朋友，她……"

我吓了一大跳，从床上一下子蹦了起来："她怎么了？她还好吗？她在哪儿？她……"话没说完，许久没有运动过的脚一软，我一下跌倒在地。

她赶紧扶起我，说道："不不不，你不要激动，她也没事，只是神志还有点儿不清楚，之前整天吵闹要找你，后来就不肯和我们说话了。"

我放下心来，得赶快去看看她才行，突然又想起阿尔玛，她又去哪儿了？

小护士说："她今早就走了，说是要回国，机票已经买好了，对了，她已经把你和你女朋友的住院费用都交完了，还让我们好好照顾你呢。"

阿尔玛的出现实在是太过突兀了，我现在还来不及梳理整个事件，只是不知道往后还能不能见到她，毕竟如果不是她，我和结衣只怕已经死了。

小护士给我打了一针，又叫了医生过来查看；医生说："你已经没什么大碍，明天就能出院。但是你身上的这些伤是从哪儿来的？"说着指了指我的手臂。

我抬起手，那些被黑虫子钻过的地方已经结了疤，像是被烟头烫过似的；我摇了摇头，问："结衣现在在哪儿？我得去找她。"

医生看我并不想回答，没有深究，让那个小护士带我过去，叮嘱我千万不要刺激她，现在她还很虚弱，需要留院观察几天再做是否需要转院的打算。

"转院？转什么院？"

医生已经走到病房门口，扭头道："精神病院。"

小护士把我带到另一栋住院楼，医院里到处都是迎接千禧年的大红布，再过几天就是春节了，这个春节因为2000年的到来显得尤其的隆重。

我跟在那小护士身后爬了五层楼，这个住院部里的患者都是伤比较严重的，五楼是这里的顶层，我们从楼道里一直走到最边的一间病房。小护士指着病房门道："你女朋友就在里面，我有点儿害怕就……就不进去了，你记得好好跟她说话，不要刺激到她。"

我点了点头，目送她跑下楼梯，深深地吸了口气，推开了门。

这里的光照很足，落到地上留下一大块刺眼的光斑，结衣沐浴在阳光中正在酣睡，轻轻的鼾声不断传来。我轻轻地关上门，在病床的旁边找了个凳子坐下，不管怎么样，等她醒了再说吧。

不过现在是不是问这些的时候？我急切地需要知道当时在那扇大黑门前发生了什么，张国生和陆飞又去了哪里？这些问题埋在我的脑子里就跟猫抓似的难受，我一定要重新回到天山底部一次，只是现在我得知道当时究竟发生了什么，这个奇怪到诡异的任务究竟是怎么回事。从张国生杀了那么多人可以看出来他本能轻而易举地杀了我和结衣，可为什么偏偏要留下我们？

　　所有的这些现在恐怕只有结衣才能知道个大概，她是怀特博士带来的人，怀特博士和张国生在这之前就熟识，那她就有可能通过怀特博士知道张国生的部分底细。

　　不过很快我就发现自己想多了。

　　房间里轻轻的鼾声不知道是在什么时候停止的，阳光铺满了结衣的全身。我把凳子往前挪了挪，结衣的眼睛原来已经睁开，正盯着我，那双眼睛和在敦煌洞穴里楚楚可怜的不同，现在已经恢复了最开始冷冰冰的样子，只是我不确定自己猜得对不对，她的眼神里透着一股恨意、杀意，这里就我们两个人，她明显是冲着我来的。

　　"你醒了？"我极力放下戒备，轻声问了一句。

　　结衣依旧盯着我，把头微微倾斜，我分不清她是不是在点头回应我，接着她把头靠在床头的墙壁上，斜靠着扫了一眼自己被包扎得像木乃伊的断臂，冷哼了一下，道："这让你很失望？"

　　我莫名其妙地看着她，确定自己没有听错："你说什么？"

　　"哦，你还被蒙在鼓里。"她面无表情地看着我，"张国生那个老狐狸太狡猾了，找了那么多替死鬼，三十二年前绝境逃生的怀特博士都被他再次弄死，你说他到底想做什么？"

　　她说的话让我一头雾水，总感觉她话里有话，在暗示什么："麻烦你说清楚，什么替死鬼？"

　　"十多人的队伍只剩下我们两个人，这样你还不明白吗？"她显得有些不耐烦，又或者是阳光太强烈，翻身坐在床沿正对着我，整个过程行云流水，断臂的痛苦貌似根本就没有对她造成太大的影响。

　　她的这句话让我想起了什么，对，就在我落到蛇嘴里时，张国生同我说的那些话，说什么"找到我，然后把我带进来"，结合她现在的说法，难道说这一系列的事件都是冲着我来的？可为什么呢？再说活下来的并不只有我，不是还有她吗？她也没死，这又能说明什么呢？

我朝她看了一眼，明晃晃的阳光让我有些看不清她的脸，难道是张国生原本也想杀了她，只不过并不是她的对手？

"当时究竟发生了什么？"

我决定直截了当地问，医生和护士让我不要刺激她，明显是以为她和进来的时候截然不同，现在她和那时候完全换了个人，以为她患了什么心理病，他们不知道这其实这就是她原本的面目。我不知道在这之前结衣究竟经历了什么，我根本无法想象那种天差地别的状态是怎么形成的。

"张国生失败了，策划了三十二年的阴谋没想到遇到一个……顽固不化的容器，哈哈。"她似有深意地把头往我所在的方向移动了一下，欲言又止，盯了我好大一会儿，把头靠回去重新沐浴到阳光中，"然后……然后门开了……"她的语速蓦地加快，仿佛回忆起了什么恐怖的事情，一阵"咯咯"的声响从她身上传来。我赶紧站起来走到她面前，几秒钟的时间内结衣又重新变了副模样，瞳孔急速增大，眼神躲躲闪闪地看着我，"咯咯"的声响来自她正在打战的牙齿。

我吓了一跳，这是怎么回事？忙伸出手去扶在她的胳膊上问："怎么了？"

结衣的整个身子都在颤抖，再强烈的阳光现在好像都成了一道道极寒的冷气，将她的身子整个儿包裹在内。

我赶紧把被子拉过来裹在她的身上，心急如焚，这一突变让我措手不及，完全不知道该怎么办了。

"我看到了，我看到了……他回来了……来了……啊！我不想死，救救我，救救我，谁来救救我……"她凄厉的尖叫几乎要把我的耳膜刺穿了，声音阴森而又恐怖，让人不寒而栗。我一次次让她冷静下来，她的呼喊却一直没有停下，持续不断地重复着"他回来了"这四个字，喊了一会儿突然向我扑了过来。

结衣紧紧地抱着我，牙齿狠狠地咬在我的肩膀上，像个孩子似的哭了起来，我深吸了口气，心里乱糟糟的，伸出手去轻轻地拍打她的后背让她冷静下来。

医生听到声响破门而入，无论我们怎么说，她也不愿意从我身上下来。医生没有办法，给她打了一针大剂量的安定，几分钟后满脸泪痕的结衣再次陷入沉睡。

看着她那张有些扭曲的脸，我只觉自己好像做了个梦，这一切发生得太快、太突然，结衣之前还好好的，在回忆起黑门之后再次陷入混乱，我实在不敢想象当时究竟发生了什么事情。

医生埋怨我为什么不听他的话，还说我这样分明就是想害命，问我到底带着这个小姑娘来这里做什么。

我的脑子里乱得厉害，结衣之前说的话我还没能理清楚，又发生了这档子事，现在什么也不想说，只想好好地坐下来梳理一下到底发生了什么事情。

医生安顿好结衣，许是看我脸色有变，把我扶到他的办公室休息，给我倒了杯水，问："你们到底在荒漠里经历了什么？"

我低着头，心想：这根本就不关敦煌任何事！事情的起源在天山，和这里隔着一千多公里的天山！我他妈怎么知道自己怎么会出现在这儿？我就想知道当时到底发生了什么。为什么他们都死了就我和结衣活着？我就想知道张国生的这个任务到底想要做什么。现在所有的矛头都开始指向我。我他妈的到底是做了什么？为什么要盯上我？为什么要杀了那么多的人？谁来告诉我为什么？谁来给我解释一下这他妈的到底是怎么回事？

医生见我不愿意说话，让那个小护士把我扶回病房去休息。一路上我们什么话也没说，我也不愿意去搭理其他人，回病房之后躺下去就睡着了。

这一觉睡得很不安生，一直在做梦，醒来的时候却什么也想不起来，我又睡了一天，太阳刚好还是在昨天的位置，肚子里空空的想吃东西。

过了一会儿，那个护士推门进来了，看我躺在病床上，怯怯地说："我……我还以为你也走了呢。"

我一个激灵跳起来，她这话是什么意思？结衣走了？

她被我这举动吓得退了好几步，手里紧紧地拽着准备要新换的被子："你别过来！"

我赶紧摆了摆手，问："结衣去哪儿了？"

她看我没有恶意，把被子放下道："她不是走了吗？你怎么还在这儿？你们不是认识的吗？"

"走了多久？"我赶紧把鞋子穿好，准备追出去，她要是走了我该去哪儿找她？整个事件可能就此无解。

小护士摸了摸头道："也没多久，我上来的时候她还在楼下呢。"接着指着我身后的窗子："就这下面，你看看还在不在。"

我一步跳到窗子前，明晃晃的阳光折射在玻璃上，闪得我的眼前蓦地出现一片白光，我眯了眯眼睛往下一看，离我两层楼高的地方，一辆漆黑的SUV停在那儿，轰鸣的发动机扬起一阵阵灰尘。结衣坐在后排的座位上，刚好把头抬起来和我打了个照面，冷冰冰的眼神死死地盯着我，嘴巴微微张开，伸出食指指着我，无声地说道："我会回来找你的。"

又一阵更加大的轰鸣响起，汽车卷起漫天灰尘飞速驶离医院。

轰鸣声同样引爆了我心中的炸弹。我想也没想，撞开玻璃窗从二楼跳了下去，身后传来那个小护士的惊声尖叫，不过声音很快就消失了。

二十五　2000 年 1 月 8 日

　　两层楼的高度对于我来说原本是一点儿问题都没有的，但我忽视了自己已经好久没有运动过，加上在天山底部受了伤，还在半空中我就听到自己的骨头"咯咯"地响了起来，和往常一样落下去的话恐怕得断条腿。因此我赶紧蜷起身子，翻滚下地，背部撞到地上的时候还是让我疼得好一阵儿龇牙咧嘴，好歹没什么大问题，还能站起来。

　　载着结衣的车已经开出去很远一段路程，想追上去根本是不可能，除非这儿还有辆车，可一眼看过去，医院外边就几辆自行车，连摩托都没有。望着灰尘逐渐散去的远方，车子离我越来越远，我都快绝望了，带走结衣的肯定是怀特博士的人，可他们是怎么找到这儿来的？

　　我想起昨天结衣一开始是极其正常的，只是后面才开始发病，反应过来，肯定是她通过什么方法联络到了同伴，因此才会不辞而别。我确定没有看错她的口型，她说她会回来找我的，可要我等到什么时候？

　　小护士撒开两条腿朝我跑过来，问我有没有事，前前后后打量了我一番，确定没什么事后说："哎呀，我的妈，你要吓死我吗？"

我问："结衣离开之前有没有说什么？"她歪着脑袋想了想，说："她什么也没说，什么也没带，换了一身衣服就走了，连招呼都没和我打。"

我拍了拍身上的灰，转身回医院，走了几步又听到一阵轰鸣声朝我们所在的方向传过来。我以为是结衣回来了，赶紧转回头去，却只见一辆迷彩吉普车。结衣的那辆 SUV 车已经完全看不到了。我心里失望透顶，叫了小护士跟我一起回去。

走进医院大门，那辆迷彩的吉普刚好也在门口停稳，从中下来两个穿着便衣的人，东张西望瞄了一会儿，其中一个指着医院大门道："就是这里了，还真远。老大也真是的，让我们跑到这里来接人，他倒不来。"

另外一个接道："别整天整些有的没的，接到人咱就赶紧撤。"我听他这声音熟悉得很，想来想去想到了李存志，听声音还真有点儿像，可李存志已经死在深渊里了，不可能是他。虽说这么想，但我还是把头转了回去。

确实不是他，不过他们俩的体格一眼就看得出来是练过的，浑身的肌肉日积月累，根本藏不住。

那两个人也朝我看了过来，之前说话那人和同伴悄悄地说了句："会不会是他？"

另外那人点了点头，问站在我旁边的小护士道："小姑娘，你们这儿有没有一个当兵的来过？受了伤的。"

小护士侧着脑袋想了一会儿，说："当兵的？没有啊，你们找错地方了吧？"

说话那人盯着我，再道："他叫吴朔，有没有这个人？"

我一下子警觉起来，来者不善，这四个字莫名地出现在我的脑海当中。

小护士迷迷糊糊的，又想了一会儿，说："吴朔吗？没有啊，我看你们是真的找错……"她一拍脑门，"哎，等等！吴朔？"拉了拉我的手，"大哥，你就叫这名吧？"

　　我朝她点了点头，她立即欢天喜地地指着我，对那两个人说："有，有这人，你们找对地方了，就是他！"

　　那两人同时点了点头，其中一人转身拉开车门直截了当道："那就是你了，跟我们走一趟吧。"

　　"你们是？"我有些拿不定主意，这两个人是结衣那伙儿的还是张国生那伙儿的？毕竟知道我是当兵的，并且还知道我在这里的也就只有他们两个人，可结衣分明刚刚才走，要带走我的话我已经早走得没影了，难不成真的是张国生的人？那我还真是求之不得。

　　"张国生让你们来的？"没等他们回答我又接了一句。

　　那两人莫名其妙地看着我，其中一人把手伸进衣包，我以为他要拿武器，一大步跨到他面前，扭住他的手臂把他的手紧紧地按在衣包里，他也许是没想到我会这么快，吓了一跳，条件反射般把脚往我的裆部踢，我早料到他会出这么个阴招儿，身子稍稍一弯把力量全集中到脚上，一个侧踢正着他另一条腿的小腿肌肉。这种状况下他抬起来的腿是根本没有时间抬回去了，其实我就算轻轻地踢一脚他也会立即摔倒在地，这人虽然练过，但还是太嫩了。

　　在他腾空的瞬间，我反手扭住他的手腕，把他伸进衣包里的手整条地拉了出来，为了使自己的手不断，他只能单膝跪倒在我面前，而我完全能够轻而易举地扭断他的手。整个过程我都在注意着周围那人，不过他好像被吓蒙了？

　　"兄弟，兄弟，你误会了，咱们是同行啊！"说着另外那人把一块肩章递到我的面前，上面画有当地军区的标记，"有话好好说，先放了他。"

我赶紧松手，暗暗责备自己太过于敏感了，不过这俩兵找我做什么？

我把肩章递回给那人。他扶起同伴接着说道："我们是来接你回部队的，队长千叮咛万嘱咐让我们一定要找到你。"

等等，还是那个问题，他们怎么会知道我在这儿？

那俩兵看来也只是在执行任务，一问三不知。我心想：现在结衣已经走了，我也没必要再留在这里，他们突然找我，说不定和前不久的那个任务有关，于是回去换了身衣服就和他们一起离开了这家医院。

离开前我忽然想起结衣可能会回来找我，就把所在部队的信息告诉了那个小护士，告诉她那个日本女人回来找我的话，让她来这个地址找我，我会在那儿等着她。

小护士貌似巴不得我赶紧走，送瘟神似的一直把我送到医院门口，笑得像朵花，一直到我们开出去好长一段距离，后视镜里的她还没走，笑容还更灿烂了。

辗转到当地军区后，那两个人就离开了，我在部队的接待室里坐了整整一天，快天黑的时候那个被我打过的给我送来一张机票，让我回原部队去，而后又载着我往机场跑。路上我和他道了歉，到了机场后我们就分开了。

坐在回家的飞机上，我开始思考那几天的奇怪经历，去天山是那个突然出现的大佬面对面直接给我下的任务，如今从天山出来了，他们却能准确地知道我所在的位置，这让我不得不怀疑这一切都是上面捣的鬼，张国生说不定真的是在执行任务，否则事情发展到这一步似乎就有些说不通了。

可当初所经历的一切又让我产生了怀疑，我隐隐感觉到整个事件不可能会这么简单。但有一点我十分明确，无论如何我都要弄清楚这里面究竟是怎么一回事。我一定要替那些死去的兄弟们讨回公道。

下了飞机，原部队的一个战友来接我，我们的关系很好，又一起经历过很多次奇险的任务，所以我和他基本可以算是铁哥们儿的那种。他一见到我眼泪都快下来了，对我一阵嘘寒问暖，还说什么以为这辈子再也见不到我了。

我心里同样感慨良多，当年十几人的小队现在就剩下我们两个，一问，在我执行任务的这段时间他已经被划到其他小队里去了。

"老吴，你到底去哪儿了？兄弟我把部队大大小小的人全问到了，可是他们谁都不知道。兄弟我天天盼星星盼月亮就等着你回来，你说你怎么一去就去了这么长时间？"他单手握住方向盘，脑袋微微侧向我，"走也不和我说不一声，只要你老吴一句话，就算上边不同意，我孟南刀拼了命也得跟你去啊！"

一看到他我就想起那群死在天山的兄弟们，心里很不是滋味，说："南刀，我都不敢相信这段时期我究竟经历了什么……"我赶紧打住，和他在一起的时候两个人就跟拉家常似的，但他并不属于那次任务，这件事还是少些人知道的好，没没必要把不相关的人拉进来。

"哈哈，反正我活着回来了不是吗？"

孟南刀一直以来都很敏锐，他是我的补射手，合作了这么多年我在想什么他大概都能猜个七七八八，知道我不想说也不再去问，沉默了一会儿，又道："老吴，接下来有什么打算？"

打算？这我确实没想过，继续留下来当兵吗？可能不现实了，我还有很多事要去做。

"再说吧，走一步看一步。"

他听我说完，转回头朝我咧嘴一笑："挺好，真挺好的，无论你老吴做什么，兄弟我说什么都支持你。"而后又是一长段的沉默，他意识到我并不想说话，咽在肚子里的话好几次没说出来，想了半天，"阿杨来找过我，他想知道你去哪儿了，让我告诉你他要出国了，哈哈，都走了半个月了，我本想早点儿告诉你……"

"出国？"我吓了一跳，"为什么出国？这事儿都不和当爹的商量一下就走了？这孩子……"

这次轮到孟南刀打断我："说实在的，兄弟我说句不好听的，你这爹真没当好，你对阿杨的关爱太少了，自从嫂子离开之后我就发现你变了个人。"

我有些失魂落魄，忍不住叹了口气："他在那儿还好吗？"

"这事儿你放心，我经常和他通通话什么的，你知道部队里的电话反正又不出钱，他在那儿挺好，兄弟我办事你放心，那儿我还有亲戚呢，哈哈。"

感激的话本不用再说，我想说什么他都知道，但我还是决定谢谢他，话没出口就被他打了回去："别谢我，这么见外的事儿你都能说出来，那兄弟我可就无话可说了。话说你恐怕都不知道他现在念几年级了吧？"

我在心里盘算了一下："高中？"

"我滚你的老吴，你儿子现在都跑国外读大学了，还高中呢？我就说你这爹当得不称职，你还不愿意承认。"

"他大学学的什么？"

"地质学，以后可就是个地质学家了，给你老吴脸上贴金了吧？嘿嘿！"

地质学……

说话的空当儿，我们已经到部队门口了，往里开的时候我突然想起一件事，问道："谁让你来接我的？"

　　"老A啊，本来他今早还让我接到你后就立刻送到他那儿去，我出来的时候他好像有事去哪儿开会去了。"孟南刀漫不经心地答道。

　　老A？对于那次任务他会不会知情？孟南刀说他明天可能就回来了，到时候再去找他，今晚就先去他那儿凑合一宿。我们到食堂里随便吃了点儿东西对付下肚子就到他那儿睡觉去了，说了几乎一晚上的话，但只不过都是些无关紧要的事，关于任务我一句话都没再提。

　　第二天一大早，孟南刀早早地出去了，说临时有任务，让我直接找老A去，还让我千万要等他回来。

　　走在部队的训练场上，看着一批又一批冲下来早操的兵，那种熟悉的感觉一下子就回来了。我二十多岁就当了兵，这里早就已经成了我的家，有些情感注定都有一个特定的归宿，但现在还属于我的吗？我低头看了一眼这身军装，脑子乱成一片，怎么也弄不明白了。

　　我没敢再多做逗留，否则不知道又要发出多少感慨，加快脚步穿过训练场往老A的办公室走去。

　　老A是我的老队长，现在已经升职坐办公室了，我是他一手调教出来的兵，论感情深，除了一次次陪我出生入死的孟南刀，整个部队也就只有他了。如今我只希望他能给我带来一些答案，带领我冲破那些枷锁。

　　老A的办公室在顶楼，远远地，我就听到他在楼上叫我："吴朔，上来上来，跑步前进，快快快！别像个娘儿们！"

　　我抬起头对着他笑了笑，加快脚步跑了上去。

　　老A一见我就跟见着家里的新媳妇儿一样，边点头边笑得合不拢嘴，好像很满意的样子："好你个吴朔，老子还以为你死了！"

我讪讪地笑了笑，说起来之前给他惹得那个麻烦事也不知道过没过去。

"别顾着笑啊，快坐快坐，你个兔崽子。"他笑起来两只眼睛都快看不到了，他的脸上有块疤，从头皮一直到上嘴唇，不知道是什么时候落下的，他不愿意说。

"怎么样？想通了没？"从进来到现在一直都是他在说话，"想通了明天就走，我给你弄机票，坐飞机过去。"

我很奇怪："去哪儿？"

他很夸张地把眉头皱起来："嘿，孟南刀那小子，他没和你说？"

我摇了摇头，问道："这会儿又要把我送哪儿去了？"说完我就后悔了，这句话听上去怪怪的，但我根本没有一丁点儿埋怨他的意思。

老 A 拍了拍我的肩膀道："说什么呢，弄成是我故意要把你支开似的，这次……这次好去处！我求爷爷告奶奶才帮你争取到的，你听听啊！"他边说边伸出手指算，"福利好，不辛苦，伙食好，这三样要是放我身上，那我二话不说，立刻领命接旨，起身就走，不用考虑了，去吧去吧！离这儿也不远，你还能经常回来看看。"他咂了咂嘴，两只眼睛仿佛是在央求般看着我，等我回答。

我大概已经明白，因为任务之前发生的那件事，这里我已经留不下去了，老 A 动用了所有的关系让我留下来，最后只能做出让步，可以留下，但不是在这里。

我摇了摇头，他一下子急眼了，骂骂咧咧道："好你个吴朔，老子还没说去哪儿你就拒绝，我也想你留在这儿，可你自己想想还有这可能吗？"

他反应过来："你这兔崽子不会是不想干了吧？我劝你趁早打消这个念头啊，除了当兵你还会干啥？你和我说说你还会干啥？"

我不知道该说什么，老 A 说的这个原来就是上面所说的"将功补过"，可那几个死在天山的弟兄呢？他们的机会在哪儿？

"队长，我就想问你点儿事。"我决定试试看，说不定他真的知道什么。

老 A 急得团团转，不停地踱步转圈："别问别问，我说就行，云南西双版纳武警支队教官，平时就拉拉练、跑跑步，任务都不用去执行，够清闲了吧？赶紧去，少在这儿碍老子的眼。"

我深吸了几口气，吐出两个字来："天山……"没等我说完，他突然凝起脸指着我："打住打住，我说你吴朔是不是非得这么钻牛角尖？前次的雨林任务也是，你怎么会有那么多花花肠子？啊？消停一会儿，行不行？我就问你行不行？"

"和那次不同，这次任务不明不白死了那么多人，我这条命还是捡回来的！我不甘心啊队长，如果你知道什么……"

"你认为我会知道吗？我敢知道吗？你说我敢吗？什么事儿都有它的规则，事情过去就算过去了，别整天想着，就不怕想出毛病来？决定了，今晚就走，我让南刀送你。"他确实急了，一个劲儿地摸身上的烟。

我把头深深地埋在胸口，我确实是想多了，当所有的线索都断裂的时候，我把一些答案强加在了并不相关的人身上，那个亲自给我下命令的大佬级别比老 A 高得多，老 A 没有说谎，他是不可能知道的，那我现在该怎么办？接下来的路又该怎么走？

老 A 往嘴里塞了两根烟，一起点燃了，把其中一根递给我，轻声道："去吧，总得安静下来才能找到你想要的答案，像现在这样满世界乱转什么都得不到。"

我把烟塞到嘴里，狠狠地吸了一口，点了点头说："那就明天再走，想在这多待会儿，我求你帮我查几个人。"

老 A 见我同意了，两只眼珠子又笑得没影儿了，听到我后面的话狠狠心答应了下来，给我一张纸让我把名字写下来。

我紧握着笔，手心不断出汗。李存志、杨董、多吉、陆飞、张……写完"张"字我立刻又画掉了，这只是徒劳，张国生的身份老 A 肯定是查不到的。

写完后我再三确认了一下，老 A 让我午饭等他一起吃，他还有点儿事要处理。我点头准备推门出去，突然听到他叫了一声："等等！陆飞……哦，对了，你明天去云南之后，就去见一下 ×× 军区 ×× 部队的队长，你可能不记得他，那次雨林任务，那些雇佣兵把他的队伍打散了，后来知道你帮他报了仇，非得要见你一面。哎？他好像就叫这名儿——"

"陆飞！"

这个消息如同黑暗中突然出现的一盏明灯，我哪还有心思留下来吃饭。老 A 替我买了前往陆飞所在部队地区的机票。他似乎猜到了什么，并没有多留我，给了我一部手机，说等查到了就给我电话，还说会替我和孟南刀知会一声。

半小时后我就坐上了飞机，从这里到云南只需要一个多小时，到陆飞所在的部队还得重新转车，下午六七点的时候就能到达。

坐在飞机上，我整个人都处于极度兴奋的状态。陆飞出现得太奇怪，事实上我对陆飞的真实身份并不抱以很大的希望。我有一种预感，这次去见到的陆飞恐怕根本就不是那个和我一起走进天山的陆飞。这个消息之于我更像一根救命的稻草，一团乱糟糟的线团突然伸出来的唯一一根线头，巨大的未知笼罩着我，就算只有一丁点儿光亮我也会牢牢抓住它。

下了飞机我就往陆飞所在的部队赶，一月份的云南还带着凉意，不知道是不是刚下过雨的缘故。五个小时后我站在了陆飞所在部队的大门前，老 A 提前跟他知会过，得知我要来，他两个小时前就在门口等着我，相互确定了身份之后，我彻底失望了，这个人并不是陆飞。不，我的意思是他并不是我想要找的那个人。

到现在我已经能够确定当初张国生和结衣所说的那些话，这次任务很有可能真的是冲着我来的。

我见到他后本想寒暄一下就离开，可他说什么也不让我走，非得请我吃饭。吃饭的过程中他同我讲了那个假陆飞曾经和我说过的故事。两个故事一模一样，只是少了吃花生的情节。我们俩喝了点儿酒，喝到后面这个两米多高的汉子哭得眼泪鼻涕流了满脸。他说雨林任务之后他再也没有睡过一天好觉，眼睛一闭起来那些战友就会一个接一个地出现在他的面前，那一张张血肉模糊的脸让他一次次惊醒，脑子里全是他们痛苦的哀号和漫天遍野的枪响。

他总说如果再给他一次机会他也不活了，和他们一起死在雨林或许会让他好受一些，不像现在每天都跟行尸走肉一般苟活。

看着他撕心裂肺的样子，我心如刀割，其实在他们之后我们的雨林任务也并非一帆风顺，后来又经历了天山任务，我也有太多的问题想问，有太多的牢骚想发，有太多被压抑的感情想要发泄，但我不能说，再这样毫无眉目地活下去，我想用不了多久我非疯了不可。

那天晚上我们俩喝了多少酒我已经完全记不清了。陆飞给我找了个招待所住下，我们俩裹着衣服睡了一晚。第二天起来他问我有什么打算，我把要去当教官的事和他说了，他有些高兴，说会再来找我喝酒。

之后我重新坐上回西双版纳的车，在市中心的边防支队报到，正式开始了教官的生涯。老 A 说得没错，在这里确实闲得多，和其他地方不同。这里的高温实在太吓人，春节前本该寒冷的气候这里完全反了一道，每天睡觉都能给我睡出一身汗来，早上起来床单上就是一个潮湿的人形。

也因为这样，这里的训练强度根本比不上我之前所在的部队。不过说起来，这里只是一个边防支队，而我在这里也只是一个普普通通的武警教官。

每天大清早起来，趁着太阳还没出来的空当儿，我就带着一干兄弟们拉练，等到日头上来就休息一会儿，傍晚日落的时候再来一次，如此循环反复。

日子一天天过去，我的心也跟着逐渐平静下来，直到二月初老 A 给我打了个电话。我让他帮我查的那些名单已经查出来了，全国上下所有军区部队均没有他们任何一个人的资料，存在着重名，但经过我的排除没有任何一个人符合我要查找的条件。这就说明了一个问题，这次所谓的天山行动完完全全就是一个阴谋，他们确实是冲着我来的。无论我再怎么质疑，当事实摆在眼前，说什么都是徒劳。

当然还有另一种可能，在他们死后，所有属于他们的资料都被清除得一干二净。

在这两个答案面前，我不知道该如何抉择。痛苦与迷茫围困着我，我已经不知道该怎么办。

之后千禧年的春节到来，这一世纪之春来得气势汹汹，满街满巷热闹得比过年还像过年。支队里边许多人回去过春节了，孟南刀之前说要过来找我，后来有任务就此作罢。他让我给我儿子打个电话，好歹也是过节，我好几次拿起电话就是不敢按下孟南刀给我的那一串号码，我不知道该说点儿什么，我和他之间的隔阂在我看来已经到了不可调和的阶段，如果能够缓解，几年前就已经解决了。反正就那样吧，做一个称职的父亲？于我，于我儿子，都太迟了。

大家该回家的回家，支队里一下子冷清了下来。这几天刚好放假，那些小兵天天往城里跑，不过在这样的日子里确实也没什么好说的。他们也许是看我太过于无聊冷清，约我出去吃烧烤，我想着也没什么事，早听说西双版纳的烧烤是一味不可多得的美食，来了这么久也没尝过，索性答应了下来。

　　这里由于天气的缘故，白天基本是看不到人的，一到晚上大街小巷全是烧烤摊。这时候，困了一整天的人们就开始出动了，吃烧烤、喝啤酒、打台球，一直持续到凌晨，因此这个城市也有另外一个名字——黎明之城。

　　他们经常出来吃、出来玩，自然知道哪里好吃又好玩，我就跟着他们在西双版纳凉爽的夜晚，光着膀子划拳、喝酒、吃烧烤。等到所有人都心满意足，时间已经是午夜。我看时间也不早了，就让他们注意安全继续玩着，我先回去了。这群年轻的小伙子哪肯，好像要把平日里受过的苦难全倒回给我，非逼着我喝下两瓶啤酒才肯放我。我的酒量本来就不怎么好，这两瓶喝完脚底开始飘了起来，不过也没醉到神志不清的程度，还能回去。

　　见我要走，其中一个小兵突然想起什么事来，让我等一下，说今早收到一封我的信，出去玩给忘了，现在才想起来交给我。

　　我接过信封迷迷糊糊地看了一眼，是从原部队转寄过来的，原寄信点是一个叫什么海洋学院的地方。

　　酒喝得有点儿多，我也没多想就把信封给拆了，里面有一张挺厚的信笺纸，纸上只写了几个字，可也就因为那几个字，我的小兵们亲眼看着我撞翻了这家摆在路边的烧烤摊，烧红的炭火差点儿把我的衣服给点着了。

　　我的头皮整个都在发麻，一屁股坐在地上，又看了一遍信笺纸上的内容，上面写着——

　　"别去！张国生欺骗了你！"

加上标点符号总共 11 个字。落款"周凌波"，书写时间"2000 年 1 月 8 日"。

　　这个时间刚好是我从大雨林回到部队，接到天山任务的前一天。

　　至于这个"周凌波"的名字，自第一眼看到，我的眼睛就再也移不开了。

二十六　局中局

"各位同学，你们好，我是周凌波，我知道今天来听讲座的都是寒假没有回去的，也有许多同学并非本校学生，欢迎大家到来，希望本次讲座能给你们带来一次难忘的海洋之旅。"

我朝四周扫看了一眼，这个大得出奇的礼堂起码能够容纳一千人，如今所有的座位都已经被坐满。

来之前我调查了一下，这个叫周凌波的是这个海洋学院最资深的教授之一，并且还是国内很多知名大学的海洋学名誉教授，七十多岁，荣誉、著作等身，获奖无数，是一位名副其实的大学者。

我低头看了一眼从这里寄到原部队，再转寄到云南的信，这封信就是他寄给我的。周凌波……李申给我讲的一系列故事当中，周凌波这个名字出现的次数太多了，在李申的口中，他是五十二年前"御龙行动"的主要负责人，这个在后来突然出现的沈静口中得到了证实。李申长久以来都认为周凌波就是带队进入天山的张国生，不过如今站在讲座上的这个人并不是他。

"说到海洋，那么就离不开一个概念，在我们所生活的地球上海洋的面积有多大？"周凌波饶有兴致地看了一眼面前黑压压的人群，他的脸饱经沧桑，两鬓以及下巴上的胡须呈现出胡椒粉一般的灰白色，脑袋上的发际线稍稍靠向后脑，露出宽大的前额，这副模样看上去比实际年龄要老，到处显露着岁月的痕迹，"哪位同学能解答一下？"

问题一出人群开始窃窃私语，不少人开始举手，周凌波选了一位离他最近的，笑眯眯地看着他："这位同学请回答。"

"3.6亿平方千米，教授，这个答案我高中时候就知道啦！"

周凌波满意地点了点头，让他坐下，接道："没错，我相信这里百分之九十五的同学都知道答案，不过正如知识是无止境的，海洋同样也是无止境的，经过科学估算，在这3.6亿平方千米的海洋面积中，百分之五的面积是已确定的，而其他百分之九十五——"他顿了顿，"——仍是一个谜。什么意思呢？3.6亿平方千米的海洋，人类只了解它的一小部分，管中窥豹尚可见其一斑，人类对海洋的了解却连一斑都比不上，海洋比我们想象中的要神秘得多。"

说完这些，他再次往台下看，最后向我所在的方位微微地笑了一下。

我忍不住怔了一下，想起当时在天山底部见识到的那些壁画，壁画上根本就没有陆地的概念，到处都是海洋，那些手脚长蹼的双头人以及高耸在海中的千眼怪物，还有前往天山底部时所见识到的那一片望不到边际的海域，说不上为什么，我感觉到他的这些话和我所经历的有着什么联系。

"说完海洋的面积，现在我们来了解一下海洋的深度，谁知道海洋有多深？"

这次人群没有之前那般躁动，过了一会儿只有两三个人举手，周凌波选了其中一位。

"教授，海洋的平均深度为 3795 米，不过这个数值还在不断变化，因为海洋最深的位置现在还无法确定。"

周凌波对此回答很满意，让他坐下，接着说："这位同学说的没错，海洋比我们想象中要深得多，就现在所知道的深度，把地球上所有的陆地拿来填补海洋的最深处，那么整个地球都将沉没在海洋三千米深的地方，什么概念？那些科学家说得没错啊！地球其实完完全全就一个水球！所有的陆地、岛屿，一切高出水面的事物都只是幸运的产物，逃过了轻而易举就会被淹没的噩梦！"说完周凌波紧接着在墙壁屏幕上打开了一张图片，地球被模拟成一颗表面完全被水淹没的球体，所有的陆地挤成一团放置在球体中央。全场顿时一片哗然，包括我。

这张图片让我再一次想起天山下的那片绿色水域，太像了，深藏在无穷海洋下的陆地，幽闭、沉寂，这种感觉大概只有亲历过才能真切体会。

"那么既然要探讨海洋的深度，无论我在台上讲出多么长的一串数字，相信也不会给大家带来一个直观的概念。所以，让我们层层递进地来，从一百米开始。"他按了一下屏幕的按钮，屏幕上呈现出一个正在自由潜水的人，"一百米的深度就已经足以要了一个人的命，不过世间总有那么几个独特的人，人类迄今为止靠着自己的肺下潜到的最深距离为两百米，一般在这种深度的水压下，人类肺里的气早已经被挤压空了。三百米，这个世界纪录由一个外国人创造，当然他是一名水肺潜水的资深运动员，请大家记住这个距离，三百米，现目前人类所能下潜的最深世界纪录。"

"五百米，这个深度是地球上最大的生物蓝鲸所能下潜的最深深度，这里水压的压强相当于一头成年的耕牛将整个身体压到你的大拇指上，不用说，人类想到这里来，凭着肉体凡胎根本不可能。"

"深度乘以二，一千米，这里的水域永远都是黑暗的，水面上的阳光已经无法照射到这里。再往下，一千米乘以二，两千米，按照常理来说此处的巨大水压是不可能容得下生物生存的，不过……"他再次按动按钮，屏幕上出现一只长得奇形怪状的鱼，鱼头上长着一个触角，"这种鱼叫作奇棘鱼，听起来像不像'奇迹'？它的触角顶端位置能够发光，让它能够在黑暗的水域中觅食。"

"请注意，现在我们已经到达两千米，比人类的下潜世界纪录足足深一千七百米！"

听到这里现场逐渐开始窃窃私语，我则在想当时我们所处的天山底部是否达到了两千米？

周凌波摆了摆手让大家安静，咳了一声："让我们接着往下，二千二百五十米，这里是抹香鲸和巨乌贼所能下潜的最深深度。抹香鲸，大家都是学海洋学的，应该不会陌生，巨大的头部，成年抹香鲸的体重大概能到五十吨。"紧接着他把抹香鲸的图片展示在大屏上，指着那头巨鲸头部满布的伤痕道："这些伤疤和吸盘印就是它和巨乌贼在二千二百五十米的水下打斗所留下的。巨乌贼作为乌贼类的巨无霸，身长能够长到十四米左右，体重一吨不到，那么它是怎么和体重有它数十倍的抹香鲸打斗，并且还不落下风的呢？请大家看大屏幕，这就是巨乌贼。"

漆黑的海域中一只红褐色的巨大乌贼拉长身子，两颗硕大的眼球子半睁半闭，透着一股死气，数十根粗壮的触手比尖尖的头部要长，上面布满的是密密麻麻的吸盘，还有镰刀似的倒刺。我一下子想起了天山下那只怪物的残骸，巨乌贼数以万计的吸盘像极了壁画中的千眼怪物，难道那个怪物其实就是一条巨乌贼？

我仔细一想，又很快否定了，不可能，那个怪物比巨乌贼大多了，十四米的长度在当时的那种状态下我肯定能够看到它的全貌，可事实是在那个怪物面前我甚至连它大体的轮廓都无法确定，具体的样子还是通过壁画才知道的。

可不管怎么样，这只巨乌贼的出现着实惊人，现场一改之前的喧闹，现在已经足够安静。

周凌波继续说道："巨乌贼的首次出现使人类产生了极大的恐慌，它一度被认为是传说中的生物，在外国神话中它们代表着毁灭的海妖。到这里我们可以发现，随着海洋深度不断往下，一些恐怖的生物开始出现，他们躲藏在暗无天日的黑暗海域，这里是人类永不可能到达的地域，除非借由其他力量，比如科技，或者另一种说不清道不明的神秘力量……"他顿了顿，又朝我所在的方向看来，笑了笑，"让我们接着往下。"

他这是什么意思？

"前年热映的《泰坦尼克号》大家可能都看过，真实的泰坦尼克号豪华巨轮于1912年触冰川沉没，从两千二百五十米的深海接着下潜，三千八百米！这里就是泰坦尼克号的沉没深度。再往下两百米，到达四千米深海带，这里的生物大概能被称为外星生物了，大家看一下。"

大屏上出现了几条奇形怪状的鱼，确实是奇形怪状，我还从没见过这么丑的生物，好像一块块扭曲的海绵。

"这些鱼可能每天都在想——反正别人也看不到，也就随便瞎长长好了，哈哈，教授你说是不是啊？"有人起哄喊了一声，可现场附和的没几个，其余的大多都睁大了眼睛。

深度还在不断下降，到这里现场的气氛开始变得有些沉闷，对于这一未知领域的突然解密，大部分人心里的感觉恐怕除了无穷的震惊，其他的就只剩下畏惧了。

周凌波笑了笑，我以为讲座到这里就要结束了，这都已经下潜到四千米，恐怕已经到最深处了吧？没想到周凌波的嘴又开始动了起来，深海冒险还在继续。

"六千米！这里被称为超深渊带，水压大概是将五十台客机压到一个人的身上，也就是说在这个深度，人会立刻粉碎！这里依旧有生命存在。"

待他说完"粉碎"这两个字，我的脑袋里立刻闪过杨董灰飞烟灭的场景，只在一瞬间，一个个完完整整的人就此消失，这大概就是粉碎的含义吧。只是我现在还弄不清楚杨董突然粉碎的原因所在，难不成是周凌波讲的水压？可当时我们那么多人为什么没事？难道是那个圆轮装置搞的鬼？

"现在到一万米，地球最高峰珠穆朗玛峰的高度为八千八百四十四米，也就是说甚至可以把珠穆朗玛峰整个装进海洋当中，并且完完全全装得下！一万零九百九十四米，这里就是现目前已知的海洋底部，让我们回过头看一下，人类水肺潜水的世界纪录为三百米，从一千米开始，海域当中完全没有光线能够射入，两千米，一些奇怪的生物开始出现，往下一直数，一直数，一直数到一万零九百九十四米，你们能够想象吗？海洋的底部究竟隐藏着什么，还有多多少少的生物没被人类发现，你们敢想象吗？"周凌波一脸严肃地看着早已呆若木鸡的我们，"结合我最开始和你们讲的那些，几乎可以肯定的是，有比一万零九百九十四米还要更深的地方，只不过尚未被发现而已。海洋深处到底埋藏着多少神秘？这个世界究竟还有多少未知等待着我们去发掘？希望本次讲座之后大家能够抽空儿想一想。以上就是本次讲座的内容，谢谢大家，谢谢。"

说完这些话，周凌波朝在座的所有人深深地鞠了个躬，现场立刻响起了雷鸣般的掌声，浪潮一般经久不息。

周凌波一再点头，收起桌子上的东西转身就要离开；我赶紧站起身追了上去。

好不容易出了礼堂的门，还好周凌波没走远，一群学生正围着他问问题。周凌波看上去书生气味很浓，谈吐不凡，是那种走在大街上就能让人一眼看出来是个知识分子的人，很难想象他曾经和我一样，都进入过诡异的天山底部。至于他到底是好是坏，或许等一会儿就会有答案了。

我站在不远处等那些学生离开，眼睛一直盯着周凌波。李申肯定是弄错了，或许是哪个环节出现了问题，这个人根本就不是张国生，除非这个周凌波也是假的，可这样说的话那封信就无法解释了。

过了一会儿，围着他的人渐渐少了，我正准备上前去打声招呼，却见周凌波朝我看了过来，笑着微微点头，轻声地朝我喊了一句："吴朔，你等我一下，这里马上就好。"

我立刻僵住，以为自己听错了，怎么回事？他竟然认识我！

再过了几分钟，他辞别最后一个学生朝我走了过来，脸上始终带着笑容，走到我旁边："走，去我办公室谈，这里人多。"说完绕过我在前带路。

我心里困惑无比，跟在后面一直在打量他。这个身高将近一米八的老人挺直了腰板好像一棵松树，在行走的过程中不断有人向他问好，尊称一声"周教授"，他总会慈眉善目地微微弯腰示意。

等等，那是什么？

我注意到他的后背靠近脖颈的这个位置有一道红色的丝状疤痕，一弯腰，原来疤痕不止一道，数条交错在一起，就像蜘蛛丝似的。我知道不仅是这个位置，他的后背一定满是这种疤痕，因为我的后背也有，张国生之前还问过我。面前的周凌波和我一样患上了同一种不疼不痒的皮炎，并且从那些疤痕的鲜艳程度和数量来说，最近这里的天气一定发生了很大的变化。

　　周凌波带着我起码绕行了半个校园，这么大的校园学生们一般都会骑自行车上下课，他的身体倒还挺好。

　　走了老半天，终于在一栋老楼房面前停下。这栋楼房并不是很高，只有五层，但很旧，墙壁都已经发黑，有些地方还长着霉斑，看上去好像只要稍稍用力推上一把，整栋楼便会轰然倒塌。周凌波仍旧什么不说，带着我走了进去，然后走楼梯，一直走到五楼。期间我没有见到任何一个人，也没有听到有人交谈的声音。这里难道不是办公楼吗？对了，最近寒假还没放完，可能那些老师都还没回来吧。

　　周凌波的办公室在五楼的最里边，那只是一间非常小的屋子，火柴盒一样，腐朽的木门漆掉得差不多了，还会"咯吱咯吱"地响。屋子里一把靠椅，两把会客椅，一张桌子，一个摆满了资料的书架，斑驳的墙壁上还贴着一张巨幅的世界海洋地图，就这么简单。

　　周凌波走进屋子伸了个懒腰，招呼我在会客椅上坐下，问我要不要喝点儿什么，他这里有很多茶，说完也不等我回答，自顾自地走到书架面前背对着我找茶叶。

　　"这么说你已经从那儿回来了？"

　　终于来到正题了，我说："是。"说着把信拿了出来，问他这是怎么回事。他为什么知道张国生会来找我？还有，为什么要阻止我？他又是怎么认识我的？

　　周凌波的肩膀轻轻耸动，笑了起来。

　　"你这问题跟连珠炮似的，我都不知道该从哪个问题开始回答。"

　　我想了想，说："那就从五十二年前的'御龙行动'开始说起好了。"

　　"怦"的一声，周凌波手中的茶杯掉到了地上，装好的茶叶全撒到了地上。

"张国生连这些都告诉你了？"他一直没有面对我，弯着腰在那儿捡茶叶。

"不，张国生什么都没有和我说过，是沈静告诉我的。"李申在这一事件当中不过只是偶然闯进来的局外人，在这里提他根本没有意义。

周凌波在听到"沈静"这个名字后，捡茶叶的手突然停顿了一下，而后把捡了一部分的茶叶扔回到杯子里，重新站了起来，仍旧背对着我。

"看来你知道的比我认为的还要多，等我一下。"他侧过身子，提起桌子旁边的水壶往两个茶杯里加水，一股浓郁的茶香随着袅袅青烟直往我的鼻孔里转。泡好茶水，他终于朝我转了过来，把那杯茶叶没掉过的水递给我，说："铁观音，不知道喝不喝得习惯。"说完朝我笑了一下，笑容和在讲座室里时是一模一样的，里面没有夹杂其他的情感，好像在他面前我只不过是一个寻常的学生。

"那个任务比你想象的要复杂得多，就和波澜壮阔的海洋一样。感谢你能来听我的讲座。"他端起茶杯喝了一口，走到靠椅前坐定，盯着我，"或许这就是命运，刚从天山回来的你恰好听到了那些内容，我相信你已经联想到它们之间的关系了，我说得对吗？"

他说得对，讲座上他所讲的那些内容，让我好几次回想起在天山底部所遇到的那些离奇事件，这里面肯定有联系，只是或许我比较笨，并没有如他所说的已经联想到这两者之间的关系。

"当年的'御龙任务'到底是什么，能和我说一下吗？"

周凌波又喝了口茶，两只眼睛毫无波澜地盯着我："有必要吗？你现在最想知道的应该是张国生到底向你隐瞒了什么吧？"

我本想通过他曾亲历过的"御龙行动"了解更多，好推测张国生的秘密，没想到他会如此直截了当，可令我没想到的是他很快又把话题给岔开了。

"你会不会奇怪，我一个钻研海洋学的人，怎么会莫名其妙就跑天山去了？"

我摇了摇头，说："不奇怪。"除非我没有见识到天山底部的那大片海域以及甬道里的那些壁画。我发现他一直在敷衍我，我们说了这么长时间的话，每次一到关键时刻他就会立刻用另一个问题勾引起我的好奇心，然后又不解答，紧接着又是另一个问题，他分明什么都不想告诉我。

"吴朔你不要着急，所有的答案总有那么一天会彻底拨云见日，关键是现在的你根本就不知道自己想得到什么。我本不想让你参与进来，这里面太复杂了，可是张国生的动作太快了，我没想到这么多年过去了，他竟然都没有放弃，这次还找到了……你。"

我？

我受不了了，周凌波到底想干什么？我有些生气，站起来走到窗子边，刚才站在楼房下从下往上看这里并没有多高，可从窗子看下去，这里离地面仿佛有十几层楼那么高的距离，整个校园都能映入眼帘。

"周教授，请你不要再拐弯抹角了，你知道我为什么会来找你。求你把所知道的都告诉我！进天山之前我们的队伍有十多人，可现在活下来的没几个，其他人都死了！这一切都因为张国生，他欺骗了我们所有的人，我必须弄清楚这里面究竟是怎么一回事。"

周凌波摇摇头，苦笑了一下，准备说话，就在这时，桌子上的电话突然响了起来，他略带歉意地朝我点了点头，接起了电话。

这通电话只持续了半分钟，周凌波从拿起电话到挂断一句话也没说过，挂掉电话之后他的脸上闪过一丝震惊的奇怪表情，随后立刻恢复了正常，问我是否可以下午再来，他有一通私人电话需要单独交谈，下午会在这里等我过来。

我有些奇怪，担心会发生什么意外，表明自己会在楼下等他打完电话，到时候在窗子边叫我一声就可以了。

周凌波答应了下来，送我出去后重新关紧了屋门。当时我们交谈的时候门只不过虚掩着，这通电话看来非同小可。

下了楼我没敢走远，就在楼下望得到他办公室的地方站着，附近一个人都没有。抬起头，只见周凌波倚靠在窗子旁也正看着我，他的眼神很奇怪，之前还神采奕奕，如今一点儿生气都没有，我们对视了不到十秒钟他就转身离开了。

在楼下站了半个多小时，我无数次往五楼看，周凌波再也没有出现，一股很不安的气息一下子冲进我的脑袋里，无论如何也等不下去了。

我准备重新上楼，前脚刚迈出，楼梯口突然传来一阵脚步声，过了一会儿，一个裹得严严实实、头上戴了顶鸭舌帽的胖子从里面走了出来。他的头压得很低，看不清脸，走到我面前的时候一股浓烈的花生香味传了过来。我心里一紧，那胖子在这时把头抬了起来，和我打了个照面，就在我伸出手去抓他的瞬间，他迎面狠狠地撞了我一下，而后绕开我急速往前跑去。

我立刻追了上去，怎么可能会看错，那胖子就是陆飞！

可他为什么会出现在这里？

二十七　继续无解

陆飞的突然出现是我完全没有意料到的，他来这里做什么？不用说就是来找周凌波的，他们之间难道有什么关系？

在前狂奔的陆飞并没有因为肥胖的身子而落下风。我看见他边跑还在边往嘴里递花生。我和他一直隔着一段不小的距离。我已经用尽全力去追他，可根本就追不上他。

我们沿着之前我和周凌波走过的路一直在跑，只要他还在跑，我就会一直追下去。他既然出现了，那么今天无论如何也要从他嘴里挖出点儿什么来。

我一直追着他到周凌波做讲座的那间礼堂附近，陆飞貌似体力开始有些支撑不住，速度慢了许多。我赶紧加快速度，就在我们之间的距离越来越近的时候，他突然转了个弯儿，一头扎进礼堂里去了。那里的空间很大，加上全是阶梯，追起来会很费劲儿，要是让他跑了，说不定就再也没有机会了。

讲座结束后，礼堂里已经人去楼空。追到门口时我留了个心眼儿，陆飞不是笨蛋，知道再跑下去他根本就不是我的对手，可能会在礼堂的某个地方伏击我，因此跑到门口我就停了下来，往里看，灯已经被关了，里面黑漆漆的，一点儿动静都没有，陆飞肯定躲在了某个地方，我得小心一些。

走进礼堂，我发现了另一个问题，灯的开关并不在这儿，而是在控制室。在这样的环境之下想找出一个人，关键是那个人明显在刻意地躲着我，那就很麻烦了。

我决定试探一下。

"陆飞，不，你根本就不是陆飞，你到底是谁？"我边走边喊，同时竖起耳朵注意听周围的动静，一有风吹草动就立刻出手，可叫了几次一点儿反应都没有，除了我的声音，这里死一般的沉寂看。我在想：陆飞会不会已经从上面的出口离开了？

就在这时，头顶的大灯突然闪了一下，亮光稍纵即逝，紧接着布置在礼堂四面八方的喇叭开始响了起来，是陆飞的声音。

"嗯——咳——喂——听得到吗？听得到吗？"

他在控制室！可控制室在哪儿？我立刻转头去看，里面黑漆漆的，还是什么都看不到。

"原来听得到，老K别看了，你找不到我的，因为我——无处不在，哈哈。"

他的话还是那么不正经，不过我已经对此没有一丁点儿感觉，这家伙骗了我一路，并且还能把真陆飞的事放在自己身上来说，李存志死的时候哭得跟真的似的，实在假得可以。我压根儿就不知道真正他是什么样子的。

"本想在你东张西望的时候把灯全打开来一个闪亮登场，想想还是算了，你老K太鸡贼，到时候发现我就大大的不妙了。"

"你来这里做什么？张国生呢？难不成你是他的走狗？"当时敲昏我的必定就是他，而后他和张国生一起离开了。

陆飞没有立刻回答我，安静了半分钟，莫名其妙地叹了口气，道："你根本什么都不知道。"

我已经出离愤怒了："什么都不知道，这就是你和张国生害死那么多人的理由？他们到底想干什么？"

"老K，现在和你说什么你也不会相信，我们一直想帮助你寻找真相，但我们失败了，真相需要你自己去寻找。"

他这句话说得莫名其妙，好像一个长者在同孩子说话一般。

"别再花言巧语，你们已经骗得我够多的了，等着吧，我会亲自抓住你和张国生，你们犯下的罪一定会让你们自食恶果。"

陆飞嚼花生的声音由音响传了出来。他似乎并不在意我说的这些，边嚼边说："不用你来抓，日后我们还会见面的，只要这件事还在继续，我们还会继续纠缠下去，现在你明白了吗？"他加重了语气，"不要再试图寻找什么所谓的答案，把它交给时间，现在还没到它公之于众的时候，明白了吗？"

"恰恰相反，让我来亲自告诉你，这件事没完！没完！转告张国生，我会来找你们的，好好等着吧。"

"没有我们，你什么都不是。"陆飞含糊不清地说了一句，把花生全咽到了肚子里。

我以为自己听错了，刚想再说一句，陆飞紧接着又说话了："就先这样吧，老K，期待我们的下次见面，我走了。"他忽然想起什么，又接了一句，"快回去看看周凌波吧，他的私人电话恐怕已经打完了。"

我的心一紧，我们的对话他全听到了。

“你认识周凌波？”

“五十二年了，哈哈，再见。”

此后音响再没有了声音，陆飞已经离开了，他最后的那句话一直在我的脑海里回响。五十二年？为什么又是五十二年？他到底想说什么？

陆飞的话让我担心无比，赶紧出礼堂往周凌波的办公室跑，跑了一会儿，校园里的那些学生也跟着我跑了起来，跑的方向还和我一样。

几个女学生跑到我的附近，边跑边说：“不可能吧，我上了教授三年的课，他那么积极乐观，我不信。”

“有什么不信的，你看急救车都来了！”

我顺着她手指的方向看去，远远的，急救车闪烁着光，校园里现在到处都是人，急救车立刻响起了笛声。

我的心突然猛烈地颤动了一下，不安已经完全占据了我所有的思绪。

那栋旧楼房下被人群围得水泄不通，里三层外三层，现场乱糟糟的，有人还在低声地啜泣。我把头抬起来，从这里看楼房还是那么矮，五楼最里面的那间屋子，也就是周凌波的办公室，原本关得严严实实的窗子此时已经被撞碎，木框上还残留几片破碎的玻璃。

我赶紧挤进人群，人群的中间周凌波双眼圆瞪，直挺挺地躺在地上，那张随时都在微笑的脸此刻插满了玻璃。他的身体已经僵硬，所有的热量都已经流失，无力回天了，五层楼，从上往下看是那么高。

保安比救护车来得快，他们开始疏散人群，人墙把周凌波围在中间，等待救护车到来。救护车开到楼房下，一看早没了生命迹象，在楼房前等待警察到来。

我失魂落魄地站在楼房下的草坪地上，看着现场人来人往，又想起陆飞的话来。周凌波的突然死亡和他一定脱不了干系。可他已经跑下来了，不可能动手，难道说楼上还有其他人？

我往五楼看了一眼，从正面上去是不可能的，只能重新找路，或许楼房后面还有其他的窗子？我赶紧站起身准备绕到后面去，这时警车来了，那些警察看到躺在地上的周凌波，立刻分小队包围住整栋楼房，另一小队往楼房里冲。

看来已经来不及，我只能继续在楼下围观，现在上去很容易被认定为嫌疑人，还是不要冒这个险了。

折腾了半天，警察在楼房里什么都没找到，现在是寒假，这栋办公楼里除了周凌波什么人也没有，根据死者状态初步认定为自杀。

之后他们就把这栋楼房给封了，周凌波的尸体被带回去检查。我一直在暗中等待机会上去看看，周凌波死得太蹊跷了，在我看来根本就不是自杀。

除了警察，来得最多的就是那些学生，他们带来一束又一束花放在楼房底下，神情十分悲伤。一直等到凌晨时分，确定再没人来后，我买了台手电，趁着夜色偷偷潜了进去。

在爬上五楼的过程中，我都没敢打开手电，一到夜晚这座旧楼房变得更加阴冷，我摸着黑蹑手蹑脚地爬到五楼，浑身上下仿佛结上了一层霜，冷得汗毛都立了起来。

走到五楼靠里的那间办公屋，门已经被封条封住，我小心翼翼地撕开封条，手紧紧地握在门把手上，然而就算我努力控制力度，这扇沉重的大木门还是发出了"咯——"的一声细响，响声虽然小，但在这个沉寂得听得到心脏跳动的地方仍旧十分明显。

办公室和我白天进来时看到的差不多，物品摆放的位置未被动过，办公桌上只有一杯茶，周凌波倒给我的那杯不见了，而他喝的那杯，里面的茶水还有一半，如今已经凉透，正应了那句——人走茶凉。

我小心谨慎地在办公室里寻找一切蛛丝马迹，我相信张国生不会是自杀，陆飞的突然出现恐怕才是造成这一事件的原因。可这栋楼并没有监控系统，我无法得知除了陆飞和我，还有谁来过这里。

找了半天什么也没有找到，屋子里没有打斗的痕迹，我走到那扇早已破碎的窗子面前，想起在我走到楼下时周凌波看我的那个眼神，他当时会不会是想和我说什么？

对了！那通电话！他在接了那个电话后整个人的神情都变了，问题会不会出在那通电话上？我从包里掏了张卫生纸，包住整个手查看电话上的通话记录。今天的记录就只有一条，并且时间完全吻合，这串号码会是谁的呢？

我把手机拿出来保存了电话号码，继续在屋子里寻找线索，手电照到书架上时，我一眼就看到了那些装了茶叶的瓶瓶罐罐。摆放在书架上的茶叶种类起码有二十多种，我看了一眼，最后将视线停留在一瓶透明玻璃的茶叶桶上，茶叶桶外包装都会写上茶叶的名字，而这桶，上面写着两个字——御龙。

有这么巧合的事？我小心地把茶叶桶拿起来，仔细一看，"御龙"这两个字写在一张暗黄色的纸上，它不是贴在玻璃瓶外，而是被塞到了里面。有这种可能吗？商标和茶叶放在一起？

扭开瓶盖一看，里面的茶已经被倒光了，那张暗黄色的纸根本就不是商标，而是我带来的那封信。

信封背面空白的地方写着"御龙"，卷成一团放在玻璃瓶中。他是故意留给我的吗？我把信封打开，里面的信笺纸上都写着字，有一边是我收信时写的内容，另一边则是不久前才写上去的，满满当当全是字。字迹虽然潦草，但看得出来和另一面的字迹均出自同一人之手，上面这样写道：

吴朔，太迟了，一切都已经来不及了。

我知道你心里很奇怪，奇怪事情的真相究竟是什么，恕我不能全部告诉你。我发现自己失忆了，再也记不清楚自己当年为什么要去天山执行所谓的"御龙行动"。不过现在我想，应该将我知道的事情告诉你，这些事你切不能向任何人提起，否则只会惹来许多不必要的麻烦。我一直纠结于是否要将这些事情告诉你，这些……我自己都不十分清楚的事情。

五十二年前，我曾带队前往天山大裂缝，十多个队友先后死亡，我呢？我记不清，但是我分明记得当时张国生杀掉了我，但我为什么还活着？我确实记不清了。

没错，就是张国生，那些队友我只记得三个人。不，如果当时你没有提到沈静的话，我只记得两个，张国生是其中一个，另一个叫张国栋。

许多年里我一直在寻找那个所谓的秘密，但经过这一次，我发现了一些很奇怪的东西。我开始对事情的真相感到怀疑，遗憾的是我仍旧无法告诉你我为什么会给你写那封信。正如我所说的，我失忆了。不过这么多年来，那些曾经经历过的恐怖片段时常会在我的脑海当中一幕幕地闪过。我无法将他们拼凑起来，或许你可以帮我把它们找回来。

至于天山底部的诡异景象，白天的讲座我希望你听进去了。五十二年前，我就是以海洋学教授的身份成为领队，当时的我同样疑惑万分，天山地底，那里不应该是地质学家该去研究的吗？后来的你也知道，天山下隐藏的秘密比任何一个未解之谜都要令人难以想象，那里隐藏着时间之谜……抱歉我已经没有时间再说下去，如果你想知道更多事情，那就去寻找当年和我一起进入天山的张国栋。张国生念及兄弟之情饶了他一命，不过却不可避免地造就了他悲惨的后半生。我曾在大理古城见过他一面。"狗王"，其他人都这么称呼他。去找他吧，他或许会告诉你一些答案。

我得走了，还有人在等着我，或许某一天我们还会再次见面。

再见。

周凌波

2000 年 2 月 8 日

这封信看得我一头雾水，始终没有弄明白当中的一些话是什么意思，我甚至在想，周凌波在写这封信的时候，神志是不是已经不清醒了？

这封信里说的内容很简单，就是沈静和李申口中的周凌波，五十二年曾带领十多人的队伍前往天山执行"御龙行动"，可不知道发生了什么事情，当中一个名叫张国生的队员把他们全都杀死在天山底部，却唯独留下他的兄弟张国栋和周凌波。

如果周凌波说的是真的，那就证明李申的猜想是错的，周凌波并不是张国生，而是另有其人，也就是前不久带领我们进入天山的张国生。

这么说来，张国生三次进入天山——第一次五十二年前，和周凌波，他杀掉了大部分的队员；第二次三十一年前，和怀特博士，如怀特博士当时所说，张国生想杀了他却没有得逞，那么他是否也杀掉了当时绝大部分的队员？第三次就是今年一月份的天山之行，结果和前两次惊人的相似，他同样杀了我们那个队伍里大部分的人。

这是为什么？五十二年间，张国生三次远赴天山，只是为了满足变态的杀戮欲望？没那么简单，可这到底是为什么？

周凌波用一句失忆就把上面所有的问题一笔带过，这不得不让我怀疑他其实是想隐瞒住一些真相，并不想告诉我，比如时间之谜，什么是时间之谜？

更奇怪的是，他最后所写的那些，"他得走了，有人在等着他"，还说"还会见面"什么的。如果他所说的"走"就是从五层楼破窗跳下自杀，那么谁在等他？他都死了我们往后还怎么见面？这真的是一个头脑清醒的人写出来的吗？

周凌波的这封信并没有像预想的那样给我一些答案，相反的是，他让我对整个事件产生了更大的怀疑。在这之前，事情虽说复杂，但也没有复杂到现在的这种程度，我甚至不知道该不该相信他说的这些。

可无论如何，这封信里提到了一个人——张国栋。据周凌波所说，他是张国生的兄弟，并且在五十二年前曾参与过"御龙行动"，作为当年的幸存者，我想他一定会告诉我更多的信息。

不管周凌波是否在欺骗我，我都要去试一试，因为就目前来看，这已经是我唯一的机会，我不能再错过了。

第二天，我回到了西双版纳，这里和大理只相隔六百多公里，次日就能到达。

回到边防支队的时候，兄弟们正在集训。他们看到我回来全围了上来，问我这些天去哪儿了。

我说："春节回家了一趟，这次只是回来拿一下东西，收拾一下还得继续走，有点儿事要处理。"

班长神色古怪地看着我，说："队长，你说你整天往外瞎跑个什么劲儿，人家大姑娘可是不远万里找你来了，我就不信你还能接着走。"

其他兄弟跟着瞎起哄，说什么"外国嫂子"之类的话，我一听立刻明白了七七八八。在离开敦煌之前，我曾把联系方式留在了医院，就是担心结衣回来找不到我，难道她真的找来了？

我没空和他们开玩笑，忙问："她现在在哪儿？"

班长的脸红得跟猴子屁股似的，阴阳怪气道："队长你也太猴急了，小心心急吃不了热豆腐。"说完指了指我的宿舍，"她已经在这里等了你两天了。"

在他们的起哄声中，我三步并作两步冲上宿舍楼，跑到宿舍的时候，门刚好开了，从里面走出的女人在我意料之外。

她怎么来了？